Percy Jackson

波西傑克森

妖魔之海

Percy Jackson

波西傑克森

妖魔之海

雷克·萊爾頓 Rick Riordan◎著

王心瑩◎譯

遠流

給台灣讀者的一封信

給台灣的年輕讀者們：

小心！你手裡握的是一個充滿祕密、魔法和驚喜的故事。打開這本書，你將被帶往未知的冒險旅程。

老實說，我完全不知道我的書〈波西傑克森〉會將我帶到哪裡去。當我第一次把波西這個發現自己父親是希臘天神的男孩故事告訴我兒子時，我也沒料到它竟然會變成小說，還出版到全世界去。之後，波西的故事有了自己的生命。誰料想得到希臘眾神在二十一世紀一樣具有影響力，而神話裡的怪物仍然在我們四周，追殺著年輕的「混血人」呢？

在此還要提醒各位一下，爲了避免造成全球恐慌，我必須將波西的故事寫成「虛構小說」，所以你沒有必要相信你（對！我說的就是「你」）可能是希臘天神的兒子或女兒。但是，如果你讀這本書時，感覺到體內的奧林帕斯血液沸騰起來的話，趕快保護自己！我們會在「混血營」爲你保留名額，以防萬一。

此時，我們正在努力詮釋著波西其他的冒險，好讓你跟上他的故事。如果你不怕的話，繼續讀下去吧，年輕的混血人！

來自奧林帕斯的祝福　雷克・萊爾頓

【導讀】

一起來趟精彩的英雄之旅

《閱讀理解》學習誌總編輯　黃國珍

美國知名作家雷克．萊爾頓（Rick Riordan），最著名作品爲風靡全球的〈波西傑克森〉系列。這套書自二〇〇五年推出第一冊開始到二〇〇九年第五冊出版，獲得來自各界的好評與肯定，包括《紐約時報》二〇〇九年度最佳童書，榮獲美國總統歐巴馬選書，連獲兩年「馬克吐溫獎」最佳圖書系列，《紐約時報》、《出版者週刊》暢銷排行榜第一名，翻譯成全球三十餘國語言版本，並拍攝成電影，贏得全球青少年喜愛。另一個驚人的數字，是美國初版上市首刷達一百二十萬冊。所有的數據都證明了這套書的可讀性與價值。

既然〈波西傑克森〉系列這套書如此成功，爲什麼要再寫文章介紹？快快將它搬回家就好啊！這的確是個好決定，不過多一分理解，更能在這精彩的系列故事中，深一層看見它在當前學習中的閱讀價值。

台灣當前的教育發展已經與國際教育趨勢接軌，將「發現問題、解決問題與終身學習」作爲學習表現的指標，這表示學習不再是熟記學科知識，更要求面對眞實生活的能力。在這前提下，課本不再是學習的唯一內容，反而需要更爲廣泛多元、貼近生活的材料，幫助處於青少年階段的孩子銜接生活經驗，並在其中思考與解決問題。

青少年是人生之中一個獨特的時期，充滿著成長的驚喜與困擾。生理方面有顯著的改變，接近成人般的成熟，也開始在家庭、學校生活與初期參與社會的互動中，學會更加複雜的社會關係，並思索定位自己的角色與前進的目標。因此，青少年普遍在生活中有幾個切身的問題發生，例如：對未來的不安心理、依附關係的改變、身心不平衡帶來的困惑、缺乏自我認同及生涯定位、人際關係的互動相處。

孩子雖然需要面對這些問題，但如果有一個人可以分享他的故事，接受自己不同於別人的出身，在巨大的壓力與尚未成熟的心智之間，找到成長的平衡點，在與人的相處中超越挫折，那就像是找到可以相互支持的夥伴一起冒險，踏上共同的與個人的英雄之旅。而波西．傑克森正是這個人，他精彩奇幻的冒險故事，也是一個青少年成長蛻變的紀錄。

波西．傑克森是一位擁有海神波塞頓血脈的混血少年，困惑於自己的身世與能力，在學校受同儕歧視與霸凌，但他也是一位勇敢而忠誠的英雄。他對家人的愛，無論是血緣還是親情，使他成爲一個眞誠而可愛的人物。

他是那種願意迎接自己的故事並勇敢走下去的英雄；他帶著讀者一起沉浸在這個奇幻的世界裡，很快就愛上了他夢幻般的新生活和隨之而來的人物角色。讀者如我，在不自覺中也成爲與他同行的夥伴，同理他內心的掙扎，在挫折中給予支持鼓勵，在光明和黑暗之間與他並肩戰鬥，共同跨越一次又一次的危機。最後，原本的尋找，轉變爲創造，夥伴成爲如同家人的存在，友情凝聚成爲一個家的根基，見證了波西的蛻變與成長。

在所有的戰鬥、魔法和謎語之間，這是一部眞正溫暖人心的故事，一位自遙遠希臘神話蛻變的現代少年英雄，在故事中與讀者的心中誕生。

如果我在青少年時有機會讀這套書，相信在閱讀過程中與波西一起冒險的體驗，從這群夥伴身上學到的事，一定能給當年青澀、困惑、挫折的自己帶來啓發與力量。因爲波西的英雄之旅，我和他一起走過，他的成長就是我的成長。而且這群可愛的夥伴還會在故事結束後，在心中陪伴我很長時間，當我有需要時就召喚他們出現。

關於〈波西傑克森〉這書，最後還有一個隱藏的主題較少被介紹。故事中不論是波西或是混血營中的夥伴，實際上都暗示著一群在人類世界中被視爲「不正常」的孩子，他們被安置在看不見的邊緣地帶，視而不見就是一種偏見與歧視。而這個故事溫暖的告訴我，他們仍然是英雄，能夠殺死怪物並保護他們的朋友，這是一個重要的訊息。面對當前這個多樣性、多元化的社會，欣賞差異、開放包容成爲必要，〈波西傑克森〉的故事讓我們看見一群所謂不正常的孩子，也和我們一樣具有人性、智慧與愛。

事實上，作者開始創作這個故事系列，是爲了幫助他有閱讀障礙的兒子，讓他覺得他也可以成爲英雄；而他的孩子隨著故事情節發展，表現上也更加進步和包容，逐步成爲能在故事中看到自己可能性的孩子。

〈波西傑克森〉是一部精彩的青少年奇幻小說，有大量的神話、偉大的友誼、追求、背叛、戰鬥、包容，以一種充滿劇情張力的閱讀，讓青少年讀者學習認識這個多樣的世界，甚至用希臘神話的背景設定提醒青少年讀者，在世界表象背後，在自身被視爲命運的經歷背後，往往有更爲深層的結構，才是影響每一個人的隱藏原因。

這套書我讀得很開心，如果你或孩子喜歡神話和一大群朋友，想在故事中學習真實世界的多樣包容，嘗試解決自身或夥伴的困難，我相信波西傑克森這位英雄，能帶領讀者經歷一場精彩的英雄之旅。

【親子推薦一】
被女兒推坑進入神話世界

華語首席故事教練　**許榮哲**

關於希臘神話，我是被女兒川川推坑的。

女兒小三的時候，迷上希臘神話，並且大力向我推薦，看著、看著，我也上癮了。

關於〈波西傑克森〉，我也是被女兒推坑的。

媽媽把這件事寫在網路，沒想到意外引來出版社的注意，他們希望找我女兒推薦小說〈波西傑克森〉，因為小說的背景就設在希臘神話之上。主人翁波西．傑克森是天神與凡人的私生子。託女兒的福，我才有機會讀到這套紅透半邊天的小說。

閱讀這部小說，跟我平時的閱讀經驗完全不同，因為背景設在希臘神話之上，因此閱讀過程中，神影幢幢，熟悉的神話人物不斷「亂入」。雖說是亂入，但作者就是能提出一套自圓其說的道理，讓你先是覺得作者在唬……扯，隨後會心一笑，好吧，是滿有道理的。

舉個例子：

「波西，你爸爸沒有死，他是奧林帕斯眾神之一。」（我聽你在唬……）

「這……太瘋狂了。」

「很瘋狂嗎？想想神話裡的天神最常做的事情是什麼？他們跑到凡間和人類墜入愛河，然後生下孩子。你以為他們最近幾千年會改變這個習慣嗎？」（好吧，我被說服了。）

再舉個例子：

「文明的光輝最耀眼的地方，就是天神所在，比如他們在英國就待了幾個世紀。波西，是的，他們現在當然是在你的美國。」（我聽你在唬……）

「你看看美國的象徵是宙斯的老鷹，看看洛克斐勒中心的普羅米修斯雕像，還有你們華盛頓政府建築的希臘式門面……」（好吧，確實有那麼一點道理。）

我非常享受這種被小說設定虐待，並且等著慢慢被說服的過程。

喔，對了，希臘神話有個傳統，父親會被兒子推翻。第一次是宙斯的祖父，第二次是宙斯的父親，第三次就是宙斯本人，他被凡人兒子海克力士推翻。

那麼波西．傑克森是來推翻他的天神爸爸的嗎？

我享受被女兒推坑的過程，是她帶著我，從希臘神話到〈波西傑克森〉，一個又一個更遼闊的世界。至於她會不會像希臘神話一樣，長大後也推翻自己的爸爸？

我非常期待那一天的到來。

——完

【親子推薦一】

帶著幻想與波西一起冒險

許川川

〈波西傑克森〉眞的是一套很有創意的小說，這個世界上居然有那麼多人是神的小孩。看著、看著，我也忍不住幻想起來，說不定我的爸爸媽媽也是神。如果他們眞的是神，我希望他們是阿瑞斯和雅典娜，不過我們家男生長得不帥，女生成績也不怎麼樣，所以他們一定不是我們的父母。

比較有可能的是阿芙蘿黛蒂和宙斯。嘿嘿，我那麼漂亮，很有可能是阿芙蘿黛蒂的女兒呢。至於我弟弟只要一生氣就很恐怖，跟宙斯一樣。

如果不考慮我自己的喜好，那我媽媽和爸爸應該是狄蜜特和戴歐尼修斯。因爲狄蜜特就像我媽媽一樣溫柔，至於爸爸就像戴歐尼修斯，每天都很歡樂，甚至有一點搞笑，但偶爾也會一不小心就抓狂。

雖然以上都不可能發生，但可以帶著這樣的幻想，跟著波西傑克森一起去冒險，彷彿我們是一同並肩作戰的夥伴，眞是一場愉快的閱讀經驗。

——完

【親子推薦二】

讓孩子廢寢忘食的故事！

基隆市東光國小校長　顏安秀

〈波西傑克森〉套書，是我給孩子水果姐的十一歲生日禮物，期待透過廣闊的奇幻世界，更豐富孩子的想像力。孩子也如所預期的，很快被故事鉤上，甚至到了廢寢忘食的地步。我想是因爲故事情節驚悚刺激，讓青春期的孩子無法自拔吧！

作者雷克．萊爾頓運用了任何讀者都會有的強烈好奇心，急迫想知道劇情走向的念頭，牢牢抓住了大小讀者的目光。閱讀期間，孩子因著要更掌握情節發展，開始廣泛涉獵希臘羅馬神話相關知識。從故事本身延伸到其他議題的學習，甚至主動瞭解歐洲文化起源和崛起，而「自主學習」，正是除了閱讀樂趣之外，我希望帶給孩子的額外收穫。

【親子推薦二】
與波西一起闖蕩神話世界

水果姐

〈波西傑克森〉，讓我有段奇幻文學旅程，我也一遍又一遍重複地看。因爲迷人的故事結構，以及充滿華麗的想像力，讓「閱讀」本身就是最棒的饗宴。刺激緊張的故事，包括到冥王地府拯救母親、到帝國大廈找奧林帕斯諸神等等，讓我透過作者雷克・萊爾頓的巧妙敘述，身歷其境，彷彿跟著波西一起拯救朋友，或跟著安娜貝斯一起出生入死。

〈波西傑克森〉總共五集，每看完一集，我就對希臘神話有新的見解，也促使我更想廣泛地瞭解歐洲文明。我鼓勵所有和我一樣的青少年，跟著波西穿越歐美各地、穿梭於各式神話，透過文字闖蕩壯麗的冒險世界吧！

【推薦文】

穿閱超時空——來一趟你的英雄之旅吧！

丹鳳高中圖書館主任、作家　宋怡慧

神話是眾人的夢，夢是私人的神話。——神話學大師坎伯（Joseph Campbell）

美國奇幻小說家雷克．萊爾頓造就的〈波西傑克森〉，憑藉超現代的天神人設，以希臘神話的元素融入故事，創新奇幻的題材，也改寫英雄的奇想，傳遞人生的眞理與信念，帶領讀者翱翔在懸疑冒險與尋夢追夢的閱讀世界。

每個讀者心中都藏有一個不平凡的夢，當我們遇到是非的辯證、恐懼與勇氣的拔河、理性與感性的平衡，礙於現實生活，我們常會徬徨無助，而失去勇敢歷險的機會。雷克．萊爾頓帶著他筆下的混血英雄波西．傑克森，穿越在虛幻與現實之間，看似平凡的魯蛇，在「混血營」的試煉與考驗下，堅持理想，化身爲青少年夢想先行者，堅強地走在自我探索的旅程，憑藉毅力克服困難的任務，不只保有內在單純與天眞，重新連結親情、友情、人際的多重關係，也讓看似崩壞的世界，消弭歧見、重歸眞實的美好。

當讀者與我一起「穿閱」在〈波西傑克森〉系列，從陌生到熟悉的場景，相互交錯，你會發現：每個祕密的背後，都是一段神祕力量的召喚。你可能會遇見聰明智者的啓迪、高超幫手的助益，通過重重困難，克服險阻，就能帶回英雄旅程要送給主角和讀者的人生彩蛋。它是勇氣、智慧、更好的自己。

讀者在曲折驚險的情節中，開展了封閉的心，從反派人物的出場與設險，察覺到內在的不安，或許眞正震懾自己的不是邪惡勢力，而是自我設限的內在恐懼。如果，你也和我一樣，跟著雷克·萊爾頓從希臘到羅馬，再從埃及到北歐，我們會被神話傳說的豐富想像驚豔，會被作者嶄新的書寫手法吸引，從宗教、家庭、集體意識、內心探索等議題歷險，克服面對的孤獨。在閱讀的過程，彷若進行神聖的成長儀式，相信世界的善意、神隊友的正義，還有，人定勝天是生命的累積，而非空談的奇蹟。

嗨！年輕的混血人，你還在等什麼？小說家的混血營正爲你保留唯一的名額，等你來闖一趟專屬的英雄之旅。

【推薦文】

提升閱讀力、想像力與品格力的奇幻經典！

惠文高中圖書館主任、作家 蔡淇華

你知道全球知名的經典青少年奇幻小說〈波西傑克森〉，其主角的原型是有著閱讀障礙與過動症的十二歲少年嗎？電影版將波西傑克森從十二歲被改為十六歲，其實讓原作者雷克·萊爾頓非常不滿。他認為電影少了許多慘綠少年突破天生困境、追尋自我認同的細節。

其實電影只拍到〈波西傑克森〉系列的第二集，但要盡情享受雷克·萊爾頓融合希臘神話、羅馬神話，甚至古埃及神靈等文化所打造出的奇幻經典系列，其實還是要捧起原著細讀。

我在國中看完金庸的五大冊〈鹿鼎記〉後，閱讀興味被完全開啓，開始不怕閱讀長篇，整個閱讀速度得到提升。如果現代害怕閱讀的青少年也能暢快淋漓讀完五大冊〈波西傑克森〉，一定可以奠定一生的閱讀能力。因爲讀得多才能讀得快，讀得快就不怕任何的升學長篇題幹。

除了可以提升閱讀能力外，〈波西傑克森〉還能開發讀者的想像力、認識西方神話，甚至在伴隨著主角的冒險旅程中，內化勇敢、信任、正直仁厚等英雄人格特質。〈波西傑克森〉不啻是在茫茫書海中提升青少年閱讀力、想像力與品格力的奇幻經典！趕快爲你關心的青少年提供這部節奏明快、高潮迭起，而且得過「馬克吐溫獎」最佳圖書的超刺激小說吧！

【推薦文】混血人的平凡，代表你我最眞實的原力

親職溝通作家　羅怡君

以希臘羅馬神話為基底的〈波西傑克森〉，創造了一個新族群——由眾天神與一般人結合而產生的後代，稱之為「混血人」。而這些散居各地、各自承接天神特質與超能力的混血下一代，以男孩波西為首，展開驚險刺激的冒險任務。在作者筆下，這些任務巧妙結合現實生活中難以解釋的災難與人為事故，不禁讓我聯想深思當中有什麼特殊涵意？

的確如此，我像是解開密碼般的興奮不已！例如：

- 想想令眾神們為之傾倒、甚至打破戒律的特質是什麼呢？波西的媽媽、安娜貝斯的爸爸，他們與其他父母又有什麼不同？
- 混血人有其弱點，但也有混血人才能做到的事，甚至是擊敗天神的重要關鍵，原來天神也絕非萬能與完美。關於弱點，我們有什麼不同詮釋呢？
- 每項任務都是截然不同的團隊組合，曾互相競爭、討厭的對手，可能是下一次必須結伴同行的夥伴，過程中的信任與背叛，眞的如我們所預料的嗎？

也許我們就是作者筆下的混血人，特別是下一代的未來充滿嚴峻挑戰，看似脆弱無能為力的我們，是否也能像混血人一樣，透過獨特角度找出平凡中的不平凡？既然人類物種存在這個地球，就讓我們向波西傑克森學習，共同找出終其一生奮鬥的價值吧！

【初版推薦文】

跟著〈波西傑克森〉進入西方文明的源頭

作家　李偉文

現今的西洋文學、藝術，乃至於一般民間生活習慣與典故，幾乎都與希臘羅馬的神話有關，因此，若要欣賞西方的藝術與文化，最好能對這些錯綜複雜的眾神關係有些概念。

基於這樣的「認知與學習」觀點，在孩子上國中之前，我就嘗試找一些有關希臘神話的書給她們看，可是她們大部分都看不下去，有的書即便勉強看完，也無法理解希臘眾神間複雜的恩怨情仇。一直到〈波西傑克森〉這套精彩刺激的奇幻小說出現，才眞正讓孩子看到這些希臘神話裡的人物，彷彿幾千年的時空距離完全消失，這些天神與凡人所生的混血人，眞的就在身邊。

主角是個凡人眼中的注意力不足過動症患者，同時也有閱讀障礙，跟著媽媽辛苦的生活著。與「哈利波特」一樣，他發現了自己的詭奇身世，也成為怪物的獵殺對象，同時他也是預言中的神界救星。

這些看似高潮迭起、引人入勝的歷險過程，正是隱喻了少年孩子在成長階段中最關鍵的自我認同的追尋。因為作者全以第一人稱敘述，全書充滿了青少年素有的叛逆與幽默搞笑。這個成績不好、不討人喜歡的孩子，雖然衝動，但是很勇敢又坦率；雖然總是很倒楣卻懂得苦中作樂。這些情節很能引起孩子們的共鳴，因此書中包含的家庭關係、朋友之間的信任、對未來的夢想等學校所謂「生命教育」的重要課程，在不知不覺中就傳遞給孩子了。

家長或老師在幫孩子選書時，往往會挑「有價值」的書，這些書或者是知識含量高，或者是主題正確，教忠教孝不怪力亂神。遺憾的是，有時這些選擇，除了無法讓孩子享受到閱讀的樂趣，更恐怕會破壞他們養成喜歡閱讀的習慣。

要讓孩子感受到書中天地的寬廣，唯有從能夠吸引孩子廢寢忘食的書開始。若是家長只著眼於「開卷有益」，專挑表面上有意義而且充滿知識的書給孩子看，那就太可惜了。我覺得書籍可以帶給孩子最深遠的影響是「掩卷」的時候，當孩子看一本書還沒有看完，就興奮地坐立難安想跟你分享，這才是最動人的時刻。

〈波西傑克森〉是一套這樣的書，而且更令家長放心的是，當孩子看完這個故事，也等於上了令人難忘的西洋文化史。

【初版推薦文】
所有人類的好朋友

作家·青蛙巫婆　張東君

「天將降大任於斯人也，必先苦其心志，勞其筋骨，餓其體膚，空乏其身，行拂亂其所爲，所以動心忍性，增益其所不能……」這雖然是出自孟子，但是我每次閱讀〈波西傑克森〉系列時，這段話都會一直掠過我的腦海。因爲波西與他混血營的朋友們，雖然只是青少年，卻從小就不停地在體驗、實踐孟子這幾句話中所代表的涵義。

〈波西傑克森〉系列故事的骨幹，是流傳久遠的希臘神話。由於希臘神話可說是西洋文學的立基點，不論有沒有看過或聽過希臘神話的人，都多多少少知道幾位希臘神祇的名字。到處拈花惹草、惹得老婆大人希拉震怒的天神宙斯，以及海神波塞頓、太陽神阿波羅、智慧女神雅典娜、愛與美的女神維納斯等等，不只是許多文學藝術作品的創作泉源，天上的星座也都跟祂們有很大的關連。

我們所知道的希臘神話及天神故事，只是他們流傳在外的功績或小過，在以千年爲單位流逝的時光中，不過是其中極小的一部分。但是我們卻能輕鬆地從本系列奇幻故事中，一邊閱讀一邊想像這些隨心所欲、想做什麼就做什麼的天神們的行爲，可能會造成何種後果來讓後人承擔。

波西就是這種狀況下的「產物」，他是海神波塞頓和凡人女子之間所生下來的「混血人」。

天神和人類之間的混血兒，通常會有閱讀障礙，會是過動兒，所以在被發現或是自己發覺事實眞相之前，上學對他們來說是種災難。可是當他們被帶去「混血營」和同伴宿營，瞭解自己背負著的命運時，更會變得非常無奈。因爲只要是混血人，就會像塊強力磁鐵一樣，吸引許多的妖魔鬼怪來挑戰、來行刺，想要用混血人的血與肉換取某種利益……何況波西又很有可能是預言中所說的那個「在十六歲時，會對奧林帕斯帶來重大影響」的人！

於是，波西的日常生活幾乎沒有一刻寧靜，在學期中必需努力克服自己的學業問題；在暑假回混血營受訓時，通常也待不了幾天就得受命去完成某件重大任務。從前我們是在神話中讀到其他「成年」天神們完成的各種任務，現在我們則陪伴著青少年神人混血去超齡挑戰種種「不是你死就是我亡」的重責大任。

我在還是小學生時就看過希臘神話、羅馬神話等各種西洋神話，也發現這些閱讀對觀察星象、認識星座很有幫助。等我讀到《獅子、女巫、魔衣櫥》，走入「納尼亞」的世界中，更是興奮地發現許多原本只在星座、神話中「認識」的角色都是「活生生」、「有血有肉」的。

不過，如果從結合希臘神話與現實社會的寓教於樂，以及融合娛樂、文學與教育爲一體的角度來看的話，〈波西傑克森〉更上一層樓。他讓天神們走進凡人的世界中；讓奧林帕斯飄在紐約上空；讓尋找牧神潘的任務與自然保育的議題結合；讓青少年知道只要有心，世界上沒有不能克服的困難。

波西不但是飛馬的好主人、獨眼巨人的好兄弟、羊男的好搭檔，更是我們所有人的好朋友。

各界好評推薦（依來稿先後排序）

我的天神父母到底是誰？看完此書你絕對想成為「混血人」！

這是一個嶄新又創意無限的奇幻世界，巧妙的與希臘神話結合，引領我們進入人與神、善與惡的探索旅程，和波西一起挫折、成長！

作者以冷靜的口吻、運用簡易的筆觸，勾勒出緊張、刺激、歡樂、幽默的氛圍，讓你一頭栽入天神們的世界！

——嘉義縣國小退休校長　**沈淑貞**

在目前提倡「閱讀」是王道的時代，波西的冒險故事，帶領大小讀者進入奇幻、緊張、衝突、有趣的故事情節，不僅可激發想像力，更讓讀者讀出樂趣來，而且看完之後，還會讓人猶如被施了魔法似的急於找人分享與討論。

這本書吸引人之處，還有波西、格羅佛以及安娜貝斯之間的友情，他們在乎對方，彼此共患難，一起分享喜悅，一起度過難關，甚至能夠產生「共感連結」。這顯示了青少年時期，同儕關係是個人發展與認同的重要因素，所以當波西發現路克不再是他所認知的朋友，悖逆了他們之間的友情，他那種失落與懊惱表露無遺。此外，在強調親子關係的年代裡，波西對父愛既期待又怕被傷害的心理衝突，也十分值得討論。

波西的冒險故事可以讓孩子「愛上閱讀」，讓大人「玩起閱讀」。故事透過有趣的冒險不但可以抓住孩子的心，也會激發出他們的想像力，是一套不錯的閱讀教材。看完之後，我迫不及待想與孩子分享這一系列的書。

——新北市裕民國小教師 **賴錦標**

想像是彩色的翅膀，任你遨遊天際，鑽進地底，躍入海洋，如夢幻卻真實，我一打開書就無法闔上。隨著正直勇敢的波西遠征「妖魔之海」，緊張、刺激、懸疑，牽動每一條神經。忽而遇見希臘諸神，忽而誤中妖魔之惑，忽而電光火石，令人瞠目結舌，屏息凝視，幾乎聽得到自己「砰砰」的心跳聲，不知道下一刻會發生什麼事？

天神、魔鬼、混血人，如同凡人般的愛恨情仇，在萊爾頓的筆下刻畫出最真實的人性，交織出最奇幻的故事。這是一部能震懾人心，兼具想像、冒險、知識、感性的精采作品，意味深遠，不容錯過。

——新北市秀朗國小退休教師 **高素娟**

一翻開書頁，就跟著波西走進他的夢境。在婚紗店面臨危機的格羅佛，到底想警告些什麼？在似眞似假的情節發展中、半人半神的人物角色裡，我一路跟著波西的腳步，從梅利威瑟中學的瘋狂躲避球賽、搭上恐怖計程車到混血營、看到被下毒的泰麗雅松樹，最後踏上尋找金羊毛的旅途……。一個個接連而來的緊湊情節，簡直讓人目不暇給。

在二〇〇七年暑假，我曾有過一段難忘的古典希臘旅程，現在，除了浪漫的愛琴海，我對希臘又有了另一個記憶，那就是雷克．萊爾頓神秘精彩的《妖魔之海》。

緊張刺激、引人入勝！隨著波西的冒險，讓人在希臘神話故事與現今時空環境中穿梭，彷彿故事裡各式各樣的神話人物及冒險情節眞的存在於眞實的世界裡。在雷克・萊爾頓筆下，不僅讓我們重新感受希臘神話人物的情感糾葛，更用新穎的方式讓年輕世代認識希臘神話故事中的意涵與教訓。

——台北市吳興國小教師 **葉淑慧**

故事裡的波西雖不是完美的夢幻主角，卻更像勇於冒險嘗試、堅毅而不向命運低頭，且重視朋友情誼的眞實人物。相信這些都是我們希望孩子能養成的人格特質。在大聲疾呼品格教育的現代社會，帶著你的孩子一起閱讀這本書，陪他們一起踏上波西的冒險旅程吧！

——宜蘭縣國教輔導團教師 **汪俊良**

閱讀〈波西傑克森〉是一種享受，讓人的情緒隨著情節起伏，時而高昂，時而低吟，想像力隨作者騁遊天際。在閱讀中，一幕幕無限遐想的奇幻畫面伴著雷克・萊爾頓的文字一同創造出來。《妖魔之海》更勝《神火之賊》，上手就上癮，令人讀到難以克制，無法停止。

——宜蘭縣南屏國小教師 **蔡尚旻**

讀了〈波西傑克森〉後才了解，原來希臘神話不是「遠古神話」，是眞實發生在當代；希臘諸神也從未離開我們，一直主導人類文明的發展，而天神也透過許多方式來體現他的力量。

本書顛覆了一般對「問題學生」的看法，提供了另類的觀點：他們「過動」是因為「戰鬥力高」；所謂的「閱讀障礙」是因為腦中被「古希臘文」所佔據。他們很優秀，只因在不適合的場所中而無法發揮，但來到「混血營」後，這些「問題」都變成一種優秀血統的證明。

此外，故事生動地展現了希臘諸神在現代生活中的形象，而且是以有血有肉、有趣活潑的方式重現。如果所有的歷史都能用這麼生動的敘述與日常生活相結合，相信我們的孩子會十分樂意沉浸其中，因為作者讓「閱讀」變成一種「純然的樂趣」。

——桃園市龍潭國小教師 **張宏琴**

為好朋友與好兄弟犧牲奉獻的感覺眞好！

因為格羅佛與波西的「共感連結」，波西知道好朋友有難了，而混血營也出現了空前浩劫，於是波西再次與夥伴安娜貝斯及「怪胎」兄弟泰森私自踏上尋找金羊毛的冒險旅程。一幕幕惡夢的牽引、一樁樁眞實與謊言的動盪，以及一頁頁扣人心弦的冒險場景，在在讓人捨不得放下書本！原來「英雄」也是需要朋友造就的。在一連串的共患難之後，兄弟之間的眞情於是乎展現。

——新北市中角國小教師 **楊麗雪**

引人入勝的情節、精彩緊湊的決戰情景、鮮明而特殊的人物個性，都在字裡行間靈活呈現。雖然是續集，卻能讓初次閱讀的讀者，欲罷不能地融入劇情，跟著主角波西一同和群魔戰鬥，猶如親身經歷其中的緊張刺激。誠摯推薦本書給高年級以上的青少年閱讀，除了能認識希臘神話中的神界人物，更可激發他們的想像力，是一本適合親子共同閱讀討論的好書。

希臘神話中的天神存在於現代，與凡人、精靈生下孩子，具有不同於凡人的能力，在迷霧的魔法下，和凡人共存而不被發現，就連網際網路、連鎖店也是天神的傑作。作者巧妙的將神話與現代結合，並賦予合理性，書中到處可見想像力、創造力、邏輯思考及幽默情節，緊湊的腳步讓讀者彷如置身其中，是一本適合青少年閱讀的冒險小說。結尾已預告下一個令人驚奇的挑戰，讓人期待第三集的出版。

——花蓮縣中華國小教師 **黃淑玲**

——苗栗縣東興國小校長 **陳亭儒**

波西在學年結束的當天，因為怪物的追殺回到混血營中，並且再度遭遇一連串的冒險。雷克．萊爾頓以第一人稱的寫法，描述一位十三歲孩子的歷險，並且一再為故事的曲折情節營造出令人驚嘆的高潮。對於各種怪物及險境的敘寫，也讓讀者自我創造出一番天馬行空的心像聯想。在轉換的場景及情節中，還將希臘羅馬的神話故事映照到現世的生活。

情節刺激，處處充滿互助、友情的溫暖人性，更點出親情、友誼的重要。對於不熟悉西方神話故事的中高年級孩子而言，是值得推薦的作品。

——台北市健康國小退休教師 **陳純純**

延續了第一集《神火之賊》，第二集《妖魔之海》再次帶領讀者進入希臘神話世界。藉由緊湊的故事發展與古今結合的時空，不僅更能明確認識每位天神的神格、領域，還能認識美國這塊大土地。

書中描寫到人物間的友誼與合作，對孩子在同儕情誼的相處建構上有很大的助益。而刺激且變幻莫測的情節，更增添無限的想像空間，令人閱讀起來有如身歷其境。〈波西傑克森〉不僅能滿足想像力與創造力，正邪對抗的故事還能誘發內心的正義感，更能讀到發人深省的字句。

這是一本會滿足大人與小孩，讓人一拿到手便不顧一切想沉溺其中的好書。

——台北市麗山國小教師 **廖珠惠**

這本書結合了希臘神話人物間的愛恨情仇與現實世界的場景，並交織出不同的火花，令原本就很有趣的神話故事增添新的風貌。

海神之子波西爲了拯救中毒的泰麗雅松樹以及好友格羅佛，前往位於神秘百慕達的妖魔之海，尋找金羊毛。隨著劇情的轉折，我覺得自己好像在坐雲霄飛車，上下起伏，緊張又刺激。故事裡有些魔法武器被轉化成不同的物品來掩飾，讓它們合理的存在當世，眞讓我感佩作者豐富的想像力。相信這本書一定會讓所有喜愛奇幻故事以及希臘神話的讀者瘋狂不已。

——新北市文林國小教師 **鄭明珠** & 學生 **林華均**

各方榮耀肯定

★《時代》雜誌評選史上最佳百本青少年書
★《紐約時報》暢銷排行榜第一名
★《紐約時報》最佳圖書獎
★《出版者週刊》暢銷排行榜第一名
★美國圖書館協會最佳圖書獎
★《學校圖書館期刊》最佳圖書獎
★全國英文教師協會最佳童書獎
★美國NBC電視台「The Today Show」讀書俱樂部好書精選
★《兒童雜誌》最佳圖書獎
★VOYA最佳小說獎
★YALSA最佳青少年圖書獎
★CCBC最佳選書獎
★英國紅屋圖書獎

★英國阿斯庫斯圖書館組織火炬獎
★英國沃里克郡最佳圖書獎
★芝加哥圖書館最佳圖書獎
★猶他州兒童文學協會蜂巢獎
★維吉尼亞州讀者選書
★馬克吐溫讀者選書獎
★緬因州學生圖書獎
★新澤西州青少年圖書獎
★麻州最佳圖書獎
★亞利桑那州學生最佳圖書獎
★路易斯安那州青年讀者選書獎
★南卡羅萊納州青年讀者選書獎
★北卡羅萊納州童書獎入圍
★德州圖書館協會藍帽獎入圍
★懷俄明州翔鷹獎入圍

波西傑克森 2 妖魔之海

目錄

【初版推薦文】

主要人物簡介

◆波西．傑克森（Percy Jackson）

十三歲，個性衝動急躁，但勇敢正直。有閱讀障礙及注意力不足過動症，小學六年換了六間學校，七年級時換到梅利威瑟中學就讀。因爲身爲海神之子，所以會吸引怪物來襲擊。在七年級的最後一天，他仍然躲不過怪物攻擊事件，並且發現混血營和好朋友面臨了重大危機。

◆安娜貝斯．雀斯（Annabeth Chase）

波西在混血營中認識的夥伴。十三歲，是智慧女神雅典娜與凡人所生的混血女兒，也是混血營六號小屋的領隊。她聰明且功課好，喜愛閱讀歷史與地理相關的資訊，和雅典娜一樣善於計畫與運用智慧。她的願望是未來要成爲一位偉大的建築師。在知道混血營遭遇危機後，再次與波西一同踏上尋找任務的旅程。

◆格羅佛．安德伍德（Grover Underwood）

波西六年級的同班同學，也是他的好朋友，實際身分是希臘神話中的羊男。平常個性看似膽小懦弱，但常在意外時刻挺身而出。他在與波西完成尋找閃電火的任務後，受到長老會的肯定，取得探查者執照，出發尋找失蹤的羊男首領—天神潘。但在找尋天神潘的路程中，遭遇了危難。

◆**泰森**（Tyson）

波西七年級時在梅利威瑟中學唯一的朋友，身高有一百九十公分，卻是超級愛哭的膽小鬼。他是個孤兒，獨自住在紐約小巷弄角落的紙箱中，因爲「關懷社區計劃」才得以進入梅利威瑟中學就讀。外表看來粗魯，但在工藝方面極具天賦。

◆**克蕾莎**（Clarisse）

戰神阿瑞斯的混血女兒，也是混血營五號小屋的領隊。她個性粗暴，但和父親戰神一樣驍勇善戰，精通各種戰術與武器。在波西剛到混血營時，曾與波西結下樑子，是波西和安娜貝斯在混血營中的死對頭。

◆**路克**（Luke）

二十歲，商旅之神荷米斯與凡人的混血兒子，原本是波西在混血營中的指導員及混血營十一號小屋的領隊，但後來被發現他就是竊取宙斯閃電火的小偷，並且效忠於泰坦王克羅諾斯，正在幫助泰坦王號召大軍，預謀對抗天神的行動。

◆**奇戎**（Chiron）

原爲混血營的營區活動主任，也是波西六年級的拉丁文老師，很受波西尊敬。他其實是希臘神話中的半人馬族，但和一般半人馬族瘋狂的性格不同，他個性溫和、愛好和平、充滿智慧，還擅於醫術。

◆荷米斯（Hermes）

商業、旅行、偷竊及醫藥之神，掌管所有使用道路及貿易的相關事宜。他是宙斯的兒子，路克的父親。他也是奧林帕斯天神的使者，駕著有翅膀的飛鞋替眾神奔波傳遞消息與物件。他的象徵物是有著一對翅膀的雙蛇杖。

◆宙斯（Zeus）

天空之王，也是眾神之王，奧林帕斯三大神之一。他主宰整個天空，包括雷電風雨等氣象，也是天界和人界的統治者。他的武器是威力無比強大的「閃電火」。

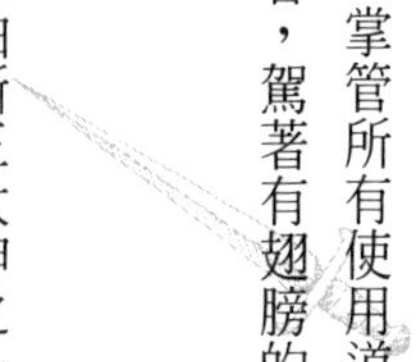

◆波塞頓（Poseidon）

海神，奧林帕斯三大神之一，與宙斯和黑帝斯是兄弟，掌管整個海域，也是波西的父親。他的個性像大海一樣，時而深沉平靜，時而狂暴易怒。他的力量象徵物是「三叉戟」。

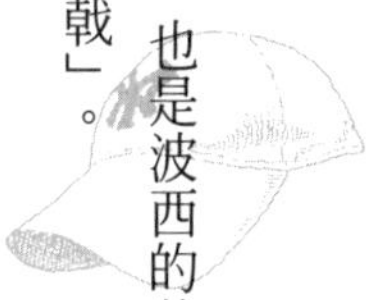

◆黑帝斯（Hades）

冥界之王，奧林帕斯三大神之一，與宙斯和波塞頓是兄弟，因爲掌管整個冥界與地底寶藏，故有「財富之神」的綽號。個性陰沉冷酷，力量象徵物是「黑暗之舵」。

1 聖奧古斯丁婚紗店

我的惡夢是這樣開始的。

我站在某個濱海小鎮的一條冷清街道上。午夜時分，暴風雨恣意席捲，大風大雨撕扯著人行道旁的棕櫚樹。粉刷成粉紅色與黃色的建築物羅列在街道兩旁，建築物的每一扇窗戶都用木板條釘得死緊。在木槿樹叢後一個街區遠的地方，大海正不停翻滾怒吼。

這裡是佛羅里達吧，我心想。我不確定我是怎麼知道的，因為我又沒去過佛羅里達。

接著傳來一陣「喀噠、喀噠」聲，是動物的偶蹄敲擊路面的聲音。我猛一回頭，看到我的好朋友格羅佛正在狂奔逃命。

沒錯，我說的就是「動物的偶蹄」。

格羅佛是個半人半羊的羊男❶。腰部以上的他，是個典型身材瘦長的青少年，蓄著柔順的短山羊鬍，臉上長滿青春痘。但他走起路來一拐一拐的，姿勢很怪，除非撞見他沒穿褲子的模樣（這一幕我可非常不推薦），否則你絕不會想到他和「非人類」有任何關係。他總是穿著

❶羊男（Satyrs），森林牧神，參《神火之賊》七十七頁，註❼。

寬鬆的牛仔褲，還套上假腳，藉以藏住下半身毛茸茸的羊腿和羊蹄。

在我唸六年級的時候，格羅佛是我最要好的朋友。他和我，還有一位叫做安娜貝斯的女孩，我們三人曾經一同經歷一場冒險，還因此拯救了全世界。但自從去年七月之後，我就再也沒見過格羅佛了。那時他獨自出發展開一項危險任務，一項從來沒有任何羊男能完成並安全歸來的任務。

總而言之，格羅佛此時在我夢裡甩著羊尾巴，用手提著他的鞋子。每當他需要快速奔跑時就會是這個模樣。他喀噠喀噠向前跑，衝過一排紀念品小店和出租衝浪板的地方。狂風將棕櫚樹吹彎了頭，幾乎快要碰到地面。

格羅佛被他身後的東西嚇得魂飛魄散。他一定是剛從海灘那邊跑過來，因爲溼答答的沙子和他身上的羊毛糾結成一塊塊。他從某個地方逃過來，像是拼命要逃開……某種東西。

突然，一陣令人膽顫心驚的可怕嚎叫聲從暴風雨中破空而出。就在格羅佛後面，在街區的遠端，有個幽靈般的形體隱約現身。那東西猛力衝撞著路旁的街燈，街燈爆炸開來，一陣陣火花傾瀉而下。

格羅佛腳步蹣跚、步伐凌亂，在驚駭之餘不停啜泣，口中還不斷喃喃自語地說：「我得快點逃走，我得警告他們！」

我看不清楚在後面追他的是什麼，但可以聽見那東西不停低聲咒罵。等它愈來愈靠近時，地面的震動也更加明顯。格羅佛繼續往前衝，繞過一個街角，突然間腳步變得遲疑，原來他衝進一條死巷，巷子盡頭是個擠滿商店的小廣場。沒時間向後退了。正好他的眼前有一扇門被暴風雨吹開，櫥窗裡面一片黑暗，上方有塊招牌寫著：「聖奧古斯丁婚紗精品」。

格羅佛毫不猶豫衝了進去，然後壓低身子，躲到一整排婚紗禮服後面。

那怪物的影子從婚紗店前面晃過去。我可以聞到它身上令人作嘔的味道，混合了溼羊毛和腐肉的氣息，完全是怪物獨有的奇特酸臭體味，感覺上只有一輩子吃酸辣食物的臭鼬才會發出這種味道。

格羅佛在新娘婚紗後方慄慄發抖。怪物的影子再次飄忽而過。

四周一片寂靜，能聽得見的只有雨聲。格羅佛深深吸了一口氣。也許那東西已經走了。

接著閃電大作，婚紗店前方整個爆炸開來，一個令人毛骨悚然的聲音狂吼著：「你逃不掉的！」

我倏地坐起身，在床上不停發抖。

眼前沒有暴風雨，沒有半隻怪物。

早晨的陽光透過臥室的窗戶射了進來。

就在此時，我好像看到一個黑影閃過窗外……是個人形。接著傳來敲門聲，我媽在臥室門外大叫：「波西，你快要遲到了！」窗外的黑影就這樣消失了。

那可能是幻覺吧。我的房間有五層樓高，而窗戶外面只有搖搖欲墜的老舊防火梯……怎麼可能會有人呢？

「親愛的，快一點，」媽媽又叫了一次。「今天是這學年的最後一天，你應該很興奮吧！只差一步就成功了！」

「來了！」我應了一聲。

我伸手摸摸枕頭底下，手指碰到那枝令人安心的筆。它每天都陪伴我入睡。我把它拿出來，仔細看著筆身鐫刻的古希臘文：Anaklusmos。意思是「波濤」。

我有點想把筆蓋打開，不過猶疑了一下。已經好久沒用波濤劍了啊……

自從上次亂丟標槍把媽媽的瓷器櫃整個打翻後，我就答應她，只要身在這棟公寓內，就不會使用這些致命武器。我把波濤劍放在床頭小桌上，勉強拖著身子爬下床。

我盡快換好衣服，努力不去回想剛才的惡夢、夢中的怪物或是窗外的黑影。

「我得快點逃走，我得警告他們！」

格羅佛這兩句話是什麼意思？

我伸出三隻手指，放在心臟位置，然後向外推。這是格羅佛教我的古老驅邪手勢，他說這可以趕走不好的事。

那個夢不可能是眞的。

今天是這學年的最後一天。媽媽說得沒錯，我應該要很興奮才對，因爲這是我這輩子第一次幾乎把整個學年讀完，沒有被退學。在學校這一整年都沒有發生詭異的意外事件，沒有在教室裡打架，也沒有老師在變成怪物後，還想用有毒的餐廳食物或會爆炸的家庭作業置我於死地。而到了明天，我就要出發前往這個世界上我最喜歡的地方：混血營。

只要再過一天就行了，絕對不能搞砸。

不過，就像平常一樣，我完全不知道自己會陷入什麼樣的險境。

我媽做了藍色鬆餅和藍色荷包蛋當早餐。她很愛開這種玩笑，每次都用「藍色大餐」來慶祝生活中的重大事件。我想，她是用這種方式來告訴我：沒有什麼事情是辦不到的，波西可以讀完七年級，鬆餅也可以是藍色的。生命中有很多這類的小小奇蹟。

我在廚房的餐桌上吃早餐，媽媽在旁邊洗盤子。她身穿上班時的制服，藍色裙子上有很多星星，搭配紅白條紋的短上衣。她就以這種打扮在「美國甜蜜蜜」糖果店做店員。她的棕色長髮收攏在腦後，梳成漂亮的馬尾。

鬆餅眞是美味極了，但我吃東西的模樣肯定和平常不太一樣，因爲媽媽看了我一會兒，皺起眉頭說：「波西，你還好嗎？」

「喔……很好啊。」

其實只要我有煩惱，她都看得出來。她擦乾雙手，在我對面坐了下來。「是學校的事，還是……」

她不用把話說完，我就知道她要問什麼。

「我覺得格羅佛有麻煩了。」接著我把夢境一股腦兒告訴她。

她噘著嘴深思。我們很少談起我生活的「另一面」，通常盡可能過得愈正常愈好，但我媽對格羅佛的事情瞭若指掌。

「親愛的，換成是我，我就不會瞎操心，」她說：「格羅佛現在是個大羊男了。如果眞的發生了什麼事，我敢保證一定會聽到一些消息，從……營區那邊……」說到「營區」這個詞的時候，她的肩膀縮了一下。

「你有聽到什麼消息嗎？」我問。

「沒有啦，」她說：「我再找時間跟你說。今天下午我們來慶祝學年結束吧。我帶你和泰森去洛克斐勒中心❷，去你喜歡的那間滑板店。」

噢，好樣的，眞是太棒了！我們家的經濟一直很拮据，付掉媽媽的夜校和我的私立學校學費後，從來都買不起什麼特別的東西，更別說是逛滑板店這種地方了。可是，聽她講話的語氣卻讓我有點不安。

「等一下，」我說：「我以爲今天晚上要打包行李，準備去夏令營了？」

她扭一扭手上的抹布。「啊，親愛的，說到那個嘛……我昨天晚上接到奇戎傳來的訊息。」

我的心一沉。奇戎是混血營的活動主任，平常是不會跟我們連絡的，除非發生了很嚴重的事。「他說了什麼？」

「他認爲……你現在去混血營恐怕不太安全，我們可能得延後出發。」

「延後出發？媽，那裡怎麼可能不安全？我是個混血人耶！對我來說，那裡是全世界唯一安全的地方吧！」

「通常是這樣沒錯，親愛的，可是他們碰到一些問題……」

「什麼問題？」

「波西……我要向你說一百個對不起。我希望今天下午能跟你好好談這件事，但現在沒辦法解釋清楚，說不定連奇戎都沒辦法。事情發生得太突然了。」

我的心揪成一團。我怎麼能不去混血營呢？我心裡有一百萬個問題想問，但就在這時，廚房裡的時鐘響起半點的提示聲。

媽媽一副如釋重負的樣子。「七點半了，親愛的，你該出門囉。泰森在等你呢。」

「可是……」

「波西，今天下午再說吧。快去學校。」

去學校才應該排在最後順位吧。可是媽媽的眼神看起來好脆弱，那像是一種警告，警告我不要再逼迫她，否則她就要哭了。除此之外，關於泰森，她說得沒錯，我得準時趕到地鐵站和他碰面，否則他會不知道該怎麼辦。他很怕自己一個人在地底下搭車。

❷洛克斐勒中心（Rockefeller Center）是紐約著名的小都心，佔地九公頃，橫跨第五大道至第七大道，包含辦公大樓、購物商場、公共活動區域等，是二十世紀最偉大的都市計畫之一。

我趕緊收拾東西衝到門口，然後又停下腳步。「媽，關於混血營碰到的問題，是不是……會不會跟我夢到格羅佛有關呢？」

她沒有看我的眼睛。「親愛的，我們下午再談，我會解釋……盡可能解釋清楚。」

儘管一百個不情願，我還是向她說了再見。我跑下樓梯，趕去搭二號地鐵。

當時我沒料到，那天下午我和我媽完全沒機會再碰面談話。

事實上，我會有好長、好長一段時間再也不能回家。

步出家門外，我朝對街的紅磚建築物瞥了一眼。就那麼一秒鐘，我看見早晨陽光中有個黑色人形投射在磚牆上。那其實是個影子，但沒見到任何人。

然後影子閃動一下，就消失不見。

2 勒斯岡巨人

這天的一開始還滿正常的。或者說，這天和梅利威瑟中學的每一天差不多一樣正常。

我先向大家介紹一下，梅利威瑟中學這所「創新學府」位於紐約曼哈頓市中心。所謂的「創新」，是指我們上課坐的是舒服的懶骨頭沙發，不是一般課桌椅，而且老師們上課都穿牛仔褲和搖滾樂活動的T恤。

這些對我來說都很酷。喔，我的意思是，我是個過動兒，而且有閱讀障礙，就像大多數的混血人一樣，所以我在正規學校的成績非常爛，每到一所新學校的結局就是被退學。而這間梅利威瑟中學只有一個缺點：這裡的老師看起來永遠都很陽光，但是學生則不見得都那麼……嗯，陽光。

就拿我今天的第一堂課——英文課來說吧。梅利威瑟中學的學生都讀過一本叫《蒼蠅王》的書，書裡描述一群孩子被放逐到荒島上，最後全都發瘋了。所以今天的英文期末考，老師也把我們趕進一個獨立的院子裡待一個小時。在這段時間沒有半個大人在旁邊監督，老師想看看我們會發生什麼事。結果是這樣的：一場七年級和八年級之間的扯內褲大戰、兩場丟石頭大戰，還有一場上演全武行的籃球賽。學校裡有個惡霸叫做馬特·史隆，這些混戰多半是由他帶頭展開。

史隆既不高大也不壯碩，但他的所作所爲會讓人有這種錯覺。他的眼睛很像鬥牛犬，一頭黑髮亂蓬蓬，身上的衣服很昂貴，但總是鬆垮垮的，彷彿要提醒大家他對家財萬貫這件事有多麼不在乎。史隆的前排牙齒缺了一顆，那次他開他老爸的保時捷跑車出去兜風，結果撞上了一個「慢！禮讓兒童」的交通標誌。

總之，史隆就這樣亂扯每個人的內褲。而他試圖在我朋友泰森身上用這一招時，卻踢到了鐵板。

泰森是梅利威瑟中學唯一無家可歸的學生。據我和我媽的猜測，他應該是在很小的時候就被家人拋棄，可能因爲他實在太……太與眾不同了。他身高一百九十公分，長得像喜馬拉雅雪人一樣怪，卻是超級膽小的愛哭鬼，就連看到鏡子裡的自己都會嚇到哭出來。他的臉嚴重畸形，看起來很兇惡，就連我也說不出他的眼睛究竟是什麼顏色，因爲他彎鉤狀的牙齒實在很可怕，害我不敢再往上看。他的聲音非常低沉，但說起話來很好笑，簡直像個小小孩，我猜那是因爲他來梅利威瑟中學之前從沒上過學。泰森穿著破破爛爛的牛仔褲，腳上是一雙髒兮兮超大號運動鞋，格子花紋的法蘭絨襯衫滿是破洞。他身上有著紐約小巷弄裡的臭味，因爲他就住在那樣的地方，睡在七十二街一個原本裝冰箱的硬紙板箱子裡。

梅利威瑟中學之所以收容泰森，是因爲學校有個「關懷社區計畫」，希望所有學生都能表現出善意。可惜的是，大部分學生都無法忍受泰森，一旦他們發現泰森是懦弱的大個兒，不論他看起來多強或是多嚇人，大家還是以欺負他爲樂。我幾乎是他唯一的朋友，意思是說，他也是我唯一的朋友。

我媽早就向學校抱怨過一百萬次，她覺得學校對泰森的協助實在太少。她還曾打電話給社會福利機構，但情況似乎沒有任何改變。社工人員宣稱根本沒有泰森這個人，他們還發誓曾去我們說的小巷子裡找過幾百次，卻怎麼樣都找不到他。可是這小子是個大塊頭，還住在原本裝冰箱的超大紙箱裡，怎麼可能會找不到？眞是令人難以置信。

話說回來，當時馬特．史隆偷偷溜到泰森身後想扯他的內褲，害泰森嚇了一大跳。泰森想把史隆推開一點點，結果下手太重，史隆足足飛了五公尺遠，還卡進輪胎鞦韆的圓孔裡動彈不得。

「你這個大怪胎！」史隆鬼吼鬼叫著：「幹嘛不回去睡你的紙箱啊！」

泰森開始抽抽答答地哭了起來，順勢跌坐在遊樂場的方格鐵架上，力道之大把鐵架都坐彎了。他把頭埋進兩隻巨掌間。

「史隆，不准煩他！」我大叫。

史隆只是看著我，眼裡充滿了不屑的意味。「傑克森，你擔心個什麼勁兒啊？如果沒和那個大怪胎黏在一起，你應該會有很多朋友吧。」

我氣得握緊拳頭，希望我的臉看起來不像感覺上那麼紅。「他才不是怪胎，他只是……」

我在腦海裡努力搜尋適當的用詞，但史隆根本不想聽，他和那群又高又醜的狐群狗黨只顧著大笑。感覺上，今天跟在史隆身邊的呆瓜人數好像比平常多，或者只是出於我的想像？通常只有兩、三個人跟他混在一起，但今天好像有六、七個，我很確定以前沒看過這些人。

「傑克森，等上體育課的時候，」史隆說：「你就死定了。」

第一節下課時，我們英文老師迪米洛先生從教室裡走出來，檢視一下剛才那場大屠殺的戰況。他清清喉嚨說，每個人應該都很了解《蒼蠅王》所要傳達的眞正意涵了，這堂課大家都及格，而且所有人都要謹記在心，長大之後千萬千萬不能變成殘暴的人。馬特．史隆點頭如搗蒜，接著咧開嘴，給我一個缺了牙的微笑。

我拼命安慰泰森，還答應午餐時間多買一份花生醬三明治給他，這才讓他停止啜泣。

「我……我眞的是大怪胎嗎？」他問我。

「不是啦，」我一邊向他保證，一邊氣得咬牙切齒，「馬特．史隆才是大怪胎。」

泰森吸了一下鼻涕。「你是好朋友。下個學年會很想你，如果……如果我不能……」他的聲音不斷顫抖。我明白，他很擔心下個學年不會接獲「關懷社區計畫」的邀請，那就不能回學校了。不曉得校長願不願意和他談一談。

「別擔心啦，大個兒，」我勉強回應他說：「一切都會很順利的。」

泰森看著我，眼裡盡是無限的感激，這讓我覺得自己像個大騙子。我憑什麼向這樣的孩子保證一切都會很順利？

下一堂是自然課考試，特斯拉老師叫我們把幾種化學物質混合在一起，製造出某種會爆炸的東西。我的實驗搭檔是泰森。對我們實驗要用的超小試管來說，泰森那雙手實在太大了，一不小心就把整排化學試劑撞翻到桌下，並在垃圾桶裡製造出一朵橘色的蕈狀雲。

特斯拉老師趕緊淨空整個實驗室，並召來危險廢棄物處理小組。等到一切混亂結束後，她大大稱讚我和泰森，說我們是天生的化學家。因爲從來沒有學生能在三十秒內完成她的考題，我們是第一名！

眞高興早上過得這麼快，這樣我就沒太多時間思考自己的問題。但我還是忍不住去想到，也許混血營陷入了某種危機；更糟的是，關於早上那個惡夢的記憶仍然揮之不去。我有種不好的預感，格羅佛很可能身處險境。

上社會課時，大家正忙著畫經緯線地圖。我打開筆記本，看到裡面夾著的一張照片，那是我朋友安娜貝斯去華盛頓度假時拍的。她穿著牛仔褲和牛仔外套，裡面套一件橘色的混血營T恤，金色的頭髮用頭巾束攏在腦後。照片中的她站在林肯紀念堂前面，雙手交叉在胸前，看起來非常自得其樂，彷彿那座建築物是她設計的一樣。看吧，安娜貝斯就是立志要成爲建築師，所以最喜歡造訪各地有名的古蹟或建築物。在這方面她還挺怪的。春假過後，她用電子郵件寄這張照片給我，每隔一陣子我就會看一看，好提醒自己安娜貝斯是眞的存在，而混血營也不是我想像出來的。

眞希望安娜貝斯能在這裡，她一定知道我的夢境代表什麼意思。雖然我死不承認，但她確實比我聰明，只不過有時候這女生還挺煩的。

正當我要合上筆記本時，馬特．史隆突然伸出手，把那張照片搶走。

「喂！」我大叫。

史隆瞧瞧照片，雙眼張得超大。「傑克森，不會吧！這是誰？她該不會是你的……」

「還給我！」我的耳朵開始發熱。

史隆把照片遞給他的狐群狗黨，那些傢伙嘻嘻竊笑，接著把照片撕成碎片，任憑碎片飄落在地上。我以前從沒看過這些新來的傢伙，他們衣服上全都別著學務處發的蠢名牌，上面寫著「嗨！我叫做某某某」。他們的幽默感想必也和一般人完全不同，因為名牌上的名字都很怪異，像是「吸髓鬼」、「吃腦魔」、「搖搖怪」之類的。正常人不會取這種名字吧。

「這幾個傢伙下學年會轉學進來，」史隆很得意地說，好像這樣就能嚇倒我。「我敢打賭他們付得起學費，和你的痴呆朋友不一樣。」

「他才不痴呆。」我得拼命忍住，才不致於一拳打在史隆臉上。

「傑克森，你真沒種。好消息是，下個學年你可慘了，我要把你踢出去。」

他那些大塊頭的狐群狗黨正在吃我的照片。我真想把他們揍個稀巴爛，可是奇戎的嚴格規定言猶在耳，他要我千萬不可以把氣出在一般凡人身上，無論他們有多麼令人不爽。我必須把力氣保留起來對付怪物。

仍然有一部分的我忍不住想著，要是史隆知道我真正身分的話……

下課鐘聲響起。

我和泰森正打算走出教室時，有個微弱的女生聲音說：「波西！」

我轉頭看看置物櫃附近，沒有半個人多看我一眼。感覺上，梅利威瑟中學的女生好像打死也不願意叫我的名字。

我還來不及細想那是不是幻覺時，一大群學生衝向體育館，也把我和泰森一起拉進去。體育課的時間到了，體育老師答應讓我們打躲避球，同學們可以自由參加，而馬特．史隆則揚言要宰了我。

梅利威瑟中學的運動服是天藍色短褲配上手染的T恤。幸虧體育課大部分在室內上課，這樣我們才不用在時髦的翠貝卡街區❸慢跑，否則看起來會很像一群痞子在上軍訓課。

我以最快的速度在更衣室換好運動服，因為我一點也不想在這裡遇到史隆。當我正打算走出去，泰森叫住我：「波西？」

泰森還沒換衣服。他在重量訓練室門邊，手上拿著運動服。「你可不可以……呃……」

「喔，好啊。」我盡量讓聲音聽起來沒有不耐煩的意味。「好啊，老兄，沒問題。」

泰森趕緊走進重量訓練室。他在裡面換衣服時，我在門口把風。其實這樣還滿尷尬的，

❸翠貝卡街區（Tribeca）位於紐約下城區，有許多時髦的個性商店、餐廳和畫廊。

但他總是拜託我幫忙把風，大概是因爲他全身長滿了毛，背上還有很奇特的疤痕。就連我都沒有勇氣問他那些疤痕是怎麼來的。

不管怎麼說，我還是會幫他，那是因爲我曾經領受過悲慘的教訓：如果泰森換衣服時有人取笑他，他就會陷入極度的沮喪，然後開始把更衣室的門全部拆下來。

我們走進體育館，體育課的南利老師坐在小桌子旁，正聚精會神地閱讀《運動畫刊》雜誌。南利老師大概有一百萬歲，戴了一副老花眼鏡，嘴裡沒半顆牙，一頭灰髮油膩到不行。他讓我想起混血營的神諭使者，就是那個乾巴巴的木乃伊，只不過南利老師的動作更緩慢，也不會吐出陣陣綠煙。嗯，就我看來應該是不會。

馬特．史隆問說：「老師，我可以當隊長嗎？」

「啊？」南利老師抬起頭來。「噢，」他喃喃說道：「好啊。」

史隆咧嘴一笑，開始選隊員。他叫我去當另一隊的隊長，但我根本不用傷腦筋該選誰當隊員，因爲所有體育健將和受歡迎的同學全都跑去他那一隊，就連新來參觀的那些大塊頭也不例外。

我這一隊的成員有泰森、電腦怪胎柯利．貝勒、數學天才拉吉．曼達力，還有其他六、七個人，他們都常常被史隆那一幫人欺負。平常我只要有泰森當隊友就夠了，他一個人就抵得上半隊人馬，但史隆隊上那幾個參觀學生都像泰森一樣高壯，更何況他們有六個人。

史隆在體育館中央倒出一整籃的球。

「好怕，」泰森喃喃說著：「怪味道。」

我看著他。「什麼怪味道？」他看起來不像是在自言自語。

「他們。」泰森指著史隆那群新朋友。「怪味道。」

那些來參觀的大塊頭正在扳動手指關節，他們看著我們的神情活像大屠殺的時間到了。我不禁開始懷疑起那些人的來歷，說不定他們生長的地方都會餵小孩吃生肉，還會用棍子教訓小孩。

史隆吹響體育老師的哨子，比賽開始。他們那一隊的人立刻衝往中線，至於我這隊呢，拉吉．曼達力用巴基斯坦話不知在鬼叫什麼，可能是在說：「我要去上廁所！」然後就往門口衝去。柯利．貝勒則慢慢爬到體操墊後面躲起來，其他隊員更是嚇得縮成一團，希望自己不會變成標靶。

「泰森，」我說：「我們來……」

一顆球猛力衝撞我的肚子，害我重重跌坐在體育館正中央的地板上。另一隊爆出一陣瘋狂的笑聲。

我的視線變模糊，像有隻大猩猩死命按壓我的肚子。真不敢相信有人扔這麼大力。

泰森大叫：「波西，快閃！」

我在地上滾了一圈，又一顆躲避球從我耳邊呼嘯掃過，快得像音速一樣。

碰！

那顆球擊中體操墊，只聽見柯利．貝勒慘叫一聲。

「喂！」我朝史隆那一隊大叫：「這樣會出人命耶！」

那個名叫搖搖怪的參觀學生邪惡地朝我咧嘴笑笑。不知怎麼的，他現在看起來好像變高許多……甚至比泰森還要高大，而且他的二頭肌在T恤底下高高隆起。

「我就是要這樣！柏修斯．傑克森，你管不著！」

他這樣叫我的名字，竟讓我背脊一陣發涼。沒有人會叫我的本名柏修斯，除非是知道我眞實身分的人，像是我的朋友……還有敵人。

剛才泰森說了什麼？他們有怪味道。

是怪物。

那群參觀學生全圍繞在史隆身邊，他們的體型變得愈來愈高大。此刻他們一點也不像青少年，而是一群身高兩百四十公分的巨人。他們的眼神極兇狠，獠牙銳利，毛茸茸的手臂上滿是刺青，刺了很多蛇、草裙舞女郎和紅色愛心之類的圖案。

史隆手上的球掉到地上。「哇！你們不是從底特律來的吧！你們是誰啊？」

他們隊上的其他學生開始尖叫逃竄、衝向門口，但那個叫做吸髓鬼的巨人射出一顆準到要命的球。正當拉吉．曼達力逃到門口時，那顆球筆直竄過他身邊擊中大門，大門「轟！」的一聲關上，簡直像變魔術一樣。拉吉和一些學生瘋狂敲門，那扇門卻文風不動。

「讓他們出去！」我朝那些巨人大喊。

那個叫搖搖怪的巨人對我咆哮。他的二頭肌上有個刺青，上面刺著：搖搖怪愛甜姐兒。

「叫我白白浪費眼前的美食嗎？才不要呢，海神的兒子。我們勒斯岡巨人❹不只想把你們玩到死，還要當午餐吃！」

他搖動手臂，地板中線又出現一批新的躲避球……但這些球不是橡皮材質，是用青銅做的，足足有砲彈那麼大，而且像威浮球❺一樣有孔，火焰從孔中噴發出來。青銅球必定燒得滾燙，但那些巨人竟然可以徒手拎起來。

「南利老師！」我大叫。

南利老師一副昏昏欲睡的樣子。話說回來，如果他看得出這場比賽有多不正常，又怎麼會袖手旁觀？這就是凡人的問題了。有一種魔法力量叫做「迷霧」，可以讓凡人無法看清怪物和天神的真正形體，只看得見他們能理解的部分。像體育老師也許只見到幾個八年級學生在痛扁學弟妹，就跟平常沒什麼兩樣；而其他學生或許看到的是史隆的狐群狗黨又在亂扔汽油彈（這也不是第一次了）。但無論如何，我此刻面對的是如假包換的嗜血食人巨怪，我敢肯定在場沒人看得出來。

❹勒斯岡巨人（Laistrygonians）是食人族，體型非常巨大。在荷馬史詩《奧德賽》（*Odyssey*）的故事中，便描寫英雄奧德修斯（Odysseus）曾遭遇勒斯岡巨人的猛烈攻擊。

❺威浮球（wiffle balls）的材質是輕巧的強化塑膠，空心且表面有孔，可透過改變氣流通過球孔的方式投出各種變化球。可當作棒球的替代品。

「好呀，好呀，」體育老師喃喃說著：「打得好。」

然後又繼續看雜誌去了。

名叫吃腦魔的那個巨人丟出手上的球，我連忙閃到一邊，只見那顆「青銅彗星」噴著烈焰，從我肩膀旁邊高速飛過。

「柯利！」我急得尖叫。

趕在火球炸開之前，泰森及時把他從體操墊後拉出來。火球把墊子炸成冒煙的碎片。

「快跑！」我吩咐隊友們，「去另一邊出口！」

他們衝向更衣室，但搖搖怪再次搖一搖手，那扇門又「轟！」的一聲摔上。

「所有人都不准離開，除非你走得了！」搖搖怪對著我大吼：「而你一定走不了，因爲我們要把你吃掉！」

他擲出手上的火球，火球在體育館地板炸出一個大坑洞，我的隊友們嚇得四散奔逃。

我伸手去抓波濤劍，平常它都放在我的口袋裡。啊，這下糟了，現在我穿著運動短褲，而這件短褲沒有口袋，波濤劍塞在我的牛仔褲口袋，而我的衣服正鎖在更衣室的置物櫃中；更慘的是，更衣室的門又被巨人封死了。我等於是手無寸鐵。

又有一個火球如閃電般朝我飛來，雖然泰森及時把我推開，但爆炸的威力太驚人，我還是被炸得翻了個跟斗。我發現自己趴在體育館的地板上，濃煙燻得我頭暈目眩，身上的T恤佈滿了嘶嘶作響的小洞。隔著地板中線，兩個飢餓的巨人正惡狠狠瞪著我。

「鮮肉！」他們大吼一聲：「午餐要吃英雄的鮮肉！」他們一同相準了目標。

「波西需要幫忙！」泰森一邊大叫，一邊跳到我前面，就在這時，那兩個巨人同時擲出手上的球。

「泰森！」我大聲尖叫，但已經太遲了。

兩個球同時灌進他懷裡……可是，不會吧……他竟然都接住了！到底怎麼回事？是泰森耶，他平常總是笨手笨腳，一下子打破實驗器材、一下子坐壞遊樂設施的，但現在他竟然可以同時接住這兩顆以時速一千兆公里朝他飛來的火焰金屬球！更厲害的是，泰森竟然又把球丟回給那兩個嚇呆的巨人。他一邊丟還一邊大叫著：「大——壞——蛋！」只見兩顆銅球擊中他們的胸膛，隨即爆炸開來。

兩個巨人立刻被炸碎，變成兩團沖天烈焰。這就可以確定他們是怪物沒錯。事實上怪物不會死，只會變成煙塵消散掉；這樣也好，省得英雄在和牠們打完一架之後，還得多花力氣處理善後。

「兄弟啊！」叫搖搖怪的食人巨怪開始號啕大哭。接著，他手上的肌肉高高鼓起，「甜姐兒」的刺青也微微抖動著。「你要為他們的毀滅付出代價！」

「泰森！」我大喊：「小心！」

又一顆「彗星」朝我們飛過來，泰森及時把它揮打到一旁。那顆球直直飛越南利老師的頭頂，掉在看台上，發出「碰！」一聲巨響。

有些學生邊叫邊逃，還得小心閃避地板上嘶嘶作響的大坑洞。另外一些人則瘋狂敲門、大聲呼救。至於史隆，他一個人呆立在球場中央，瞪著那些「死亡之球」在身邊飛來飛去，一臉不可置信的模樣。

南利老師依舊看不出任何異狀。只見他輕輕敲打助聽器，彷彿那連串爆炸巨響只是一些小雜音，而且眼睛還是沒離開手上的雜誌。

整個學校一定都聽得到這裡的噪音，校長、警察和其他人應該會趕來幫忙。

「勝利是屬於我們的！」搖搖怪大吼：「我們會把你的骨頭都啃光光！」

我很想對他說，他未免把躲避球遊戲看得太認真了一點，但話還沒說出口，他已經舉起另一顆球，另外三個巨人也伺機而動。

我知道這下死定了。如果所有的球一起飛來，泰森不可能抵擋得住。早在擋住第一顆球時，他的雙手應該就嚴重燙傷了，而我的武器又不在手邊……

一個瘋狂的點子突然浮現腦海。

我立刻衝向更衣室。

「快閃開！」我朝隊友們大喊：「離開門邊！」

我身後傳來爆炸巨響。泰森已經把兩顆球掃回去，將它們的主人炸成灰燼。

還剩下兩個巨人屹立不搖。

第三顆球直直朝我飛過來。我強迫自己站在原地等待，心中默念再忍耐一下、再忍耐一下下……然後在火球要撞碎更衣室的門時閃到一邊。

這下可好，我心想，光是男生更衣室裡的沖天臭氣就足以引發大爆炸，更何況來了一顆火焰躲避球？接著果然聽見巨大的一聲：「轟！」

牆壁整個被炸開，置物櫃門板、襪子、運動員護具和各種噁心巴啦的個人用品，全都散落在整個體育館內。

我趕忙轉身，剛好看到泰森一拳打在吃腦魔臉上，讓那巨人倒地不起。但還有最後一個巨人沒解決，就是搖搖怪。這傢伙詭計多端，此時他手上拎著一顆球，準備等待最好時機。泰森正要轉身面對他時，那顆銅球就出手了。

「不！」我大喊。

那顆球結結實實打中泰森的胸口，只見他滑過整個球場，轟然一聲撞進後牆，牆壁應聲而垮，有些磚塊掉在他頭上。體育館的後牆被撞出了一個大洞，直通外面的教堂街。我無法理解泰森怎麼還能活著走出來，但他看起來只是有點昏頭轉向而已。那顆青銅球在泰森腳邊冒著煙，他想要撿起球，卻又一個踉蹌，往後摔進磚塊堆裡。

「好啊！」搖搖怪在一旁幸災樂禍，「我是碩果僅存的啦！有好多肉吃，還可以打包回去給甜姐兒吃！」

他又撿起另一顆球，瞄準泰森。

「住手！」我大喊：「你的目標是我！」

巨人咧嘴笑笑。「這位年輕的英雄，你想要先死一步嗎？」

我得想點辦法才行。波濤劍一定就在附近。

然後我看見我的牛仔褲了，剛好塞在巨人腳邊的冒煙衣服底下。只要能到那裡去……我知道希望很渺茫，但還是衝了過去。

巨人開始仰頭狂笑。「我的午餐自己跑過來啦！」他舉起手臂準備投擲，而我也準備好要從容就義了。

突然間，巨人顯得全身僵硬，臉上的表情從洋洋得意倏地轉變成驚慌失措。接著，他的T恤撕裂開來，肚臍的部位長出某種角狀的東西……不，不是角……是閃閃發亮的刀尖！

他手上的銅球掉到地上。怪物低頭看著刀刃，那把刀從他背後貫穿出來。

他喃喃說著：「噢！」然後就炸成一團綠色火焰。我猜，這下子「甜姐兒」沒有打包的鮮肉可以吃，一定會很失望。

煙霧中有個人站著，是我的朋友安娜貝斯！她臉上髒兮兮的，還有擦傷，肩上掛著破破爛爛的背包，一頂棒球帽揣在口袋裡，手上則握著一把青銅刀。她那有如暴風雨般的灰色眼珠顯露出狂亂的神色，彷彿背後有鬼魅追了她一千公里遠。

至於馬特．史隆，他整個嚇呆了，全程站在原地不動。他最後回過神來看著安娜貝斯，用力眨眨眼，八成已經認出她是照片上的人。「就是那個女生……那個女生……」

安娜貝斯對準他鼻子揍了一拳，把他打倒在地。「還有你，」她說：「離我朋友遠一點。」

整個體育館陷入一片火海，學生們依舊四散奔逃，尖叫聲此起彼落。我聽見警笛聲高低呼嘯，擴音器也傳出音調扭曲的廣播聲。透過出口門的玻璃窗，我看見我們校長——盆栽先生，他正用力扭轉鎖住的門把，背後還有一群老師推來擠去。

「安娜貝斯……」我結結巴巴地說：「你怎麼……你來了多久？」

「差不多整個早上吧。」她把青銅刀插回刀鞘。「我一直想找個好時機跟你說話，可是你身邊一直有人。」

「我今天早上看到的黑影……那是……」我的臉燒得發燙，「噢，天啊，你從我房間窗外看著我嗎？」

「沒時間解釋了！」她怒氣沖沖地說，她的臉看起來也有點紅。「我只是不想……」

「在那邊！」一個女人尖叫著。門終於打開了，那些大人一擁而上。

「到外面跟我碰頭，」安娜貝斯對我說：「帶他一起來。」她指著這時仍頭昏腦脹坐在牆邊的泰森，並且用難以理解的嫌惡眼神看了泰森一眼說：「你最好帶著他。」

「什麼？」

「沒時間了啦！」她說：「快點！」

她戴上那頂洋基棒球帽，突然間就消失了。那頂帽子是她媽媽送給她的魔法禮物。

她就這樣留我一個人站在一片火海的體育館中央。這時校長衝了過來，後面跟著學校裡一半以上的老師和幾名警察。

「波西．傑克森？」盆栽校長說：「什麼……怎麼會……？」

泰森終於從牆壁殘骸中爬出來，一邊唉唉呻吟，一邊推開磚塊站直身子。「頭痛。」

史隆也跑來我旁邊，驚恐萬分的眼神盯著我不放。「盆栽校長，都是波西搞的鬼！是他放火把整棟房子燒了，不信的話可以問南利老師，他全都看到了！」

南利老師依然非常盡職地看雜誌，不過我可能運氣太好了一點，他剛剛好選在史隆叫他名字的時候抬起頭來說：「咦？是啊，是啊。」

所有大人全都轉過來看我，我知道他們絕對不會相信我，即使我說的是實話。

我連忙從破爛的牛仔褲口袋抓出波濤劍，並對泰森說：「快走！」然後從體育館側邊炸開的坑洞跳了出去。

3 灰色計程車

我和泰森沿著教堂街往前走，安娜貝斯在半路上等著。她突然把我們拖離人行道，因爲有輛消防車呼嘯而過，火速開往梅利威瑟中學。

「你在哪裡找到這傢伙？」她像是在盤問我，手指著泰森。

假如現在換了不同的環境，看到她出現肯定讓我超級高興。儘管她媽媽是智慧女神雅典娜❻，和我爸爸很不對盤，但我們在去年夏天還是相處得很融洽。我想念安娜貝斯的程度，恐怕比自己承認的多很多。

可是在這當下，我才剛遭受巨人的猛烈攻擊，幸虧有泰森三番兩次救了我，而安娜貝斯竟然只是惡狠狠地瞪著他，彷彿問題全都出在他身上。

「他是我的朋友。」我告訴她。

「他無家可歸嗎？」

「這件事到底礙到誰了啊？他聽得見，難道你看不出來嗎？你幹嘛不自己問他？」

❻ 雅典娜（Athena），智慧與戰技的女神。參《神火之賊》一三一頁，註㉖。

她一臉驚訝。「他會說話?」

「我會說話,」泰森趕緊表態,「你很漂亮。」

「噢!真噁心!」安娜貝斯嚇得倒退三步。

她竟然如此粗魯無禮,我簡直不敢相信。我急忙檢查泰森的雙手,心想不知被那些火焰躲避球燒成什麼模樣,可是看起來沒啥大礙,只是髒髒的有些疤痕,骯髒的指甲幾乎像洋芋片一樣大,不過他本來就長那樣。「泰森,」我充滿疑惑地說:「你的手完全沒燙傷耶。」

「當然不會啦,」安娜貝斯低聲咕噥著:「有他在你身邊,那些勒斯岡巨人還敢攻擊你,我驚訝得下巴都快掉下來了。」

安娜貝斯的金髮似乎把泰森迷得神魂顛倒。他伸出手想摸摸看,結果被她一掌掃開。

「安娜貝斯,」我說:「你剛剛說什麼?勒斯……什麼啊?」

「勒斯岡巨人,就是體育館裡的怪物啦。他們是食人族,住在很遠很遠的北方,希臘英雄奧德修斯❼就曾闖入他們的領地。可是從沒聽說勒斯岡巨人跑到紐約這麼南邊來。」

「勒斯什麼啦……好拗口喔,你可不可以用白話文來稱呼他們啊?」

她沉思了一會兒。「他們都來自北方,不然叫他們加拿大人好了。」她終於下定決心說。

「好啦,快點,我們得離開這裡。」

「警察會來追我。」

「那是最不重要的問題,」她說:「你最近有沒有做什麼夢?」

「做夢……和格羅佛有關的嗎？」

她的臉色突然變得很蒼白。「格羅佛？我不是指這個。格羅佛怎麼了？」

我把那個夢境告訴她，問她說：「那代表什麼意思？你又做了什麼夢？」

她的神色看來更激動了，腦袋運轉的速度彷彿高達每小時一百萬公里。

「混血營，」她終於說了出口，「混血營有大麻煩了。」

「我媽也這樣說！是什麼樣的麻煩？」

「我也不是很確定，總之有什麼事情不對勁。我們得馬上趕去那裡。有很多怪物一直在追我，從維吉尼亞州一路追到這裡，想要阻止我趕過去。你有沒有遇到很多攻擊事件？」

我搖搖頭。「一整年都沒有……直到今天才碰到。」

「完全沒有？怎麼可能……」她的視線轉向泰森，「噢。」

「你說『噢』是什麼意思？」

泰森舉起手，一副像是在課堂上要發問的樣子。「體育館裡那些加拿大人叫波西什麼……海神的兒子？」

我和安娜貝斯互看一眼。

❼奧德修斯（Odysseus），希臘神話中的英雄人物，個性勇敢、忠誠且寬厚仁慈。荷馬長篇史詩《奧德賽》即以他為主角，描寫他的流浪故事與收復國土的冒險經歷。

我不曉得該如何對泰森解釋這件事，但總覺得泰森有資格知道眞相。要不是他，我現在可能死無葬身之地。

「大個兒，」我對他說：「你有聽過所謂希臘天神這類老故事吧？像宙斯[8]、波塞頓[9]、雅典娜……」

「這樣啊。」泰森說。

「其實啊……那些神都還活著喔。他們算是跟著西方文明到處跑，住在每個時代最強盛的國家，像現在他們就住在美國。有時候他們會和凡人生小孩，這樣的小孩就叫做混血人。」

「這樣啊。」泰森說著，好像還在等我說到眞正的重點。

「嗯，該怎麼說呢，我和安娜貝斯都是混血人，」我說：「我們算是……正在接受訓練的英雄。還有，怪物只要一聞到我們的氣味就會跑來攻擊，所以體育館才會有那些巨人出現。他們就是怪物。」

「這樣啊。」

我盯著他看。他聽到我說的這些事，似乎既不驚訝也不困惑，這點反而讓我覺得既驚訝又困惑。「所以……你相信我說的話囉？」

泰森點點頭。「不過，你是……海神的兒子？」

「對呀，」我承認，「我爸是海神波塞頓。」

他皺起眉頭。現在他看起來就眞的很困惑了。「可是剛才……」

一陣警笛聲呼嘯而來，有輛警車衝過巷口。

「沒時間解釋這些了，」安娜貝斯說：「我們先找輛計程車再說。」

「搭計程車回混血營？」我說：「你知道那會花多少錢嗎？」

「相信我。」

我不知道該怎麼辦。「那泰森呢？」

到了混血營，我該怎麼保護這個大個兒呢？我在心裡想像那會是什麼情形。在正常的學校操場碰到正常的惡霸，他就已經那麼不正常了，要是在混血營碰到那些半神半人的傢伙，眞不知道他會有什麼反應。但換個角度想，此刻到處都有警察在找我們。

「絕對不能丟下他不管，」我下定決心說：「不然他也會有大麻煩。」

「是啊，」安娜貝斯的表情有點冷酷，「我們當然得帶他走。趕快走啦！」

我不喜歡她說話的樣子，好像泰森感染了什麼非得送進醫院的可怕疾病似的，但我還是跟著她走出巷子。我們三個躡手躡腳穿越市中心的小巷，而在身後，只見學校的體育館不斷冒出陣陣濃煙，直竄雲霄。

「到這裡就行了。」安娜貝斯指示我們停在湯馬斯街和春波街口。她在背包裡面摸索了一

---

❽宙斯（Zeus），天神之王。參《神火之賊》三十七頁，註❸。
❾波塞頓（Poseidon），海神。參《神火之賊》一四九頁，註㉜。

陣。「希望還剩下一個。」

安娜貝斯的狀況比我原先想像的還要慘。她的臉頰被割傷了，頭髮紮成的馬尾纏著許多細小枝葉和雜草，顯然在外面露宿了好幾天，而且她的牛仔褲縫邊有不少裂口，恐怕是動物利爪的傑作。

「你在找什麼？」我問她。

四周不斷傳來警笛聲，我猜要不了多久，巡邏的警車就會愈來愈多，他們都想要找出那幾個炸毀體育館的青少年嫌犯。這還用說嗎？馬特．史隆一定會在他們面前講得口沫橫飛，而且八成與事實完全相反，他會把我和泰森說成嗜血的食人魔之類的。

「找到一個，感謝天神。」安娜貝斯拿出一個金幣，我認出那是奧林帕斯山專用的古希臘金幣。金幣的一面鑄刻著宙斯的肖像，而另一面則是紐約帝國大廈。

「安娜貝斯，」我說：「紐約的計程車司機不會收那個吧。」

「Stêthi,」她用古希臘文大喊：「Ô hárma diabolês!」

此刻她雖然是用著奧林帕斯山的語言說話，但和平常一樣，我竟然聽得懂。她說的是：「停車，地獄戰車！」

不管她打算做什麼，我聽了一點也興奮不起來。

她把手裡的金幣丟到街上，但那枚金幣竟然沒有在柏油路面上匡噹作響，反倒立刻沉陷下去，一下子就消失了。

過了好一會兒，什麼事都沒發生。

然後，就在金幣沉下去的地方，柏油的顏色變深，漸漸融化成一個長方形的池子，足足有一個停車位那麼大，而且竟然咕嚕咕嚕冒出像血一般的紅色液體。接著，一輛車子從池子裡衝了出來！

好吧，那眞的是一輛計程車，但是和紐約市所有計程車都不一樣。它的車身不是黃色，而是灰撲撲的顏色。我的意思是說，那輛車的車身像是用灰煙交織而成，好像可以直接穿透過去一樣。車門上印有幾個字，看起來像「崁巴三姊妹」之類的；其實我有閱讀障礙，對我來說，要破解那些字的意義可以說是難如登天。

前面乘客座的窗戶搖了下來，有一位老太太探出頭。她頂著一頭亂糟糟的灰髮，幾乎完全遮蓋住眼睛，而且講話咕噥含糊得實在很詭異，彷彿剛剛才被注射過一劑麻醉藥。「蟲客捏？蟲客捏？」

「三位乘客，到混血營。」安娜貝斯說。她打開計程車的後座門，招招手叫我坐進去，好像眼前的一切再正常不過了。

「啊！」那個老太太尖叫著說：「我們不載他那種的！」

她用一根瘦骨嶙峋的手指比著泰森。

今天是怎樣？所有人都要找「大塊頭醜小子」的碴嗎？

「我會多付錢，」安娜貝斯連忙應聲，「到了以後再多付三個金幣。」

「一言爲定！」那個老太太尖聲喊著。

我心不甘情不願地坐進計程車，泰森擠在中間，安娜貝斯最後一個爬進來。

車子的內部也全是灰撲撲的顏色，但感覺還滿堅固的。座椅破破爛爛且凹凸不平，這點倒是與大多數計程車差不多。車子的前後座之間沒有用樹脂玻璃隔開，而前面的駕駛座……等一下，原來不只一位老太太，而是三位，全部擠在前座。每一位都是蓬蓬亂髮蓋住眼睛，都有骨瘦如柴的手，連身上也一律穿著深灰色的麻布衫。

開車的那一位說：「要去長島耶！可以收地鐵線以外區域的加成費！哈！」

她狠狠踩下油門，害我的頭猛然向後撞上椅背。此時有個預先錄製的聲音從喇叭幽幽傳來：「嗨，我是甘尼梅德⑩，宙斯的斟酒人，如果要出門幫天神宙斯選購美酒，我一定會繫好安全帶！」

我向下看了看，發現一條又大又粗的黑鐵鍊，想必是用來代替安全帶。我心想，也許先不用那麼悲觀……只是也許。

計程車在西百老匯路口高速轉彎，此時前座正中央的灰女士尖叫著：「小心啊！左轉！」

「哎喲，激動婆，只要你把眼睛給我，我就看得見啦！」司機抱怨著。

等等。把眼睛給她？

我還來不及問問題，司機女士突然猛打方向盤，及時避開一輛迎面而來的貨運大卡車，結果衝上路旁的人行道，車頭「碰！」的一聲彈了起來，整輛車飛過一個路口。

「暴躁婆！」第三位老太太對司機說：「把那女孩的金幣給我！我想咬咬看！」

「生氣婆，你上次咬過了！」司機女士說，她的名字想必就是暴躁婆。「這次換我了！」

「我才沒有！」那個叫生氣婆的大吼。

中間那位激動婆突然扯開喉嚨大喊：「紅燈！」

「煞車啦！」生氣婆大吼。

暴躁婆不但沒有煞車，反而猛踩油門衝上人行道，車底在另一個街角刮擦出尖銳的嘰嘎聲，還撞飛了路邊一個報紙箱。這時我的胃好像被遠遠拋在後方。

「不好意思，」我說：「請問……你們看得見路嗎？」

「看不見！」手握方向盤的暴躁婆大叫著。

「看不見！」前座中央的激動婆大叫著。

「當然可以！」右邊乘客座的生氣婆大叫著。

我轉頭看看安娜貝斯。「她們全是瞎子嗎？」

「不完全是，」安娜貝斯說：「她們有一隻眼睛。」

「一隻眼睛？」

⑩甘尼梅德（Ganymede）原是特洛伊國王特洛斯（Tros）的兒子，有著俊美非凡的長相。宙斯派老鷹將他擄至奧林帕斯山，接替青春女神希碧（Hebe）擔任為眾神斟酒的工作。

「是啊。」

「每個人一隻？」

「不是。全部只有一隻。」

在我身旁，泰森不知在咕噥什麼，只見他緊緊抓著椅子。「不舒服。」

「噢，糟了！」我說。我曾在校外教學看過泰森暈車，在那種情況下，你絕不會希望自己距離他五公尺以內。「大個兒，撐著點。誰有垃圾袋之類的東西？」

三位灰女士忙著爭吵不休，根本沒時間聽我說話。我看看安娜貝斯，她也拼命抓緊免得飛出去，我拋給她一個「你竟然這樣對我」的眼神。

「喂，」她說：「要去混血營，最快的方法就是坐『灰色三姊妹計程車』！」

「那你爲什麼不從維吉尼亞州就坐上來？」

「她們的服務範圍沒有到那裡。」聽她說話的語氣，好像這件事大家都應該知道似的。

「她們只在大紐約地區和附近社區載送乘客。」

「我們這輛計程車載過很多名人喔！」生氣婆興奮大叫：「像是傑生⓫，你們記得他嗎？」

「不准在我面前提起他！」暴躁婆哭喪著臉說：「更何況那時候我們根本沒有計程車，你這個瞎老太婆。那是三千年前的事耶！」

「把牙齒給我啦！」生氣婆氣得抓住暴躁婆的嘴巴，但暴躁婆一把掃開她的手。

「除非激動婆把眼睛給我！」

「不要！」激動婆尖聲叫道。「明天才輪到你用眼睛！」

「可是我在開車啊，你這個臭老太婆！」

「那是藉口！轉彎！你該轉彎了啦！」

暴躁婆高速轉進迪藍西街，害我夾在泰森和車門之間差點被壓扁。她把油門踩到底，於是我們飛出路面，衝上威廉斯堡大橋，時速高達一百一十公里。

這時候，前座那三姊妹眞的打了起來。她們互摑巴掌，一下子是生氣婆想要抓住暴躁婆的臉，一下子則是暴躁婆要抓住激動婆的臉，一時間只見前座灰髮亂飛，她們都張大了嘴，尖叫聲不絕於耳。我也在這時才發現，三姊妹都一臉癟嘴、沒有牙齒，只有暴躁婆戴了一排長滿青苔的黃門牙。而在眼睛的位置，三個人全都緊閉雙眼、眼窩凹陷，現在只有生氣婆戴了一隻滿佈血絲的綠眼睛，飢渴的眼神死盯著每樣東西，彷彿怎麼看都看不夠似的。

到最後，搶到視覺優勢的生氣婆決定先下手爲強，一隻手伸進暴躁婆的嘴巴使勁一拉，把她的牙齒扯下來。這下子暴躁婆可火大了，突然間改變車行方向，把車身甩到威廉斯堡大橋的橋邊，一邊口齒不清地大喊：「還給偶！還給偶！」

泰森不停呻吟，緊緊壓住自己的肚子。

⓫ 傑生（Jason），希臘神話英雄，為了奪回被搶走的國家，接受尋找金羊毛的任務。參《神火之賊》一九一頁，註㊷。

「噢，拜託，如果有人願意注意一下的話，」我說：「我們要死了啦！」

「別擔心。」安娜貝斯這樣說著，但聲音聽起來很憂慮。「灰色三姊妹很清楚自己在做什麼。她們絕頂聰明。」

雖然這句話出自智慧女神雅典娜的女兒之口，卻沒有完全消除我心中的疑慮。要知道我們的車子現在貼著橋邊猛衝，而橋下四十公尺處就是水波滾滾的東河。

「沒錯，絕頂聰明！」從後照鏡可以看見生氣婆咧開嘴，露出她剛剛搶到手的牙齒。「我們是萬事通！」

「曼哈頓的每一條街道都一清二楚！」暴躁婆一邊自吹自擂，一邊繼續毆打她的姊妹。

「連尼泊爾的首都也一清二楚！」

「對你要找的地方也一清二楚！」激動婆又加了一句。

突然間，她左右兩邊的姊妹都用拳頭揍她，還一邊大叫：「住嘴！住嘴！他又還沒問！」

「問什麼？」我說：「什麼地方？我又沒在找……」

「什麼都沒有！」激動婆說：「小子，你說得沒錯，什麼都沒有！」

「告訴我。」

「不要！」她們一起大喊。

「上次我們不小心說出來，結果好可怕！」激動婆說。

「眼睛被丟進湖裡！」生氣婆表示同意。

「花了好幾年才找回來！」暴躁婆發牢騷說。「咦，說到這個……眼睛還給我啦！」

「不要！」生氣婆大吼。

「眼睛啦！」暴躁婆大吼：「給我！」

她猛力拍打生氣婆的背，只聽見噁心的「噗」一聲，有個東西從生氣婆臉上飛出來。生氣婆胡亂摸索想抓住它，結果把它從手背上拍掉。那個又黏又噁的小綠球先滑過她的肩膀，接著掉進後座，直直落到我的膝蓋之間。

我嚇得跳起來，頭撞到車頂，眼球又滾走了。

「我看不見了！」三姊妹一起大叫。

「把眼睛給我！」暴躁婆哀號著。

「把眼睛給她！」安娜貝斯尖聲大喊。

「不在我這裡！」我說。

「在那邊，在你的腳邊啦！」安娜貝斯說：「千萬不要踩到！快點拿起來！」

「我才不要撿那種東西！」

計程車再次猛撞橋邊的欄杆，沿著整排欄杆往前衝，一路刮擦出可怕的尖銳噪音。整輛車不斷震動，不時還冒出陣陣濃煙，彷彿隨時都會因爲極大的張力而解體。

「快吐了！」泰森警告我們。

「安娜貝斯！」我喊著：「讓泰森用你的背包！」

「你瘋了嗎？快點拿眼睛啦！」

暴躁婆死命轉動方向盤，計程車終於離開橋邊的欄杆，呼嘯衝往布魯克林區，速度比任何一輛人類計程車都快。灰色三姊妹繼續大吼、互毆，哭喊著他們的眼睛。

看來實在沒辦法了。我終於繃緊神經，從身上破破爛爛的T恤撕下一小塊布，把掉在地上的眼球包起來。

「好孩子！」生氣婆叫喊著，好像已經知道我撿起來了。「快點拿過來！」

「不要，除非你解釋清楚，」我告訴她：「你們剛剛說的是什麼意思？我在找什麼地方？」

「沒時間了！」激動婆大叫：「全速前進！」

我轉頭看窗外。她果眞不是隨便說說，窗外的樹啦、車子啦，以及一個個社區，全都變成一道道灰色痕跡向後射去。我們三兩下就穿過布魯克林區，繼續朝長島的中段飛奔前進。

「波西，」安娜貝斯警告我說：「如果沒有眼睛，灰色三姊妹就找不到我們的目的地。要是那樣，我們會一直不斷加速，直到碎屍萬段爲止。」

「那她們得先把實情告訴我，」我說：「否則我會打開窗戶，把眼球丟到對向車道上。」

「不行！」灰色三姊妹大聲哀號，「太危險了！」

「我要把窗子搖下來囉。」

「等一下！」灰色三姊妹齊聲大叫：「三十，三十一，七十五，十二！」

她們一股腦兒唸出來，聽起來像是美式足球四分衛在喊戰術代號。

「那是什麼意思？」我說：「沒有任何意義啊！」

「三十，三十一，七十五，十二！」生氣婆邊哭邊喊：「只能告訴你這些了。快把我們的眼睛還來！混血營快到了啦！」

下了高速公路後，車子疾速穿過長島北端的鄉間地帶。我可以看見混血營就在眼前了，最先看到的是山頂上的大松樹——泰麗雅松樹，是由一位逝去的英雄滋養它的生命力。

「波西！」安娜貝斯更急迫地說：「快把眼睛還給她們！」

我決定不再爭辯了，於是把眼睛丟到暴躁婆的腿上。

那位老太太一把抓住眼睛，用力塞進眼窩裡，動作很像在裝戴隱形眼鏡。然後她眨眨眼說：「哇！」

她猛力踩下煞車。計程車在一大團煙霧裡旋轉了四、五圈，伴隨著尖銳的噪音，最後終於在一條田間道路的中央停了下來，位置剛好是混血之丘的山腳下。

泰森嘔出超大坨的嘔吐物。「好多了。」

「好啦，」我對灰色三姊妹說：「現在總可以把那些數字的意思告訴我了吧。」

「沒時間了！」安娜貝斯打開她旁邊的車門。「我們得立刻下車！」

我正打算問原因時，剛好轉頭看到混血之丘，馬上就明白了。

山頂上有一群混血營的學員正遭受到猛烈的攻擊。

4 泰森玩火

要說有什麼比三個老太太的組合更讓我痛恨的，那一定就是牛。去年夏天，同樣在混血之丘的山頂，我曾和牛頭人身的怪物——彌諾陶⑫打了一架。然而眼前的情景比去年更慘，因爲這次總共有兩頭牛，而且還不只是普通的牛，它們是青銅製的，體型有大象那麼大。最糟糕的是，它們居然還會噴火。

我們一出了計程車，灰色三姊妹連再見都沒說便揚長而去，急匆匆趕回紐約，顯然在那裡比較容易保住小命，甚至連我們外加的三個金幣都忘了拿。她們把我們丟在路邊，安娜貝斯身上只有背包和佩刀，我和泰森只有一身燒爛的體育服。

「噢，這下糟了。」安娜貝斯說，兩眼緊盯著山丘上的激烈戰況。

最讓我們憂慮的不是那兩頭牛，也不是旁邊穿著一身盔甲、手持銅盾、振臂高呼的十個混血人。最讓我們憂慮的，其實是那兩頭牛在山丘上橫衝直撞，甚至可以繞到松樹後方。這是不可能發生的事，因爲混血營的邊界被施了魔法，這魔法能使外來的怪物根本無法越過泰麗雅松樹一步。但此時此刻，那兩頭金屬牛竟然可以不受限制的恣意穿梭。

一位混血人大喊：「邊界巡邏員，快過來！」是個女孩的聲音，粗啞而熟悉。

邊界巡邏員?我想了一會兒。從沒聽說過混血營有什麼邊界巡邏員啊。

「是克蕾莎,」安娜貝斯說:「走吧,我們得助她一臂之力。」

在我的必做事項清單上,「幫克蕾莎的忙」通常不會排在太前面。她是混血營裡最惡名昭彰的惡霸。我們第一次碰面時,她居然想把我的頭塞進馬桶裡。她是戰神阿瑞斯[13]的女兒,去年夏天我又和她老爸鬧得不愉快,所以基本上,現在戰神和他的孩子全都恨我入骨。

但話說回來,此刻她正身陷險境。那兩頭牛不斷攻擊,不僅把跟隨她的戰士追得四散逃命,也把松樹附近的草皮燒出一大片焦地。有個混血人高聲疾呼、揮舞雙臂、繞著圈圈不停奔跑,他頭盔上的馬鬃燒著熊熊火焰,看起來真像著了火的雞冠頭。克蕾莎的盔甲也被燒黑了,她手持斷掉的長槍柄繼續奮戰,而長槍前端斷掉的那一截,正插在銅牛的肩膀關節上,但對銅牛似乎沒什麼影響。

我打開口袋裡那枝筆的筆蓋,它瞬時發出閃光,開始抽長、變重,最後手上握著的是我的青銅劍——波濤。「泰森,你待在這裡,我不能讓你再次冒險。」

「不行!」安娜貝斯說:「我們需要他幫忙。」

我瞪了她一眼。「他是個凡人耶。躲避球那件事算他運氣好,但他不可能……」

---

[12] 彌諾陶(Minotaur),參《神火之賊》九十一頁,註[10]。

[13] 阿瑞斯(Ares),戰神。參《神火之賊》一二五頁,註[25]。阿瑞斯與波西之間的過節,請參《神火之賊》第十五、二十章。

「波西，你知道上面那些是什麼嗎？那是科爾奇斯[14]的噴火牛，由火神赫菲斯托斯[15]親自打造而成。如果沒有女巫梅蒂亞[16]那種防曬係數高達五萬的防曬油，我們不但打不過那些牛，還會被烤成酥脆人乾。」

「你說梅蒂亞什麼？」

安娜貝斯在背包裡仔細翻找，然後咒罵了一聲。「我有一罐熱帶椰子香味的，平常放在我家的床頭櫃上。怎麼會沒帶呢？」

這種時候最好別問安娜貝斯太多問題，我從很久以前就學會這一點。但這些事卻只讓我更加困惑。「喂，我不曉得你到底在說什麼，可是我不想讓泰森跑去被炸個酥脆。」

「波西……」

「泰森，留在後面不要動。」我舉起手上的劍。「我要上去了。」

泰森想要抗議，不過我已經衝上山丘，朝克蕾莎跑去。她正對著巡邏員喊叫，想叫他們組成戰鬥隊形。這真是個好主意，只見聽到指令的幾個人立刻肩併肩排成一列，將所有的青銅盾牌組合起來，變成一道「銅牆防牛壁」。所有人高高舉起手上的長槍，從盾牌上方伸出去，看起來活像豪豬的長刺。

可惜克蕾莎只喚來了六個人，其他四個人還在各處跑來跑去，頭盔都著了火。安娜貝斯朝他們跑過去，希望能幫點忙。她的做法是嘲笑其中一頭噴火牛，引這頭牛來追她，她再突然隱形不見，把那個怪物騙得團團轉。另一頭牛則是對克蕾莎組成的戰鬥隊形發動攻勢。

這時我才爬到山腰，距離不夠近，沒辦法幫上忙。克蕾莎也還沒看見我。就這麼巨大的東西來說，噴火牛的移動速度眞是快得要命。它們的金屬牛皮在陽光下熠熠發亮，眼睛是拳頭大的紅寶石，頭上的牛角發出耀眼的銀光，而裝了鉸鏈的牛嘴一張開，立刻噴出一道熊熊的白熱火焰。

「保持隊形！」克蕾莎向她的戰士們發出命令。

不管你對克蕾莎的其他方面有什麼意見，但在「勇敢」這部分，她倒是沒話說。這個女孩身材魁梧，殘酷無情的眼神像極了她爸爸。她看起來像是天生就該穿上希臘的戰鬥盔甲，但我認爲，她應該還是抵擋不住噴火牛的攻擊。

慘的是，就在這時候，另一頭牛已經玩膩了「尋找安娜貝斯」的遊戲，一轉身就衝到克蕾莎後面，打算攻其不備。

「注意你後面！」我大叫：「小心！」

---

⑭科爾奇斯（Colchis）在古代指黑海東端、高加索南部呈三角狀的地區，現屬喬治亞西部。它在希臘神話中是個富庶豐饒的國家，盛行巫術，也是英雄傑生前往尋找金羊毛的目的地。而這兩頭噴火牛，是火神送給科爾奇斯國王的禮物。

⑮赫菲斯托斯（Hephaestus），火神與工藝之神。參《神火之賊》一四五頁，註㉚。

⑯梅蒂亞（Medea）是魔法高強的女巫，也是科爾奇斯國王的女兒。她因為愛上了英雄傑生，曾以魔法幫助傑生躲避噴火牛的火焰攻擊，並協助他取得金羊毛。

唉，我眞不該發出任何聲音的，因爲這樣一來只讓她嚇了一大跳。突然間，噴火牛一號撞上了她的盾牌，戰鬥隊形也隨之瓦解。克蕾莎向後飛跳，落在一塊燒焦的草地上，然而噴火牛沒有攻擊她，反倒對其他幾位混血人發動火焰攻勢。只見他們手中的盾牌瞬間熔化，不得不丟掉武器轉身逃命。在此同時，噴火牛二號也靠近克蕾莎，準備置她於死地。

我上氣不接下氣衝到克蕾莎那兒，從她綁盔甲的皮帶一把抓起她，將她甩到旁邊，好避開噴火牛二號的猛力攻勢。我舉起波濤劍狠狠一揮，在噴火牛身體側邊劃開一道巨大的傷口，但那怪物只是行動稍微遲緩、吱嘎作響，依然繼續前進。

我根本沒有碰到它，卻感覺得到金屬牛皮傳來的高熱。它的體溫之高，應該足以把冷凍水餃微波加熱到完全熟透。

「放開我！」克蕾莎用拳頭拚命打我的手，「波西，你去死啦！」

我把她丟在松樹下，轉身面對那兩頭牛。此刻我們位處山丘內側斜坡，坐落在山谷中的混血營就在我們腳下，那裡有許多小屋、訓練設施，還有做爲營本部的主屋……如果這兩頭牛攻破我們的防線，那下面的一切全都會遭殃。

安娜貝斯高聲指揮其他的英雄，叫他們散開來，持續擾亂噴火牛的注意力。

噴火牛一號沿著很大的弧線跑，想要繞到我背後。它一路衝到山腰處，結果被原本設置的隱形防線擋住而慢了下來，看起來像頂著強風奮力前進的模樣；可是過不了多久，它就突破那道障礙，繼續向前衝。噴火牛二號則轉身面對我，它側邊被我劃破的傷口不斷噴出火焰。我看不出它會不會痛，但它的紅寶石眼睛似乎正瞪著我，顯然這次是衝著我而來。

我不可能一次同時對付兩頭牛，所以必須趕在噴火牛一號噴到我之前，率先撂倒噴火牛二號，切下它的頭。我的手臂緊張到肌肉僵硬，而且因爲太久沒用波濤了，我知道自己的劍術荒廢到何種地步。

我舉劍刺去，但噴火牛二號發出火焰攻勢，我趕緊滾到一旁。四周空氣瞬間變得滾燙，那些火焰彷彿把我肺裡的氧氣全吸了出去。這時，我的腳好像撞到某個東西，大概是樹根吧，突然一陣劇痛從腳踝往上竄。不過我沒有停下來，而是舉劍一揮，把噴火牛二號的鼻子砍斷，只見它發狂似地跑開，完全失去方向感。但此時我還不能鬆懈下來，應該趁勝追擊，於是我試著站直身子，沒想到左腳痛得站不住。我的腳踝扭傷了，該不會是骨折吧。

噴火牛一號直直朝我衝過來，這下子我連逃走的機會都沒有。

安娜貝斯大喊：「泰森，快去幫他！」

泰森連忙朝山頂上跑，但到了附近某處，他突然急得大叫：「過……不……去……啦！」

「我，安娜貝斯．雀斯，准許你進入混血營！」

巨大的雷聲撼動著山坡。突然間泰森就出現了，連滾帶爬朝我這裡跑來，還邊跑邊叫：

「波西需要幫忙！」

我還來不及說不要，他已經衝到我和噴火牛之間。就在這時，噴火牛射出一道威力等同於原子彈的超猛火焰。

「泰森！」我大喊著。

爆炸威力席捲他全身，有如一道紅色的龍捲風，我只能從中看見泰森身體的剪影。雖然百般不情願，我也只能肯定地說，泰森這下子必定被燒成一堆灰燼了。

然而，在火焰完全熄滅後，泰森依舊站在原地，全身毫髮無傷，連身上髒兮兮的衣服也找不到半點燒焦的跡象。那頭牛肯定和我一樣驚訝，就在它發射第二波火焰前，泰森已經掄起雙拳，猛力捶打它的臉。「大壞牛！」

泰森把噴火牛的鼻子捶出一個大凹洞，同時有兩道細細的火焰從它兩邊耳朵噴出來。泰森又揮了一拳，金屬牛皮被他揍得像鋁箔紙一樣皺。這下子，噴火牛的臉看起來像是內裡被翻出來的布娃娃一樣亂七八糟。

「倒下！」泰森大叫。

噴火牛搖搖晃晃走了幾步，然後背朝下倒在地上。它的雙腳還在空中無力揮動，毀掉的牛頭不時從奇怪的地方冒出幾縷蒸汽。

安娜貝斯連忙跑過來查看我的狀況。

我的腳踝又酸又痛，好像浸在硫酸裡一樣，但喝了安娜貝斯水壺裡的奧林帕斯神飲後，一下子就覺得好多了。附近好像傳來一股焦味，過了一會兒我才發現，原來是我手臂上的細毛幾乎快燒光了。

「另一頭牛呢？」我問。

安娜貝斯指著山腳下。克蕾莎把那個大壞牛二號治得服服貼貼的。她用天神的青銅長槍刺穿牛的後腿，再加上牛鼻有一半不見了，側邊還有我劃開的大傷口，所以它只能勉強用慢動作前進，像旋轉木馬一樣不停繞圈圈。

克蕾莎扯下頭盔，邁開步伐朝我們走來。她有一撮棕髮還在燃燒，但她似乎沒注意到。

「你……把所有事情都……搞砸了！」她對我大吼著說：「本來都在我的掌控之中！」

我驚訝到不知道該怎麼回話。安娜貝斯咕噥著說：「克蕾莎，我也很高興看到你啊。」

「哼！」克蕾莎尖聲叫道，「以後千萬、千萬不要花力氣救我！」

「克蕾莎，」安娜貝斯說：「你有很多夥伴受傷了。」

這終於讓她冷靜下來。即使她很殘暴，還是很關心她手下的戰士們。

「我等一下再回來。」她大吼一聲，接著便一跛一跛走過去關心傷者。

我盯著泰森說：「你沒死耶。」

泰森垂下眼皮，彷彿覺得很難爲情。「對不起。跑來幫忙，沒聽你的話。」

「要怪就怪我，」安娜貝斯連忙說：「實在沒別招可用了。我得讓泰森越過邊界線來救你，否則你就沒命了。」

「讓他越過邊界線？」我問。「可是……」

「波西，」她說：「你有沒有仔細看過泰森？我的意思是說……仔細看他的臉。不要管迷霧，就直視他的臉。」

「迷霧」是一種魔法，使凡人只能看見他們腦部可以接受的訊息……我知道這種魔法也能騙過我們半神半人，可是……

我看著泰森的臉，那並不容易。我就是沒辦法直直看著他，不過倒是沒想過原因。我想可能是因爲他那彎鉤狀的牙齒老是塞滿花生醬的緣故吧。我強迫自己緊盯著他那坨大大的鼻子，然後再往上移，看著他的雙眼。

噢，不，不是雙眼。而是只有一隻眼睛，一隻大大的、小牛般棕色的眼睛，就在額頭正中央。他的睫毛又濃又長，眼睛兩邊都掛了大顆的淚珠，沿著左右兩頰向下滑落。

「泰森，」我結結巴巴地說：「你是……」

「獨眼巨人⑰，」安娜貝斯幫我說完。「從外表看起來，他還是個嬰兒。可能因爲是嬰兒，他才沒辦法像噴火牛一樣輕鬆穿過邊界。泰森是無家可歸的孤兒之一。」

「什麼之一？」

「幾乎所有的大城市都有他們的身影，」安娜貝斯的語氣有點不耐煩，「波西，他們……生錯了。他們是天神和精靈生下的孩子……呃，特別是某個天神……他們有時候生出來會不太對勁，沒人要這些孩子，所以他們變成棄嬰，在街頭隨便長大。我不知道這一個是怎麼找上你的，但他顯然很喜歡你。我們應該帶他去找奇戎，讓奇戎決定該怎麼辦。」

「可是說到火，他怎麼能……」

「他是獨眼巨人啊，」安娜貝斯停了一下，好像想起什麼不好的事。「他們在神界的鐵工廠工作，必須要對火免疫。我一直想找機會向你說明這件事。」

我實在太震驚了。以前怎麼從來沒想過呢？

但此刻沒有太多時間思考這件事。整面山坡都在燃燒，那些受傷的混血人也需要照料，況且還有兩堆銅牛殘骸要處理。我想，那兩堆東西應該塞不進正常的資源回收桶吧。

克蕾莎又繞了回來，順手抹去額頭的煤灰。「傑克森，如果你的腳可以站，就快起來吧。我們得把受傷的人送回主屋，要讓坦塔羅斯[18]知道發生了什麼事。」

「坦塔羅斯？」我問。

「活動主任啊。」克蕾莎很不耐煩地說。

「奇戎才是活動主任。那麼阿古士[19]呢？他是警衛隊長，他應該來這裡的啊。」

克蕾莎做了個快昏倒的表情。「阿古士被炒魷魚了。你們兩個未免離開太久了吧，很多事情都變了。」

---

[17] 獨眼巨人（Cyclops），最早指的是天空之父烏拉諾斯（Ouranos）與大地之母蓋婭（Gaea）所生的三個獨眼巨人兄弟，參《神火之賊》一七三頁，註[35]。後來在荷馬的《奧德賽》中所提到的獨眼巨人，則是指天神與精靈所生的一群巨人族，他們一樣只有一個眼睛，但性格兇殘，喜歡吃人與羊，並會豢養羊群。

[18] 坦塔羅斯（Tantalus），宙斯的兒子。他曾向人類洩漏了天界的秘密，並將神飲偷去給凡人朋友，甚至為了測驗天神們是否真的無所不知，竟將自己的兒子烹煮後宴請天神，因此觸怒眾神。他被流放到冥界的刑獄遭受永恆的刑罰。

[19] 阿古士（Argus），希臘神話中的百眼巨人。參《神火之賊》一八九頁，註[41]。

「那奇戎呢？……他在這裡訓練學生對抗怪物大概有三千年了，不會說離開就離開的。到底發生了什麼事？」

「就那件事啊。」克蕾莎怒氣沖沖地說。

她指一指泰麗雅松樹。

每一個混血營學員都知道那棵樹的故事。六年前，格羅佛、安娜貝斯，還有另外兩個半神半人——泰麗雅和路克，他們四個遭到大批怪物追殺，一路逃到混血營來。當他們終於爬上這座山丘時，宙斯的女兒泰麗雅決定殿後掩護大家，讓她的朋友有足夠的時間安全抵達營區。泰麗雅終究失去了性命，她的父親宙斯不忍心，便將她化爲一棵松樹。她的靈魂讓混血營的魔法邊界更加鞏固，使營區免受怪物的侵襲。從那之後，這棵松樹一直在混血之丘的丘頂屹立不搖，既強壯又健康。

但是現在，她的松針全部變黃，樹根下堆積了大量落葉。而在樹幹中段距地面約一公尺高的地方，有個子彈大小的孔洞穿透樹幹，綠色的汁液汩汩流出。

我的背脊一陣發涼。此時此刻，我終於明白混血營如何深陷險境。由於泰麗雅松樹逐漸邁向死亡，混血營的魔法邊界也失效了。

有人對泰麗雅松樹下了毒。

5 新室友

你有沒有過這樣的經驗：一回到家，發現自己的房間完全不一樣了？很像是某位能幹人士（嗨，老媽）想要「好好整理一下」，卻害你突然完全找不到東西。即使所有的東西都還在，你也會有一種詭異的感覺，好像有人曾把你的私人物品全部看光光，還用檸檬香味的家具亮光劑把所有東西擦得一塵不染？

這正是我再次回到混血營的感覺。

表面上看來，情況並沒有太大不同。主屋依舊有著藍色的山形屋頂和環繞屋子的門廊，草莓園沐浴在陽光下，一幢幢有著白色圓柱的希臘式建築散佈在山谷中，而圓形露天劇場、戰鬥競技場、用餐的涼亭也依然俯瞰著長島海峽。沒變的還有一棟棟坐落在樹林與小溪間的小屋，這十二棟建築物花俏的外觀各不相同，每棟各代表著一位奧林帕斯天神。

但這次回到這裡，空氣中浮動著一股危險的氣息。你可以感覺到有些不對勁。以前總有人在沙坑裡打排球，現在則換成指導員和羊男們在工具庫房裡儲備武器。樹精靈背著弓箭在森林邊緣巡邏，講話的模樣看起來很緊張。整座森林好像都染上了病蟲害，連草地都一片枯黃。至於混血之丘被烈火燒過的地方，彷彿一道道醜陋的傷疤。

全世界我最愛的地方就是這裡，卻有人把它弄得亂七八糟，我實在沒辦法……唉，沒辦法高興起來。

走向主屋的路上，我碰到一些去年夏天認識的學員，可是沒有人停下來說話，沒有人對我說：「歡迎回來。」有些人會多看泰森兩眼，但多數人只是冷冷地走過去，繼續執行任務，像是傳遞訊息、把劍搬去磨砂輪那邊一一磨利等。整個混血營感覺像是軍事學校。相信我，因爲我曾被好幾所軍事學校退學過。

這一切對泰森完全沒有影響，他簡直讓眼前所見的每一件事給嚇呆了。「那什麼？」他倒抽了一口氣。

「飛馬的馬廄，」我說：「就是有翅膀的馬。」

「那什麼？」

「嗯……是廁所。」

「那什麼？」

「混血營學員住的小屋。如果不曉得你的奧林帕斯天神爸媽是誰，他們會先把你放進荷米斯[20]木屋，就是褐色那棟，直到能確定爲止。等確定以後，再把你放進你爸媽的小屋。」

他有點害怕地看著我。「那你……你的小屋呢？」

「三號小屋。」我指給他看，那是一棟有點低矮、用海中礁石砌成的灰色建築。

「你和朋友們一起住嗎？」

「沒有。沒有，只有我一個人。」我有點不太想解釋。令人尷尬的事實是：那棟小屋就只住了我一個人，因爲我這種人本來不應該活著。所謂的「三大神」，也就是宙斯、波塞頓和黑帝斯㉑，他們三個曾在第二次世界大戰後達成一項協議，決定從今以後不再跟凡人生小孩。因爲和一般混血人比起來，我們這種三大神的子女擁有比較強的力量。我們的力量難以預測，一旦發起瘋來，難保不會引起大麻煩，像是引發第二次世界大戰這類的事。目前三大神的協議只打破過兩次，一次是宙斯生下了泰麗雅，另一次就是波塞頓生下我。我們兩個原本都不應該被生下來。

泰麗雅在十二歲的時候變成了一棵松樹，至於我呢……嗯，我正想盡辦法不要步上她的後塵。我經常做惡夢，夢見一旦我走到了死亡邊緣，波塞頓可能會把我變成什麼……也許是海中的浮游生物，或者是一大團隨波搖擺的海藻。

我們走到主屋後，發現奇戎在他自己的房間裡，一邊聽著他最愛的六〇年代沙發音樂，一邊打包行李。我想應該先跟大家提一下……奇戎是半人馬族㉒，從腰部以上看來，他是個很普通的中年人，生了一頭棕色鬈髮和亂糟糟的大鬍子，但說到腰部以下，他就是不折不扣的

⑳荷米斯（Hermes），商旅、偷竊、醫藥及信使之神。參《神火之賊》一一九頁，註㉑。
㉑黑帝斯（Hades），冥界之王，掌管整個地底世界，是宙斯與波塞頓的兄弟。
㉒半人馬族（Centaurs）是半人半馬怪，個性粗野暴力。其中只有奇戎（Chiron）的個性溫和。參《神火之賊》一〇七頁，註⑱。

白色駿馬了；不過他只要把下半身裝進魔法輪椅中，看起來就和一般人類沒兩樣。事實上，在我唸六年級的時候，奇戎還曾經假裝成我的拉丁文老師！但大多數時候，只要天花板夠高，他還是比較喜歡輕鬆露出完整的半人馬姿態。

我們一看見他，泰森就整個呆掉。「小馬！」他大叫一聲，簡直興奮到不行。

奇戎轉過身來，有點受到冒犯的樣子。「請問你說什麼？」

安娜貝斯趕緊跑上前去抱著他說：「奇戎，到底發生什麼事了？你還沒有……離開嗎？」她的聲音不停顫抖。奇戎可以說是她第二個父親。

奇戎摸著她的頭髮，給她一個溫暖的微笑。「哈囉，孩子。波西也在這裡，我的老天爺，這一年來你們長大好多！」

我嚥下口水，努力克制情緒。「克蕾莎說，你被……你被……」

「炒魷魚了。」奇戎的眼中閃過一絲調皮的味道。「哎呀，說到這個呢，總是有人要背黑鍋嘛。宙斯才煩惱呢，那棵樹是她女兒的靈魂所在，現在居然被下毒了！戴先生總得找個人處罰一下。」

「不是處罰他自己喔。」我氣得大吼。一想到那個混血營主任戴先生，我就一肚子火。

「這太沒道理了！」安娜貝斯大叫。「奇戎，有人對泰麗雅松樹下毒，你又能怎麼辦？」

「不管怎麼說，」奇戎嘆了口氣，「在這種情況下，奧林帕斯有人無法信任我了。」

「什麼樣的情況？」我問。

奇戎臉色一沉。他將一本拉英對照字典塞進行李中，這時身旁的音響傳來法蘭克．辛納屈的歌聲。

泰森仍然盯著奇戎瞧，一臉不可置信的樣子。他發出輕哼的聲音，一副很想拍拍奇戎的腹側，但是又怕太靠近的樣子。「小馬？」

奇戎哼了一聲說：「親愛的小獨眼巨人，我是半人馬！」

「奇戎，」我說：「那棵樹怎麼了？到底發生了什麼事？」

他悲傷地搖搖頭。「波西，泰麗雅松樹中的毒來自冥界，有些毒連我都沒看過。一定是來自地獄深淵塔耳塔洛斯的怪物。」

「那我們就知道誰該負責啦，是克羅……」

「波西，不要直呼泰坦王的名字。特別是在這裡和這個時候。」

「可是他去年夏天想在奧林帕斯引發內戰啊！這一定是他的主意，是他唆使路克去做的，路克那個叛徒！」

「也許是吧，」奇戎說：「不過我沒能阻止這件事，沒辦法治好那棵樹，所以必須負起責任。那棵樹只剩下幾個星期可活了，除非……」

「除非什麼？」安娜貝斯連忙問道。

「沒什麼，」奇戎說：「那想法有點蠢。整座山谷都能感受到毒藥的威力，魔法邊界失效了，混血營本身也撐不了多久。唯有一種魔法的強大威力能夠扭轉毒藥的效力，但那在好幾百年前就失傳了。」

「是什麼魔法？」我追問。「我們可以出去找啊！」

奇戎收拾好行李，按下音響的停止鍵，轉過身來，雙手放在我的肩膀上，直直看著我的眼睛說：「波西，你一定要答應我，絕對不會莽撞行事。我曾告訴你媽媽，請你整個夏天都不要到混血營來，因爲實在太危險了。不過你既然已經來了，就好好待在這裡，努力接受訓練，學習如何戰鬥。但千萬不要離開。」

「爲什麼？」我問。「我想要盡一份力！不能讓魔法邊界失效，這樣整個混血營會……」

「怪物橫行，」奇戎說：「沒錯，我也怕會發生這樣的事。可是你絕對不能倉促行事，否則會中了圈套！這很可能是泰坦王設下的陷阱。不要忘記去年夏天的教訓！他幾乎取了你的小命，記得嗎？」

那倒是眞的，可是，我依然極度渴望能幫點忙，也希望讓克羅諾斯[23]付出代價。我的意思是說，你也許會認爲早在千百萬年前，泰坦王已經被天神推翻，而他必然已經學到了教訓；你也許會認爲，他既然已經被剁碎成千百萬片，還被扔進冥界最黑暗的深淵，就能讓他領悟到沒有人希望他再次現身。然而事實並非如此，因爲他有不死之身，依然活在塔耳塔洛斯，在那裡忍受著無盡的苦痛，渴望終有一天能回來找奧林帕斯天神復仇。他雖然不能親自行動，但很擅長扭曲凡人的心靈，甚至連一些天神都心甘情願爲他執行可怕的任務。

毒樹行動必定是他的陰謀。泰麗雅松樹是一位混血英雄留在世上唯一的遺物，她爲了拯救朋友而喪失自己的性命。還有誰會如此低劣，出手攻擊這樣一棵樹？

安娜貝斯拼命忍住不哭，奇戎伸手為她拭去臉頰上的淚珠。「好孩子，待在波西身邊，」奇戎對她說：「保護他的安全。那個預言……你們要好好記住！」

「我……我會的。」

「嗯……」我說：「你說的是那個超級危險的預言嗎？跟我有關對不對？可是天神禁止你們告訴我？」

沒有人回答。

「好吧！」我咕噥了一聲。「只是問問看。」

「奇戎……」安娜貝斯說：「你曾經對我說過，只要天神需要你來訓練我們這些英雄，他們就讓你擁有不死之身。可是現在他們叫你離開混血營……」

「發誓你會盡全力不讓波西陷入危險，」他很堅持地說：「你要對著冥河㉔發誓。」

「我……我對冥河發誓。」安娜貝斯說。

外面響起陣陣雷聲。

「太好了。」奇戎說，他似乎鬆了一口氣。「也許我有機會洗刷罪名並回到這裡。在那之

㉓克羅諾斯（Kronos），泰坦巨神的首領。參《神火之賊》三十五頁，註❶。

㉔冥河（Styx），環繞冥界之河。天神會向冥河起誓，以表對誓言的重視。參《神火之賊》九十一頁，註⓫。

前，我要去佛羅里達州的大沼澤地拜訪我野生的族人，他們可能知道一些方法可以治療中毒的樹，或幫助我回想起那些方法。無論如何，我都會被流放在外，直到這件事徹底解決爲止……不管最後會怎麼解決。」

安娜貝斯忍著不哭。奇戎不知所措地拍拍她的肩膀。「唉，好了啦，孩子。我必須把你們託付給戴先生和新的活動主任了。我們得相信……嗯，相信他們不會那麼快就毀掉混血營，也許是我多慮了。」

「對了，那個坦塔羅斯到底是誰？」我問奇戎：「他是從哪裡冒出來接你工作的？」

海螺號角聲從山谷那邊傳來。我完全沒發現時間已經這麼晚，學員們該集合吃晚餐了。

「去吧，」奇戎說：「你們會在涼亭那裡見到他。波西，我會和你媽媽連絡，讓她知道你很安全，她現在肯定急壞了。一定要記得我的警告！你們的處境眞的非常危險，千萬別以爲泰坦巨神已經忘記你的存在，連一秒鐘都別想！」

話一說完，他便喀噠喀噠走出房間，出了大廳。這時只聽見泰森在背後叫他：「小馬！不要走！」

我這才想起，剛剛忘了向奇戎報告夢到格羅佛的事，但現在已經太遲了。他是我碰過最好的老師，現在他走了，可能永遠不會再回來。

泰森開始放聲大哭，幾乎哭得像安娜貝斯一樣慘。

我拼命安慰他們一切都會沒事，可是連我自己都不相信。

太陽在餐廳涼亭後方逐漸落下，學員們三三兩兩從小屋裡走出來。我們站在大理石柱的陰影裡，看著大夥兒魚貫走入。安娜貝斯的情緒依舊難以平復，不過她還是強忍悲傷，說等一下會來找我們，接著便跑去加入她兄弟姊妹的行列；他們一個個從雅典娜小屋走出來，無論男孩或女孩都和安娜貝斯一樣有著一頭金髮和灰色眼珠。安娜貝斯並不是其中年紀最大的，但她待在混血營的時間比誰都多了好幾個夏天。你可以從安娜貝斯佩戴的混血營項鍊上的珠子看出來，她每待過一個夏天就會得到一顆珠子，而現在總共有六顆，所以由她來帶領雅典娜小屋是再適合不過了。

接著走進來的是克蕾莎，她帶領的是阿瑞斯小屋。她有一隻手臂綁著吊帶，臉頰則敞開了一道難看至極的傷口，但除此之外，先前在混血之丘與噴火牛的纏鬥，似乎沒有減低她的銳氣。有人在她背上偷貼了一張紙，上面寫著：「這個女生好牛！」而來自同一小屋的學員沒人蠢到告訴她這件事。

在阿瑞斯的孩子之後進來的是赫菲斯托斯小屋的成員，他們總共有六個人。帶頭的是查爾斯．貝肯朵夫，今年十五歲，是個高大的非裔美國人小孩。他的手掌差不多有捕手手套那麼大，一張臉看起來歷經風霜又有點斜視，因爲他整天都待在鐵工廠裡辛勤工作。其實他是個好人，只要你認識他就知道，不過沒人喊他阿查或小查或查爾斯，多數人都光叫他的姓「貝肯朵夫」。據說只要給他一塊金屬，他就可以做出任何東西，例如像剃刀般銳利的劍、機器人戰士等等，甚至要他做個會唱歌的鳥兒戲水盆放在你奶奶家的花園裡都沒問題。只要你說得出口，他就做得到。

其他小屋的成員也陸續進入餐廳，包括狄蜜特[25]小屋、阿波羅[26]小屋、阿芙蘿黛蒂[27]小屋和戴歐尼修斯[28]小屋。有一群水精靈從獨木舟湖現身，樹精靈也紛紛走出樹林，還有一群羊男從草坪那邊走來，這讓我不禁想起身陷水深火熱中的格羅佛。

對於羊男，我總有股心疼的感覺。他們身在混血營時，必須執行營主任戴先生交付的一大堆怪任務，不過最重要的工作還是在營外的真實世界。羊男是混血營的探尋高手，他們奉派到全世界，暗中潛入許多學校，負責尋找尚未驗明正身的混血人，最後再護送混血人回到混血營。我就是這樣認識格羅佛的，他最先發現我是半神半人的混血人。

等到羊男全都進來用餐後，殿後的是荷米斯小屋的成員們，這個小屋的陣容總是最龐大的。去年夏天，他們的領袖是路克，就是曾和泰麗雅及安娜貝斯一同在混血之丘奮戰的人。有一段時間，海神波塞頓還沒有出面認我時，我就先寄居在荷米斯小屋。路克曾經對我非常好……後來卻想盡辦法置我於死地。

現在荷米斯小屋的領袖是崔維斯．史托爾和柯納．史托爾兩兄弟。他們不是雙胞胎，但長得超像，是不是雙胞胎根本沒差，反正我老是記不住他們哪個是哥哥、哪個是弟弟。他們都長得高高瘦瘦，一大把亂蓬蓬的褐色頭髮遮住眼睛，同樣穿著寬寬大大的短褲，橘色的混血營T恤沒塞進褲頭。他們像其他荷米斯小孩一樣愛搞怪，常常可見他們眉毛一挑、似笑非笑的模樣。他們看著你的時候會突然閃現一種眼神，像是打算丟一把鞭炮到你衣服裡面。由於荷米斯也是小偷的守護神，我總覺得小偷之神的小孩居然姓「史托爾」，唸起來像「死偷兒」一樣，這一點實在很好笑。有一次我向崔維斯和柯納聊起這件事，但他們兩個只是一臉茫然地看著我，好像聽不懂這個笑話的笑點在哪裡。

等到所有學員都進來了，我才帶泰森走到餐廳中央。其他人的對話忽然變得稀稀落落，全都轉頭過來。「誰邀『那個』來的？」阿波羅那一桌有人低聲說著。

我生氣地瞪向那一桌，不過看不出來是誰說的。

這時有個熟悉的聲音從主桌那邊傳來：「哎呀，哎呀，這可不是彼得．強森嗎？看來我的好日子結束了。」

我氣得咬牙切齒地說：「長官……我叫波西．傑克森。」

戴先生吸了一口健怡可樂。「對喔。哎喲，就像你們年輕人最近常說的，隨便啦！」

一如往常，他穿著豹紋夏威夷衫、休閒短褲、網球鞋和黑短襪，配上肥滋滋的啤酒肚和月球表面般坑坑疤疤的紅臉，活像在拉斯維加斯賭場玩到天昏地暗的觀光客。在他身後，一

㉕狄蜜特（Demeter），農業女神。參《神火之賊》一三三頁，註㉗。
㉖阿波羅（Apollo），太陽神。參《神火之賊》一〇一頁，註⑭。
㉗阿芙蘿黛蒂（Aphrodite），愛與美之神。即羅馬神話中的維納斯（Venus）。
㉘戴歐尼修斯（Dionysus），酒神，發明了釀酒法，常因喝醉而喪失理性。即混血營主任戴先生。

個神情緊張的羊男正在剝葡萄，一次一顆遞給戴先生吃。

戴先生的全名是戴歐尼修斯，他是酒神。宙斯任命他擔任混血營主任一職，另一個意思是要勒令他戒酒，到現在已經一百年了。之所以會有這項處罰，是因爲他胡亂追求一些森林精靈，而這是不被允許的。

戴先生的身旁原本是奇戎的座位（或者應該說是站位，因爲奇戎是高大的半人馬），現在坐著一個我從未見過的人。他非常蒼白，瘦得驚人，一身破破爛爛的橘色囚犯連身衣，衣服的口袋上方還眞的有個編號，寫著「0001」。他的眼睛下方有明顯的藍色眼袋，指甲黑黑髒髒的，一頭灰髮剪得很難看，像是用割草機亂推一通似的。他瞪著我，那雙眼睛令我感到很緊張。他看起來好像……好像很神經質，彷彿集憤怒、挫折和飢餓於一身。

「這個男孩，」戴歐尼修斯對他說：「得好好看著他。你也知道，他是波塞頓的孩子。」

「啊！」那個囚犯說：「就是那一個啊。」

聽他的語氣，顯然早就和戴歐尼修斯針對我做過廣泛的討論。

「我是坦塔羅斯。」那個囚犯說，露出一個冷冷的微笑。「我到這裡來負責特別的任務，直到……嗯，直到戴歐尼修斯主任有其他安排爲止。而你呢，柏修斯·傑克森，我非常希望你能克制自己不要惹麻煩。」

「惹麻煩？」我問他。

戴歐尼修斯彈了一下手指，一份報紙突然出現在桌上，可以看到今天《紐約郵報》的頭版，上面有一張我在梅利威瑟中學通訊錄上的照片。我看不太懂頭條標題的意思，不過隨便亂猜也可以猜出個大概，上面八成寫的是：「十三歲瘋子縱火狂燒毀體育館」。

「沒錯，惹麻煩，」坦塔羅斯得意地說：「你在去年夏天惹夠多麻煩啦，我清楚得很。」

我氣到說不出話來。他的意思難道是說，去年眾神幾乎爆發內戰，一切都是我的錯？

一位羊男神色緊張地向前走一步，將一盤香噴噴的烤肉放在坦塔羅斯面前。這位新任的活動主任舔一舔嘴唇，眼睛瞄向一旁的空酒杯，嘴裡說著：「麥根沙士，伯克牌的特藏品，一九六七年。」

玻璃杯憑空灌滿了氣泡很足的沙士。坦塔羅斯伸出了手卻略顯遲疑，好像很害怕玻璃杯會燙手似的。

「老傢伙，試試看嘛！」戴歐尼修斯說著，他的雙眼突然閃現奇特的光芒。「或許現在可以了喔。」

坦塔羅斯伸手要抓杯子，就在快碰到的時候，杯子突然飛走了。幾滴沙士濺了出來，坦塔羅斯想用手指頭沾起來，但連碰都還沒碰到，那幾滴沙士居然像水銀一樣滾開。他怒吼一聲，轉而將注意力對準烤肉盤。他拾起叉子想要叉起一塊雞胸肉，可是整盤肉先是平移，然後飛下餐桌，就在他眼前直直飛進火爐裡。

「燒爛算了！」他低聲罵了一句。

「啊，唉！」戴歐尼修斯說，他的聲音充滿了同情，但聽起來滿假的。「也許還要再過幾天吧。相信我，老弟，在混血營工作已經是天大的折磨，我想你那個老詛咒會慢慢消失。」

「會消失？」坦塔羅斯邊嘀咕，邊盯著戴歐尼修斯的健怡可樂。「你能體會一個人喉嚨乾了三千年的感覺嗎？」

「你就是那個來自冥界刑獄的亡靈，」我說：「你站在湖裡，結實纍纍的果樹從你頭頂垂下來，可是你既吃不到果實，也喝不到湖水。」

坦塔羅斯對著我冷笑。「小子，書讀得眞多，對吧？」

「你活著的時候一定做了很可怕的事。」我這樣說，但想不太起來。「是什麼呢？」

坦塔羅斯的眼睛瞇成一條縫。他身後的羊男拼命搖手警告我。

「我會好好看著你，波西．傑克森，」坦塔羅斯說：「我不希望混血營有任何麻煩。」

「你的混血營已經有很多麻煩了……長官。」

「噢，強森，去坐下吧。」戴歐尼修斯說完嘆了一口氣。「我說啊，那一張桌子應該是你的……就是那張沒有其他人想坐的桌子。」

我覺得臉頰燒得火燙，但也知道不要回嘴比較好。戴歐尼修斯是個老頑童，而且是個有著不死之身、影響力不容小覷的老頑童。於是我說：「泰森，走吧。」

「噢，不行，」坦塔羅斯說：「怪物要留在這裡。這怪物的命運要由我們來決定。」

「他不是怪物，」我怒氣沖沖地說：「他的名字叫泰森。」

這位新的活動主任眉毛一挑。

「泰森救了整個混血營，」我很堅持地說：「要不是他把那兩頭噴火銅牛打倒，這個地方肯定會被燒個精光。」

「也是啦，」坦塔羅斯嘆了一口氣，「萬一燒光了，那有多可惜啊。」

戴歐尼修斯在旁邊偷笑。

「走開，」坦塔羅斯下了命令，「我們要來決定這生物的命運了。」

泰森用他充滿恐懼的一隻大眼睛看著我，但我知道不能違背活動主任的命令。總之，不能公開違背。

「大個兒，我就在這裡，」我向他保證，「別擔心。今天晚上我們會幫你找個地方，讓你好好睡個覺。」

泰森點點頭。「我相信你，你是我的朋友。」

這句話讓我覺得好有罪惡感。

我拖著步伐走向波塞頓桌，疲累地癱坐在板凳上。一位森林精靈端來一盤奧林帕斯橄欖與義大利臘腸披薩，但我一點也不餓。我今天差點送命兩次。這學年的最後一天，沒想到會演變成一場大災難，而混血營更陷入嚴重的大麻煩，奇戎居然叫我不要插手。

我心中一點感激的心情也沒有，但基於慣例，我還是拿起晚餐走到青銅火爐旁邊，撕下一小塊披薩丟進火焰裡。

「波塞頓，」我喃喃說著：「請接受我的奉獻。」

我還向他偷偷祈禱說：「如果您在的話，請給我一點協助吧，拜託了。」

披薩燃燒後的煙轉變成某種香氣，是清新的海風和野花混合而成的氣味，但我還眞不確定這是否表示我爸爸眞的有聽到我說的話。

我回到座位上，雖然覺得情況大概不會變得更糟了，但這時候坦塔羅斯叫一位羊男吹響海螺號角，要大家注意聽他宣佈訊息。

「好的，嗯……」坦塔羅斯說，講話的聲音一度停頓。「又是一頓美味大餐！我是聽說的啦。」他一邊說話，一邊還偷偷把手伸向重新裝滿的餐盤，想說食物也許不會注意到他的舉動，但他想都別想。只要他的手離食物十五公分之內，食物立刻一溜煙跑下餐桌。

「這是我新官上任第一天，」他繼續說：「我想說的是，身在這裡眞是一種美好的處罰方式。這個夏天，我希望能與你們每一位孩子互相折磨，嗯，互動啦。你們每一個人看起來都好吃得不得了。」

戴歐尼修斯禮貌性地拍拍手，一些羊男也跟著隨便鼓鼓掌。泰森依舊站在主桌旁邊，看起來很不自在，但每一次他想溜出眾人目光之外，坦塔羅斯就把他拉回去。

「而現在要宣佈一些改變了！」坦塔羅斯對學員露出一個狡猾的笑容。「我們要重新舉辦戰車競賽！」

所有餐桌開始竊竊私語，夾雜著興奮、害怕和不可置信。

「其實我也知道，」坦塔羅斯提高音量繼續說：「由於一些，嗯，技術問題，這種競賽已經停辦很多年了。」

「三人死亡，二十六人殘廢。」阿波羅桌有人喊著。

「沒錯，沒錯！」坦塔羅斯說：「但我也知道，大家一定會和我一樣，一起重新迎接這個混血營的傳統。每個月勝利的戰士都會獲頒黃金桂冠。今天早上就開始受理參加隊伍的報名作業了！第一場比賽將在三天後舉行，我們准許報名者不須參加一般活動，以便好好準備比賽用的戰車和馬匹。噢，對了，我有沒有提過，只要贏得比賽，勝利隊伍的小屋可以有一整個月都不必負責各項雜務？」

突然爆發一陣興奮的騷動。整個月都不用輪值廚房工作？不用清馬廄？他是說眞的嗎？

這時候，我最意想不到的一個人站起來出言反對。

「可是，長官！」克蕾莎說。她看起來很緊張，但還是從阿瑞斯桌邊站起來說話。好幾位學員看到她背後貼著「這個女生好牛！」忍不住竊笑起來。她說：「巡邏勤務怎麼辦？我的意思是說，如果我們拋下一切事情，只爲了準備戰車……」

「哦，這位是今日的英雄哪！」坦塔羅斯興奮地大喊。「勇敢的克蕾莎，她獨自一人就把銅牛全部搞定了！」

克蕾莎一臉驚愕，隨後整張臉都紅了起來。「嗯，我沒有……」

「而且也很謙虛。」坦塔羅斯笑著說：「親愛的，不必擔心！這裡是夏令營啊，我們來這裡是希望能玩得愉快，對吧？」

「可是那棵樹……」

「現在，」坦塔羅斯說，這時有好幾位克蕾莎的室友把她拉回座位上，「在大家移駕到營火那邊唱唱歌之前，還有件小小的家務事要先解決。基於某種原因，波西．傑克森和安娜貝斯．雀斯認爲很適合把這東西帶來這裡。」坦塔羅斯揮舞一隻手，指一指泰森。

一陣憂心忡忡的低語在學員間散播開來，一堆人斜眼看著我。我眞想宰了坦塔羅斯。

「哎呀，當然啦，」他又說：「獨眼巨人的名聲向來不太好，像是說他們腦容量很小啦、全是嗜血怪物啦等等。其實在正常狀況下，我會把這隻野獸趕到森林裡，請大家用吹管和尖銳的長槍獵殺牠。可是誰知道呢？說不定這個獨眼巨人不像牠大多數兄弟那麼可怕。除非有人能證明牠應該被消滅，不然現在我們得找一個地方安置牠！我想過或許可以安置在馬廄，但那樣會讓馬兒很緊張。荷米斯小屋有沒有可能呢？」

荷米斯桌一片沉默，而崔維斯和柯納兩兄弟突然低頭研究著桌布，好像對桌布花紋超級感興趣。我不怪他們啦，荷米斯小屋總是人滿爲患，怎麼可能收容一個身高一百九十公分的獨眼巨人呢？

「拜託，各位，」坦塔羅斯忍不住開罵：「怪物可以幫忙做一些打掃廁所之類的粗活啊。有沒有什麼好主意，應該把這樣的野獸關到哪裡去？」

突然之間，每個人都倒抽一口氣。

坦塔羅斯也嚇得從泰森身邊跑開。至於我，我完全無法置信，只能死盯著那個改變了我一生的燦爛綠光——一個由雷射光點組成的炫目立體圖案，就這麼出現在泰森頭頂上。

我一邊覺得胃整個快翻了過來，一邊想起安娜貝斯對我說過獨眼巨人的事。她曾說獨眼巨人是天神和精靈生下的孩子……呃，特別是某個神，通常是……

在泰森的頭頂上，有個發光的綠色三叉戟不斷轉動，就在波塞頓宣佈我是他兒子的那一天，同樣的標誌也出現在我頭頂上。

此時此刻，四周一片沉默，敬畏而驚嘆。

「認領」是很少發生的狀況，有些學員甚至等待了一輩子都等不到。去年夏天波塞頓認領我的時候，每個人都畢恭畢敬地跪下來，但現在，大家都跟隨著坦塔羅斯的反應，而坦塔羅斯竟然爆出一陣狂笑。「哎呀！我想大家都知道該把這怪物安頓在哪裡啦。老天有眼，這一家人看起來還眞像呢！」

每個人都大笑起來，只有安娜貝斯和少數我的朋友除外。

泰森似乎什麼都沒發現。他大惑不解，拼命揮手想摸那個發亮的三叉戟，但此刻那東西在他頭頂漸漸消失。他實在太天眞了，根本就不了解其他人有多喜歡把他當笑話看，也不了解人們有多麼殘酷。

但我完全了解。

我多了一個新室友，也多了一個同父異母的怪物兄弟。

6 魔鴿來襲

接下來的幾天眞是折磨人，而這正是坦塔羅斯所希望的。

首先，泰森搬進了波塞頓小屋。他每隔十五秒就自顧自的傻笑一次，還說：「波西是我兄弟？」活像中了樂透似的。

「唉，泰森，」我通常會回他說：「沒那麼簡單好不好。」

其實沒什麼好對他解釋的，反正他覺得自己身在天堂，而我呢……就算再怎麼喜歡那大個兒，也不免覺得很難爲情。很丟臉。唉，我終於說出口了。

我爸爸，這至高無上的海神波塞頓，有時眼睛不免脫窗，看上一些自然界的精靈，而泰森就是這種意外的結局。我是說，我曾讀過神話中的獨眼巨人，甚至還記得他們通常都是波塞頓的孩子，但我沒想過這會讓他們變成我的……家人。直到泰森和我住在一起，睡在旁邊的摺疊床上，這一切才變得眞實。

隨之而來的是其他學員的閒言閒語。突然之間，我不再是那個很酷的波西．傑克森，那個去年夏天帶回宙斯閃電火的酷傢伙。現在的我是可憐的笨蛋波西，有個醜八怪當兄弟。

「他才不是我眞正的兄弟！」只要泰森不在附近，我就會這樣爲自己辯護。「他比較像是怪物那邊親戚的表兄弟啦，就像……隔了兩代的表兄弟這樣的關係。」

沒人理我。

我承認，一想到我爸，我就氣炸了。感覺上身爲他的兒子根本是個笑話。

安娜貝斯拼命想辦法安慰我，她還建議我們兩個組隊參加戰車賽，暫時把眼前的問題拋諸腦後。別誤會我的意思，其實我們兩個都很討厭坦塔羅斯，也對混血營所面臨的危機擔心得要命，然而眼下實在不知該怎麼辦。我們盤算了一下，除非能想出某種神奇有效的計畫來救活泰麗雅松樹，否則目前我們能做的，大概只有一起去參加比賽了。畢竟安娜貝斯的媽媽雅典娜女神是戰車的發明者，而馬是我爸創造出來的，只要我們聯手，一定能稱霸賽場。

有天早晨，我和安娜貝斯坐在獨木舟湖畔畫著戰車設計圖。幾個阿芙蘿黛蒂小屋的臭小子路過，問我需不需要借支眼線筆塗塗我的一隻眼睛……「喔，抱歉，我是說兩隻眼睛。」

他們笑鬧著走開。安娜貝斯忿忿不平地說：「波西，別理他們，你兄弟是個怪物，這又不是你的錯。」

「他才不是我兄弟！」我氣沖沖地說：「而且他也不是怪物！」

安娜貝斯挑起她的眉毛。「嘿，別對我發脾氣好不好？況且嚴格說來，他確實是怪物啊。」

「都是你啦！誰叫你准許他進入混血營。」

「因爲那樣才能救你一命！我是說……對不起啦，波西，我怎麼知道波塞頓會認他呢？獨眼巨人是最愛騙人、最奸詐……」

「他才不會！你跟獨眼巨人到底有什麼仇啊？」

安娜貝斯耳朵都紅了。我忽然有種預感，她好像有些事沒告訴我，一些不好的事。

「唉，別提了，」她說：「好啦，現在來看這輛戰車的輪軸……」

「在你眼中，他好像是什麼超級可怕的東西，」我繼續說：「他救了我的命耶！」

安娜貝斯丟下手中的鉛筆和畫板。「那你應該和他一起設計戰車。」

「也許是喔。」

「很好！」

「很好！」

她氣沖沖走了，留下我一個人，結果我的心情比原本糟糕一百倍。

接下來幾天，我試著不去想自己的問題。

阿芙蘿黛蒂小屋有個比較善良的女孩，名叫西蕾娜．柏瑞嘉，她幫我上了第一堂飛馬駕馭課。她向我解釋，其實世上擁有不死之身的飛馬只有一匹，叫做沛加索斯㉙，至今仍在空中遨遊不知所蹤。但這麼多年來，他生下的小孩不計其數，雖然速度沒有他那麼快，也沒那麼英勇，不過都沿用了第一匹也是最偉大那匹的名稱，統稱叫飛馬。

身為海神之子，我向來不喜歡進入空域。我爸和掌管天空的宙斯之間關係很緊繃，因此我盡可能遠離天空之神的管轄領域，離得愈遠愈好。可是騎著飛馬飛上天空又是全然不同的感受了，並不像坐飛機那麼令人緊張。也許因爲馬匹是我爸用浪花創造出來的，所以飛馬就有點像……像位在中間地帶，而且我可以了解飛馬的想法。正因如此，當我眞的能駕著飛馬衝過樹梢，或者飛入雲端追逐一群海鷗時，心裡並沒有覺得太訝異。

但問題來了，泰森也很想駕馭他口中這些「小鳥馬」，可是他一靠近，飛馬就嚇得亂跳。我用心電感應的方式告訴飛馬，泰森很溫和，不會傷害他們，但那些飛馬似乎不相信我。結果這又把泰森弄哭了。

混血營上上下下只有一個人看到泰森不會大驚小怪，就是赫菲斯托斯小屋的貝肯朵夫。赫菲斯托斯是鐵匠與工藝之神，他總是在自己的鐵工廠與獨眼巨人一起工作，所以貝肯朵夫會帶泰森去營區的兵工廠，教他一些金屬加工的訣竅。貝肯朵夫說，泰森製作魔法物品的手藝非常巧，有朝一日必能成爲一代大師。

吃過午餐後，我和阿波羅小屋的學員在競技場練劍。劍術向來是我的強項，很多人都說，我的劍術超越過去一百多年來任何一位混血營學員，或許只有路克能和我一爭高下。大家總是拿我和路克做比較。

㉙ 沛加索斯（Pegasus）是長有翅膀的飛馬。在英雄柏修斯（Perseus）切下蛇髮女怪梅杜莎（Medusa）的頭時，梅杜莎的血與浪花混合後，沛加索斯就從中躍生而出。

我輕而易舉就把阿波羅小屋的學員打得落花流水。其實若眞要測試我的實力，應該找阿瑞斯或雅典娜小屋的學員當對手，因爲他們向來是最優秀的劍手，但我與克蕾莎的兄弟姊妹一直不對盤，而且才剛和安娜貝斯吵了一架，現在一點都不想看到她。

我又跑去上射箭課，不過我的箭術很爛，現在也不是由奇戎授課，一切都不一樣了。上手工藝課時，我動手做波塞頓的大理石半胸像，可是愈做愈像電影明星席維斯史特龍，所以我把它扔了。接下來挑戰攀岩，我在最猛的「岩漿加地震」模式下爬上岩壁。到了傍晚，輪到我巡邏邊界。即使坦塔羅斯非常堅持，叫我們不用多想「保護混血營」這回事，但有一些學員還是默默維持巡邏邊界的工作，大家利用空閒的時間安排輪值表。

我坐在混血之丘的丘頂望著樹精靈來來去去，她們來唱歌給垂死的松樹聽；羊男們也帶來他們的蘆笛，吹奏出自然美妙的音樂。過了一會兒，松樹的針葉似乎茂密多了，山上的花香也益發甜美，連草都翠綠了許多。然而隨著樂音暫歇，毒氣再度悄悄瀰漫在空氣中。整座山丘似乎都受到了感染，隨著毒液漸漸滲入樹根最深處，山丘上原本蓬勃的生機逐漸邁向死亡。坐在那兒的時間愈久，我心中的憤怒便愈強烈。

一定是路克做的好事。我想起他那詭秘的微笑，以及龍爪在他半張臉上遺留的疤痕。他假裝是我的朋友，但從頭到尾都是克羅諾斯的頭號爪牙。

我張開手掌。去年夏天，路克在我掌中弄出一個傷疤，如今疤痕雖已漸漸消失，但我仍看得出來。那是被他暗藏的深淵毒蠍所螫刺出來的白色星形傷口。

我想起路克在試圖殺死我之前曾告訴我的話。他說：「波西，再見了，新的黃金時代就要來臨，而你不會參與其中。」

這天晚上，我再次夢見格羅佛。有時候只聽到他片片斷斷的聲音，但其中一次我清楚聽到他說：「它在這裡。」還有另一次是說：「他喜歡綿羊。」

我想把夢境告訴安娜貝斯，但又覺得自己很蠢。我的意思是說，「他喜歡綿羊」？聽到這種鬼話，她不覺得我瘋了才怪。

比賽前一晚，我和泰森終於把戰車做好了。這輛戰車眞的很酷，泰森在兵工廠的打鐵區打造出金屬部分，我負責把木製部分用砂紙磨得亮晶晶，並把車身整個組合完成。整輛車藍白相間，側邊有海浪的設計，車頭還漆了一個三叉戟標誌。畢竟泰森都已經花了這麼多力氣製作戰車，不讓他和我並肩作戰實在說不過去，雖然我知道馬兒不會太高興，而且泰森的體重也很可能拖慢戰車的速度。

我們準備上床睡覺時，泰森說：「你生氣嗎?」

我知道自己的臉色很難看。「沒啦，我沒有生氣。」

他躺上自己的摺疊床，在黑夜中默不作聲。他的身體太長，而床又太短，只要把被子拉高，雙腳就從被子裡露出來。「因爲我是怪物。」

「不要說這種話。」

「沒關係啦。我當乖乖的怪物，你就不會生氣了。」

我不知道該說什麼，只能瞪著天花板，覺得自己的生命力好像逐漸流逝，隨著泰麗雅松樹一同死去。

「我只是……我從來不知道自己有同父異母的兄弟。」我拼命讓自己的聲音不要顯露太多情緒。「這對我來說是很大的變化。而且最近我很擔心混血營的事，再加上另一個朋友，他叫格羅佛，他可能有麻煩了。我一直覺得應該要幫一點忙，卻不知道從何幫起。」

泰森什麼話都沒說。

「真的很抱歉，」我對他說：「這些跟你都沒關係。我是在生波塞頓的氣，我覺得他似乎想讓我難堪，像是想拿我們兩個做比較之類的。我完全不知道他在想什麼。」

隔壁傳來一陣低沉的隆隆聲。泰森開始打呼了。

我嘆了一口氣。「大個兒，晚安。」

於是我也閉上了眼睛。

在夢中，格羅佛穿了一襲婚紗。

那件禮服實在很不合身，裙襬太長，婚紗的滾邊沾著乾掉的泥巴塊，領口不斷從肩膀往下滑落，甚至有一堆扯爛的布條垂掛在他臉上。

他站在一個溼答答的山洞裡，四周只有火把的微光。有個角落放了一張摺疊床，另一個角落則有一台老式織布機，上面有塊長長的白布織到一半。格羅佛直直瞪著我看，好像我在電視機裡，而他正在等節目播出。「感謝天神！」他大喊。「你聽得到我說話嗎？」

夢中的我反應有點慢半拍。我看看四周，還在努力適應頭頂的鐘乳石、綿羊和山羊的臭味，以及不時傳來的咆哮聲、呼嚕聲和咩咩哀鳴。這些聲音似乎是從一塊冰箱那麼大的巨石後面迴盪出來，而那塊巨石擋住了唯一的出口，看來後面有個更爲巨大的山洞。

「波西？」格羅佛說：「拜託啦！以我的能力沒辦法投射得更清楚了。你非得聽到我的聲音不可！」

「我聽得到啊，」我說：「格羅佛，到底怎麼了？」

巨石後面又傳來怪物的吼聲：「小甜心！你好了沒？」

格羅佛嚇得縮起身子。接著用假音高聲說：「還沒，小親親！還要過幾天才會好喔！」

「呸！不是已經過兩星期了嗎？」

「沒……沒有啦，小親親，才過五天而已。還要再過十二天喔！」

那怪物沒再說話了，也許正在拼命計算天數。他的算術能力顯然比我還差，因爲他隨後說：「好吧，不過要快一點喔！我好想好想好想看到頭紗下面的你啊，嘻嘻嘻！」

格羅佛轉身看著我。「快來幫我！沒時間了！我被困在這個山洞，這裡是個海中孤島！」

「那個島在哪裡？」

「我不知道確切位置！我跑去佛羅里達，然後向左轉。」

「什麼?你怎麼會……」

「這是個陷阱!」格羅佛說:「就是因爲這樣,才會沒有一個羊男能夠完成任務!波西,他是個牧羊人!而且他擁有那個東西,那東西本身的魔法實在太強了,所以他聞起來才會那麼像偉大的天神潘[30]!羊男們來到這裡,以爲自己已經找到了潘,結果都被抓起來,還被波呂斐摩斯[31]吃掉!」

「波呂……誰啊?」

「就是一個獨眼巨人啦!」格羅佛氣急敗壞地說:「我之前差點就逃掉了,還一路逃到聖奧古斯丁。」

「可是他跟在你後面,」我想起了第一個夢,「把你困在一間婚紗店裡。」

「沒錯沒錯,」格羅佛說:「所以我第一次做『共感連結』就成功了。你看,現在只有這件婚紗可以救我一命了。他覺得我聞起來很香、很好吃,但我跟他說,那是因爲我噴了山羊味香水。好險他的視力很差,眞是謝天謝地。他那隻獨眼還在半瞎狀態,因爲以前有人戳了他眼睛一下,但再過不久,他就會知道我是誰了。他只給我兩個星期把婚紗裙襬搞定,他快要失去耐性了!」

「等一下,這個獨眼巨人以爲你是……」

「沒錯!」格羅佛都快哭了,「他以爲我是獨眼女巨人,他想娶我當老婆!」

如果是在不同情況下,我可能會爆笑出聲,可是格羅佛的聲音聽起來眞的很著急,他還害怕得渾身顫抖。

「我會去救你的。」我答應他。「你在哪裡？」

「當然是『妖魔之海』啊！」

「什麼海？」

「我剛不是說了嗎？我不知道確切位置！而且，波西，你聽我說……嗯，我真的很抱歉，可是這個共感連結……唉呀，我實在沒有其他辦法，現在我們兩個的情緒連結在一起，所以如果我死了……」

「別說我也會死掉。」

「噢，嗯，可能不會死啦。或許還可以活好幾年，以植物人的狀態。不過呢，嗯，如果你能救我出去，結局應該會好得多。」

「小甜心！」那怪物又在鬼叫：「吃晚餐囉！超好吃、超美味的綿羊肉！」

格羅佛嘆了一口氣。「我得離開了。你要快點喔！」

「等一下！你剛剛說那個東西在這裡，那是什麼東西？」

㉚潘（Pan），野地之神、牧羊人的守護神，也是羊男的首領。參《神火之賊》二二七頁，註㊽。

㉛波呂斐摩斯（Polyphemus）是獨眼巨人族中最著名者，平常以島上動物和自己養的羊為食，也會吃人。希臘英雄奧德修斯曾和夥伴漂流到他居住的島上，被他用巨石關在山洞中。後來奧德修斯將波呂斐摩斯灌醉，並弄瞎他的眼睛，與其他倖存者一起逃走。

可是格羅佛的聲音變得愈來愈微弱。「祝你有個好夢。別讓我死掉喔！」

夢境漸漸消失，我也跟著驚醒。現在是一大清早，泰森從上方看著我，他唯一的一隻棕色大眼睛滿是憂慮的神情。

「你還好嗎？」他問我。

他的聲音讓我背脊發涼，因爲聽起來幾乎和我在夢裡聽見的怪物聲音一模一樣。

比賽那天早上既潮溼又悶熱。地表附近霧氣低垂，彷佛身在蒸汽浴室。幾百萬隻鳥兒停棲在樹上，全都是肥嘟嘟的灰白色鴿子，不過牠們並不像一般鴿子那樣咕咕叫，而是發出嘈雜刺耳的刮擦金屬聲，讓我想起潛水艇雷達所發出來的聲音。

比賽用的戰車車道已經開闢好了，設置在射箭場和森林之間。而那兩頭噴火銅牛自從頭被打凹後，就變得非常溫馴，赫菲斯托斯小屋叫它們負責犁出橢圓形的車道，結果三兩下就完成了。

車道旁設置了好幾排石階當作觀眾席，包括坦塔羅斯、羊男們、幾位樹精靈，以及所有沒參加比賽的學員，全都坐在這裡觀戰。現場倒是沒有看到戴先生的蹤影，通常不到十點他是不會起床的。

「集合！」坦塔羅斯發出號令，參賽隊伍開始集合。一位水精靈爲他端來一大盤點心，他一邊說話，一邊用右手在裁判桌上追著巧克力泡芙跑。「你們對規則都很清楚了。車道長度爲四百公尺，跑兩圈定勝負。兩匹馬拉一輛戰車，每一隊由一位駕駛和一位戰士組成。可以使用武器，能用爛招更好，可是最好不要出人命！」坦塔羅斯對著我們微笑的樣子，好像我們是一群頑皮不聽話的小孩。「如果鬧出人命，你得準備面對酷刑，就是一個禮拜不准吃烤棉花糖！現在，把你們的戰車準備好！」

貝肯朵夫駕駛赫菲斯托斯隊的戰車進入車道。他們的戰車看起來很棒，金屬車身根本是「銅牆鐵壁」，連拉車的馬匹都是神奇的機械馬，精巧程度與科爾奇斯的銅牛有得拼。那輛戰車必定裝設了各式各樣的機關陷阱，絕對比能高速衝刺的義大利馬莎拉蒂跑車更炫。

阿瑞斯隊的戰車是血紅色的，由兩匹駭人的骷髏馬拉車。克蕾莎登上戰車，她帶了不少標槍、釘球、鐵蒺藜等武器，還有一堆讓人不敢領教的玩意兒。

阿波羅隊的戰車則是簡潔又優雅，整輛車是金色的，由兩匹美麗的馬負責拉車，這兩匹馬的身體呈金黃色，鬃毛和尾巴都是銀白色。阿波羅隊的戰士配備了一張弓，不過他保證不會用銳箭對準其他隊的戰車駕駛。

荷米斯隊的戰車是綠色的，看起來有點老氣，一副已經好幾年不曾開出車庫的模樣。這輛戰車乏善可陳，不過由史托爾兄弟負責操控。一想到他們我就有點害怕，因爲不曉得那兩兄弟會搞出什麼低級的陰謀把戲。

剩下的兩輛戰車，一輛由安娜貝斯駕駛，另一輛就是我了。

比賽開始之前，我想辦法靠近安娜貝斯，把我的夢境告訴她。

我提到格羅佛時，她立刻豎起了耳朵，可是一聽到格羅佛說的話，她的態度似乎又變得疏遠，一副很懷疑的模樣。

「你只是想讓我分心。」她下定決心這樣認爲。

「你說什麼？不是，我才不是呢！」

「哦，有這麼巧喔！格羅佛就剛好矇到了『那個』可以拯救混血營的東西啦！」

「你這話是什麼意思？」

她賞了我一個白眼。「波西，回你的戰車去吧！」

「這不是我瞎掰出來的，安娜貝斯，他眞的有麻煩了。」

她有點猶豫。我看得出來，她在想究竟要不要相信我。儘管我們之間偶爾意見不合，但之前都共患難那麼久了，而且她絕不會希望格羅佛出什麼事。

「波西，要形成共感連結是非常困難的。我是說，比較可能是你眞的在做夢。」

「神諭，」我靈機一動，「我們可以去請求神諭。」

安娜貝斯皺起眉頭。

去年夏天我在執行尋找任務前，曾經先去拜訪一個奇怪的神靈，它住在主屋的閣樓裡。當時它給了我一段預言，結果在我完全沒料到的情況下，每一句預言都實現了。那次經驗讓我的心情好幾個月都難以平復，因此安娜貝斯心裡很清楚，如果我不是認眞的，絕對不會提議去求神諭。

她還來不及回答，海螺號角聲已經傳了過來。

「各位戰車勇士們！」坦塔羅斯大喊：「各就各位！」

「等一下再談，」安娜貝斯對我說：「等我贏了以後。」

我正要走回自己戰車時，突然發現這時樹上好像又多了很多鴿子。牠們發瘋似地吱嘎亂叫，整座森林都沙沙作響。似乎沒有人注意到那些鴿子，但牠們讓我很緊張。鴿子的嘴喙閃耀著奇異光芒，眼睛也似乎比一般鳥類更加明亮。

馬兒很難乖乖聽泰森的話，我得花很長的時間安撫牠們，才能讓一切盡快就緒。

「主人，他是怪物啊！」馬兒向我抱怨。

「他是波塞頓的兒子，」我告訴馬兒：「就像……嗯，就像我一樣。」

「不要！」牠們很堅持。「怪物！他們會吃馬！無法信任！」

「比賽結束後，我會拿方糖給你們吃。」我說。

「方糖嗎？」

「很大很大的方糖喔，還有蘋果。我剛才有沒有說蘋果？」

牠們終於同意讓我套上馬具。

對了，你可能沒看過希臘式戰車，讓我先解釋一下好了。它的用途是要高速行駛，而不是爲了安全或舒適所設計的。基本上都會有個木製車廂，開口在後面，而整個車廂固定在兩輪之間的輪軸上。駕駛全程站著，你可以清楚感受到路面的任何顛簸。由於車廂材料是非常輕質的木材，一旦你在車道兩端的急轉彎失速衝出去，我敢保證一定會翻車，而且你和整輛賽車都會被撞爛。那種衝刺的勁道絕非滑板可以比擬。

我拉起韁繩，將戰車駕到起跑線後方。我拿了一支三公尺長的長桿給泰森，吩咐他如果其他戰車靠太近，就把他們推到一邊去，而且要把別人扔過來的東西通通打掉。

「不能用桿子打小馬。」他很堅持。

「對。」我附和他。「也不能打人，如果你控制得了的話。我們要以身作則，維持比賽的公正性。你只要把令人分心的東西通通趕走，讓我能專心駕駛戰車。」

「我們會得冠軍！」他笑嘻嘻地說。

我們鐵定會輸，我心裡這麼想，但還是得試試看。我想證明給其他人看……嗯，其實我不確定我想要證明什麼。是要證明泰森不是壞傢伙嗎？證明我和泰森同進同出不是件丟臉的事？還是要證明聽了那麼多嘲笑和爛綽號之後，我一點都不傷心難過？

等所有戰車排成一直線後，樹林裡聚集了更多閃眼鴿。牠們發出很大聲的刺耳噪音，連看台上的學員們都注意到了。大家很緊張地看著樹上，所有樹木都因鳥的重量而搖來晃去。坦塔羅斯好像沒什麼反應，不過他確實提高了音量，希望能壓過那些噪音。

「各位戰車勇士們！」他大吼：「爭取你的勝利吧！」

他揮舞手臂，起點的號誌驟然落下。整排戰車有如突然甦醒一般，一時之間蹄聲震天、飛沙走石，看台上的群眾開始振奮歡呼。

幾乎在同一時間，傳來了嘹亮且可怕的一聲「砰！」。我回頭一看，剛好看見阿波羅戰車急速翻車，原來是受到荷米斯戰車的猛力撞擊……也許是不小心，也有可能不是。車上的戰士被拋了出去，驚嚇過度的兩匹馬依然拖著金色戰車斜斜衝過車道。荷米斯隊的史托爾兄弟正爲自己的好運狂笑不止，但好運並沒有持續太久，因爲阿波羅的馬兒直直衝向他們，於是荷米斯戰車也翻覆了，只見地面剩下一堆破爛木頭，後面有四匹馬在塵土間狂奔亂竄。

剛出發不到六公尺，兩輛戰車已經陣亡。我眞愛這種運動啊。

我把自己的注意力拉回前方。我們佔得不錯的先機，目前領先阿瑞斯隊，但安娜貝斯還在前頭。她已經快要轉彎繞過第一根標竿了，她身旁的標槍男咧嘴大笑，不斷朝我們揮手，還一邊大叫：「再見啦！」

赫菲斯托斯戰車也在一旁伺機超車。

貝肯朵夫按下一個按鈕，他的戰車側邊有塊板子滑了開來。

「波西，不好意思啦！」他喊著。三組鏈球朝我們的車輪直直飛來，如果泰森沒能及時快速揮動長桿將它們轟到一邊去，我們的車輪必定全毀。結果呢，泰森猛力一推，赫菲斯托斯戰車側滑到賽道邊，我們則繼續挺進。

「泰森，做得好！」我大喊。

「好多鳥！」他吼回來。

「你說什麼？」

我們衝得太快，要聽要看都變得很困難，不過泰森伸手指了指樹林方向，我終於看到他在擔心什麼了。那群鴿子從樹上起飛，彷彿龍捲風一般盤旋直上，然後朝車道飛過來。

沒什麼大不了的，我告訴自己。只是些鴿子嘛。

我想辦法專注於眼前的比賽。

此刻我們轉過第一個彎，輪子在腳下吱嘎大響，一副快要翻車的傾向，不過現在距離安娜貝斯只差三公尺。如果能再追近一點，泰森就可以用他的長桿……

安娜貝斯的戰士不再笑了，他從腳邊的武器堆抓起一支標槍，將目標對準我。他正準備投出時，所有人都聽見一陣尖叫。

大批鴿子蜂擁而至。眼前景象有如投擲炸彈般，成千上萬隻鴿子俯衝觀眾席，也攻擊其他戰車。貝肯朵夫遭到圍攻，他的戰士想把鳥群拍掉，可是眼前一片黑壓壓，根本看不到任何東西。最後他們的戰車衝出跑道，越過草莓園顛簸前進，兩匹機械馬還不時尖叫嘶鳴。

至於阿瑞斯戰車，克蕾莎向她的隊友喊了一個指令，她的隊友趕忙抖開一張偽裝網蓋住車廂。他想要抓牢偽裝網時，鳥群圍攻而來，對準他的手又啄又抓，克蕾莎只得咬緊牙關，繼續駕車往前衝。她的骷髏馬好像不會受到環境影響而分心，那些鴿子徒然啄著骷髏馬空蕩蕩的眼窩，或從肋骨之間飛穿過去，但骷髏馬依舊朝向目標繼續奔馳。

看台上的觀眾就沒這麼幸運了。鴿群對每一寸露出的肌膚發動凌厲攻勢，大家都痛得哇哇叫。此時鳥群更加接近，這才終於能看出那不是一般的鴿子。牠們目光銳利、近乎邪惡，嘴喙是青銅做的，而從觀眾們的淒厲叫聲就能得知，那嘴喙必定尖銳無比。

「斯廷法利斯湖怪鳥[32]！」安娜貝斯大喊。她把車速放慢，駕著戰車跑在我旁邊。「如果不把那些鴿子趕走，等一下牠們會把所有人都啄到見骨！」

「泰森，」我說：「我們要轉向了！」

「走錯方向了嗎？」他問道。

「每次都走錯。」我忍不住抱怨著，但依然將戰車轉朝看台駛去。

安娜貝斯緊跟在我後面，並大聲叫著：「英雄們，武裝起來吧！」但我不確定有沒有人能聽見她的聲音，畢竟金屬鳥的刺耳叫聲和四周的喧譁聲浪實在太吵了。

我一手抓緊韁繩，另一手打算抽出波濤劍，以便對付眼前一波金屬鳥的攻勢。牠們的嘴喙閃閃發光，如雨點般瘋狂啄下。我把一些金屬鳥揮砍到空中，牠們立刻爆炸開來，只剩下灰燼和羽毛，但周圍還有數百萬隻蜂擁而來。有一隻鳥用尖銳的鳥爪抓住我，痛得我幾乎想跳車逃走。

安娜貝斯的處境也沒有好到哪裡去。我們愈是接近看台，鳥群密度就愈來愈大。看台上有些觀眾努力反擊。雅典娜小屋的學員紛紛舉起盾牌，阿波羅小屋的弓箭手也連

[32] 斯廷法利斯湖怪鳥（Stymphalian Birds）是希臘神話中的兇猛怪物。牠們棲息在斯廷法利斯湖畔，長有銅爪銅嘴，會吃人肉，羽毛可像箭一樣發射出去。希臘英雄海克力士（Hercules）須執行的十二項艱難任務中，第六件便是驅殺斯廷法利斯湖怪鳥。

忙拿出弓箭，準備痛擊這些可怕的鳥群，然而有太多學員混雜在鳥群之中，爲了避免傷及無辜，他們暫時無法發動攻勢。

「實在太多了！」我對安娜貝斯喊著。「你有什麼好主意？」

她用手上的刀子戳中一隻鴿子。「海克力士㉝用的是噪音！用銅鐘！他用想像得到最可怕的噪音嚇走那些鳥……」

她的雙眼突然睜大。「波西……用奇戎收藏的東西！」

我馬上就懂了。「你覺得那會有用嗎？」

安娜貝斯把手上的韁繩交給她的隊友，接著從她的戰車跳到我這邊來，身手俐落得彷彿跳車是全世界最簡單的事。「開去主屋！這是我們唯一的機會！」

這時候，克蕾莎剛剛越過終點線，完全沒有其他對手，而她似乎到這一刻才意識到怪鳥的問題有多嚴重。

她看到我們駕著戰車離開，忍不住大吼著：「你們要落跑啦？這裡有戰事耶，眞是膽小鬼！」她抽出佩劍，朝看台衝過去。

我繼續策馬狂奔。戰車一路衝過草莓園，穿越排球沙坑，最後緊急煞車，歪歪斜斜停在主屋前。我和安娜貝斯衝進去，在走廊上拔腿狂奔，目標是奇戎的房間。

奇戎的音響設備依然放在床頭櫃上，他最喜歡的唱片也都還在。我胡亂瞄了一眼，隨手抓了幾張最吵鬧的唱片，安娜貝斯則抱起整台音響，然後我們兩人一起跑到外面去。

我們回到車道一看，所有的戰車都陷入一片火海，受傷的學員四散奔逃，每個人都被一群鴿子抓住衣服、拉扯頭髮。在這緊要關頭，坦塔羅斯居然還繞著看台追他的早餐點心，而且每跑幾步就大喊：「所有事情都在掌握之中！大家不用擔心！」

我們在終點線停下來。安娜貝斯連忙把音響架設好，我則在心裡拼命祈禱，希望電池千萬不要沒電。

我按下播放鍵，音響流洩出奇戎的最愛──狄恩·馬汀[34]生涯金曲精選輯。突然之間，四周充塞著小提琴的悠揚樂聲，還有一群傢伙不斷念著義大利文。

所有的魔鴿陷入瘋狂狀態。牠們開始繞圈飛行，彼此撞成一團，彷彿想把自己的腦袋用力撞爛。最後，牠們終於放棄攻擊，全部一起飛向空中，看起來像一道巨大的黑暗波浪。

「喂！」安娜貝斯大喊：「弓箭手！」

有了再清楚不過的目標，阿波羅小屋的弓箭手絕不會失手，他們多半可以一箭射穿五、六隻鳥。不到幾分鐘，地上就堆滿銅嘴鴿的屍體，有些鴿子雖然沒有立刻斃命，卻也拖著一縷濃煙，消失於遠方的地平線。

混血營保住了，但剩下的殘骸令人觸目驚心。大多數戰車面臨全毀的命運，而且幾乎每

---

[33] 海克力士（Hercules）是希臘神話中的大力士英雄。參《神火之賊》一一五頁，註[20]。

[34] 狄恩·馬汀（Dean Martin, 1917-1995）是美國著名歌手、演員，走紅於一九五〇到六〇年代，與法蘭克·辛納屈（Frank Sinatra）和小山姆·戴維斯（Sam Davis Jr.）等人是好友，人稱好萊塢的「鼠黨」。

個人都受了傷，身上不計其數的鳥啄傷口不停流著血。阿芙蘿黛蒂小屋那些愛美的孩子們不斷哭叫，因為他們的髮型都弄壞了，衣服還沾滿鳥大便。

「好極了！」坦塔羅斯說，但他不是看著我和安娜貝斯。「第一位獲勝者終於誕生了！」他走向終點線，將戰車比賽的黃金桂冠頒給大吃一驚的克蕾莎。

然後他轉過身來，對我露出微笑。「接下來呢，我們要給干擾比賽的搗蛋者來點處罰！」

7 金羊毛任務

就坦塔羅斯的說法，斯廷法利斯湖怪鳥只不過乖乖在樹林裡休息，沒有礙到任何人，要不是我、安娜貝斯和泰森駕駛戰車的技術太爛，害那些鳥看不下去，牠們也不會發動攻擊。

這實在太不公平了。我叫坦塔羅斯去追他的甜甜圈，結果一點也沒有讓他心情變好。處罰方式揭曉，他要我們擔任「廚房巡邏員」，意思就是整個下午都要待在地底的廚房，與清潔鳥妖一起擦洗所有的鍋碗瓢盆。這些清潔鳥妖可不是簡單角色，她們不是用水來洗盤子，而是用地底的岩漿，包準讓所有的鍋碗瓢盆乾淨到超級亮晶晶，而且可以把百分之九十九點九的細菌都給殺光光，所以我和安娜貝斯必須穿戴石棉手套和石棉圍裙才耐得住高熱。

泰森不用這麼麻煩，他可以徒手插入岩漿，就這樣洗起盤子。但我和安娜貝斯可慘了，一連幾個小時面對極度高熱且危險的工作還不打緊，最慘的是眼前那幾百萬噸的髒盤子！坦塔羅斯甚至下令準備一頓特別豐盛的午餐宴會，好慶祝克蕾莎獲得戰車比賽的初次勝利。他點的菜色是全套大餐，主菜還特別指定要「鄉村風味油炸斯廷法利斯湖死鳥」。

接受這樣的懲罰總算還有一件好事：我和安娜貝斯有了共同要對付的敵人，而且這下子交談的時間可多了。她再次聽我敘述關於格羅佛的夢，好像開始有點相信我了。

「如果他真的找到那東西，」她喃喃自語：「而我們又可以把它拿回來……」

「等等，」我說：「你說這話的意思是……不管格羅佛找到的東西是什麼，那會是世上唯一可以挽救混血營的東西，是嗎？那東西是什麼？」

「我給你一個提示好了。如果你幫一隻綿羊剝皮，你會得到什麼？」

「一團亂？」

她嘆了一口氣。「羊毛皮啦。綿羊的表皮不是羊毛皮嗎？而如果這頭公羊恰好有一身金色的羊毛呢？」

「金羊毛。你是講真的還講假的啊？」

安娜貝斯把整盤死鳥骨頭倒進岩漿裡。「波西，你記不記得灰色三姊妹？她們知道你要找的東西在哪裡，對吧？而且她們還提到傑生。三千年前，她們也教過傑生怎樣找到金羊毛。你聽過傑生和阿爾戈英雄[35]們的故事吧？」

「聽過啊，」我說：「就是跟一堆骷髏打架的那部老電影[36]，對吧？」

安娜貝斯聽了差點昏倒，不禁翻了翻白眼。「波西，我的天神啊！你真是完全沒救了。」

「什麼意思啊？」我不知道她在說什麼。

「你給我乖乖聽好了。金羊毛真正的故事是這樣的：主角是宙斯的兩個孩子，兒子卡德摩斯和女兒歐羅巴。有人要把他們當作獻神的祭品，他們祈求宙斯伸出援手，於是宙斯派來一隻全身長滿金毛、具有飛行能力的魔羊，魔羊把他們從希臘一路送到小亞細亞的科爾奇斯。

呃，嚴格說來，魔羊只載了卡德摩斯，因為歐羅巴在途中掉下去摔死了，不過這不重要。」

「對她來說可能很重要啊。」

「好啦，重點是，等到卡德摩斯抵達科爾奇斯之後，他宰了魔羊，獻祭給眾神，並把羊皮懸掛在科爾奇斯王國正中央的一棵樹上。結果羊皮為這塊土地帶來繁榮昌盛，動物再也不生病，植物愈長愈茂盛，農人種植的作物大豐收，也不再有疫病侵襲。正因如此，傑生才會那麼想要得到金羊毛，因為金羊毛可以讓它所在的土地恢復元氣、治癒疾病、鞏固自然環境、掃盡所有汙染……」

「它可以治好泰麗雅松樹。」

安娜貝斯點點頭。「也可以鞏固混血營的魔法邊界。可是，波西，金羊毛已經消失了數千年之久，成千上萬的英雄們到處搜尋，但都沒那種好運氣。」

「可是格羅佛找到了啊，」我說：「他要找天神潘，結果找到了金羊毛，因為兩者都會散發出自然的魔力。安娜貝斯，這樣就說得通了，我們可以去救格羅佛，同時可以救混血營，一舉兩得，這樣不是很完美嗎？」

安娜貝斯遲疑了一會兒。「有點太過完美了，你不覺得嗎？如果這是個陷阱呢？」

㉟ 阿爾戈英雄（Argonauts）是與傑生搭乘快船阿爾戈號（Argo）前往科爾奇斯尋找金羊毛的五十位英雄，其中還包括海克力士、奧菲斯（Orpheus）和鐵修斯（Theseus）等。

㊱ 指的是一九六三年的美國電影《傑遜王子戰群妖》（Jason and the Argonauts）。片中有與骷髏戰鬥的場景。

我想起去年夏天的教訓，克羅諾斯是如何在幕後操縱我們的任務。他差點就把我們騙倒了，害我們幾乎幫他引發一場世界大戰，差點毀掉整個西方文明。

「我們還有別的選擇嗎？」我問她：「你到底要不要幫我救格羅佛？」

她瞄了泰森一眼。泰森早就沒興趣聽我們說話了，他只顧著把岩漿裡的杯杯盤盤當作玩具船，一個人玩得不亦樂乎。

「波西，」她壓低嗓子小聲說：「我們得跟獨眼巨人打一架喔，是最邪惡的獨眼巨人，而他住的島嶼只可能位於一個地方——妖魔之海。」

「那是哪裡？」

她瞪著我，一副以爲我在耍笨的樣子。「妖魔之海啊，奧德修斯航行過、傑生航行過，還有埃尼亞斯[37]等一大堆人也航行過。」

「你是說地中海嗎？」

「不是。嗯，也是啦……但不是。」

「好一個直接的回答，眞是謝啦！」

「波西，你聽好，歷史上的英雄去出任務時，每一個人都航行過妖魔之海，那裡以前是在地中海沒錯，不過就像天神其他的事情一樣，隨著西方文明權力中心的移轉，妖魔之海也會改變位置。」

「就像奧林帕斯山跑去帝國大廈樓上，」我說：「而冥王黑帝斯住到洛杉磯地底下。」

「對啦！」

「可是整個海都是怪物……那些怪物怎麼藏得住？凡人難道不會注意到有奇怪的事發生嗎？……譬如說，會有船被吃掉還是怎麼的？」

「當然會注意到啦，然而他們不了解那是怎麼回事，只知道某片海域會有怪事發生。妖魔之海目前位於美國東岸外海，就在佛羅里達的東北邊。凡人甚至幫那裡取了個名字。」

「百慕達三角？」

「完全正確。」

我等待自己的腦袋慢慢接受這件事。仔細想想，自從來到混血營以後，這件事其實也不會比其他的事情更奇怪。「好吧……所以，至少我們知道要去哪裡找了。」

「波西，那是一片很大的海域，要在一片有怪物出沒的遼闊大海尋找一個小島……」

「嘿，我是海神的兒子耶！那裡算是我的地盤，你說會有多困難？」

安娜貝斯的眉頭皺了一下。「我們還得跟坦塔羅斯報備一下，請他准許我們出任務，但他一定不會答應。」

「他會答應，只要今天晚上營火晚會的時候，我們當著所有人的面前跟他說。整個混血營

㊲ 埃尼亞斯（Aeneas）是阿芙蘿黛蒂與特洛伊（Troy）國王所生的兒子，也是特洛伊戰爭（Trojan War）中戰績彪炳的英雄之一。

的人都會聽見，而大家必定會對他施壓，他就沒辦法拒絕了。」

「也許吧。」安娜貝斯說話的聲音多了一絲絲希望。「我們得趕快把這些盤子洗完。拜託一下，把那個岩漿噴嘴拿給我好嗎？」

當晚的營火晚會由阿波羅小屋的學員帶領大家吟唱。他們很想激勵大家的士氣，但是經過下午的魔鴿攻擊事件，這件事變得不太容易。大家全都坐在半圓形的石階上，一邊心不在焉地唱著歌，一邊呆呆望著營火。阿波羅小屋那些傢伙雖然撥彈著吉他和七弦琴，卻也一副漫不經心的模樣。

我們按照混血營的老規矩一首首唱著，包括〈漫步愛琴海〉、〈我就是自己的曾曾曾曾祖父〉、〈這是米諾斯的王國〉等歌曲。營火顯得十分陶醉，只要大家的歌聲愈嘹亮，火勢就會節節高升，並隨著群眾的心情變換顏色和熱度。我曾經在一個夜色極美的夜晚，看過火焰燒旺到六公尺高，呈現亮紫色，熱度高到最前排的棉花糖都被火焰吞噬了。然而，今天晚上的火焰大概只有一點五公尺高，不太溫暖，而且顏色像灰色的麻布一樣。

戴歐尼修斯很早就離席了。他勉強聽幾首歌，低聲抱怨了幾句，好像是說就算和奇戎玩撲克牌都比這刺激，然後對坦塔羅斯使個眼色，便朝主屋走回去。

等到最後一首歌唱完，坦塔羅斯說：「哇，眞是太美妙了！」

他走向前，想要拔起一枝火烤棉花糖，還刻意表現得超不在乎的樣子，但就在他碰到叉子的那一刻，整塊棉花糖從叉子飛出去。坦塔羅斯急得伸手亂抓，但棉花糖寧死不屈，連忙跳進火焰裡，自殺了。

坦塔羅斯轉身看著我們，臉上的微笑冷酷無情。「聽好了！現在要宣佈明天的課程表。」

「主任。」我說。

坦塔羅斯的眼睛抽動一下。「我們的廚房男孩有話要說？」

幾個阿瑞斯小屋的學員忍不住竊笑，但我不想因為有人糗我就開不了口。我站起來，看了安娜貝斯一眼。感謝天神，她也站起來陪我。

於是我說：「我們有個方法可以救混血營。」

四周一片死寂，但我看得出來，這句話已經挑起所有人的好奇心，因為營火開始閃耀出明亮的黃色。

「真的嗎？」坦塔羅斯的語氣十分溫柔。「嗯，如果是和戰車有關……」

「金羊毛，」我說：「我們知道它在哪裡。」

火焰瞬間燃燒成橘色。坦塔羅斯還來不及阻止，我就把自己的夢境一股腦兒說出來，包括格羅佛，還有獨眼巨人波呂斐摩斯的島嶼。安娜貝斯也向前踏出一步，提醒大家金羊毛有何功用。從她口中說出來，好像比較具有說服力。

「金羊毛可以救我們的混血營，」她最後做了結論，「我敢肯定。」

「胡扯，」坦塔羅斯說：「我們沒什麼好救的。」

所有人都瞪著他，瞪得他很不自在。

「話說回來，」他很快補了幾句：「妖魔之海？那又沒有確切的位置，你甚至不曉得該到哪裡去找。」

「我知道在哪裡。」我說。

安娜貝斯靠過來，對我悄聲說：「你知道？」

我點點頭，因為安娜貝斯曾經提起灰色三姊妹開的計程車，這喚起了我的記憶。坐計程車的時候，三姊妹給了我一些訊息，原本聽起來毫無頭緒，但現在……

「三十，三十一，七十五，十二。」我說。

「很——好，」坦塔羅斯說：「謝謝你跟我們分享這堆毫無意義的數字。」

「那些數字是航海座標，」我說：「就是經度和緯度。我呢，嗯，以前在社會課學過。」

這下子連安娜貝斯都快嚇呆了。「北緯三十度三十一分，西經七十五度十二分，他說得沒錯！這是灰色三姊妹告訴我們的座標，那個位置應該在大西洋某處，在佛羅里達的外海，妖魔之海就在那裡！我們需要出尋找任務！」

「嘿，等一下！」坦塔羅斯說。

但學員們已經興奮地吟唱起來：「我們需要尋找任務！我們需要尋找任務！」

火焰衝得更高了。

「根本就不需要！」坦塔羅斯很堅持。

「我們需要尋找任務！我們需要尋找任務！」

「好！」坦塔羅斯大吼一聲，雙眼燃燒著怒火。「你們這些小鬼要我指派尋找任務？」

「沒錯！」

「那好吧，」他終於同意了，「我將授權一位戰士踏上這趟危險的征途，他必須取回金羊毛，將它帶回混血營。或者該說至死方休！」

我全心全意想要踏上征途，才不會讓坦塔羅斯的話嚇倒我。我非做不可，我要拯救格羅佛和混血營，沒有任何事情可以阻止我。

「我將准許這位戰士前去尋求神諭！」坦塔羅斯高聲宣佈：「他可以選擇兩位戰士同行。我想，最佳人選已經呼之欲出！」

坦塔羅斯先看看我，再看看安娜貝斯，那眼神彷彿要活生生剝下我們的皮。「這位戰士必須擁有全營對他的敬意，並且在戰車比賽展現出策略與機智，還必須擁有保衛混血營的極大勇氣。領導這趟任務的人非你莫屬……克蕾莎！」

營火迸發出一千種不同的色彩，阿瑞斯小屋的成員開始興奮跺腳、高聲歡呼：「克蕾莎！克蕾莎！」

克蕾莎站了起來，看似極度震驚。接著她按捺住內心的驚慌，高傲地挺起胸膛。「我接受這項任務！」

「等一下！」我大叫，「格羅佛是我的朋友，那夢境也是傳給我的。」

「坐下啦！」阿瑞斯小屋有人叫著，「去年夏天已經輪過你了！」

「沒錯，他又想變成大家注目的焦點！」另一個人說。

克蕾莎怒視著我。「我接受這項任務！」她又說了一次。「我，克蕾莎，阿瑞斯之女，將會拯救混血營！」

阿瑞斯小屋的成員歡聲震天。安娜貝斯不斷抗議，雅典娜小屋的其他成員也同聲附和，其他人則開始選邊站，四周一片喧鬧、爭吵，棉花糖滿天亂飛，感覺上一場聲勢浩大的棉花糖大戰一觸即發。這時候，坦塔羅斯大吼：「給我閉嘴！你們這些小鬼！」

他的狂吼連我都嚇到了。

「坐下！」他下令。「我來跟你們講一個鬼故事。」

我不知道他要幹嘛，總之所有人都心不甘情不願回到座位上。坦塔羅斯渾身散發出邪惡的光芒，與我曾經面對過的所有怪物比起來有過之而無不及。

「從前從前有一個國王，他受到眾神由衷的喜愛！」坦塔羅斯將手放在胸前，我有一種感覺，他講的根本是自己的故事。

「這位國王呢，」他說：「甚至能到奧林帕斯山參與眾神的盛宴。但他有點得意忘形，膽敢拿一些神食和神飲回到人間，妄想研發這些神仙美饌的做法。提醒你們一下，他只不過打包了小小一袋，結果眾神嚴厲懲罰他，懲罰他永世不得再參加眾神的盛宴！國王自己的子民嘲笑他，國王的子女也斥責他！噢，是啊，各位學員，他擁有世界上最最可惡的孩子，那些孩子，就跟你們沒——兩——樣！」

他以歪斜變形的指頭指著觀眾席裡的一些人，也包括我在內。

「你們可知道，他是如何對付那些忘恩負義的孩子嗎？」坦塔羅斯柔聲問道。「你們可知道，他如何回報眾神給予他的殘酷懲罰？是這樣的，他在皇宮裡設宴款待奧林帕斯眾神，希望能消除彼此的嫌隙，沒有半個神注意到他的子女全都消失無蹤。等到這位國王為眾神呈上佳餚時，我親愛的學員們，你們可知道，燉鍋裡面裝的是什麼？」

沒有人敢回答。營火閃著黯淡的藍色火焰，映照著坦塔羅斯那張扭曲變形的邪惡面容。

「結果呢，眾神決定懲罰他的後半生，」坦塔羅斯以沙啞低沉的嗓音說著：「他們說到做到，但他還是覺得很滿足，懂吧？他的孩子們再也不會跟他頂嘴，也不會再質疑他身為父親的權威。而你們可知道？謠傳那個國王的魂魄正住在這個營區，苦苦等待機會，好向他那些忘恩負義、恣意造反的孩子們復仇。所以呢……在我們派克蕾莎去出任務之前，還有沒有任何不滿與抱怨？」

四周一片沉默。

坦塔羅斯朝克蕾莎點點頭。「親愛的，神諭，去吧。」

克蕾莎不安地挪動一下身子，好像連她也不想贏得這樣的榮耀，因為代價是要成為坦塔羅斯的寵物。「主任……」

「去啊！」他大聲咆哮。

她鞠了個躬，姿勢頗爲僵硬，接著三步併兩步朝主屋跑去。

「怎麼樣啊，波西．傑克森？」坦塔羅斯問。「我們的洗碗工沒意見了吧？」

我什麼話也沒說，我可不想讓他有機會懲罰我。

「很好，」坦塔羅斯說：「容我再提醒各位，沒有我的允許，誰都不准離開混血營。如果有人膽敢嘗試……這個嘛，如果這些人僥倖活著，從今以後就不准再踏入混血營一步，不過結局一定不會只是這樣。清潔鳥妖已經接獲我的指令，從今天開始強制實施宵禁，大家都知道她們有多麼飢渴吧！晚安啦，我親愛的學員們，祝各位有個好夢。」

隨著坦塔羅斯的手一揮，火焰即刻熄滅，學員們在黑暗中拖著腳步，走回各自的小屋。

看著泰森，我一句話都說不出口。他知道我非常沮喪，他知道我多麼想踏上征途，但是坦塔羅斯不讓我去。

「你無論如何都會去嗎？」他問我。

「我不知道，」我坦白說：「那很困難。非常困難。」

「我會幫你。」

「不行。我……嗯，大個兒，我不能要求你幫忙，那實在太危險了。」

泰森低頭看著堆在膝上的金屬零件，有彈簧、齒輪和一堆細線。貝肯朵夫給他不少工具和零散配件，泰森每天晚上都在焊接這些玩意兒。不過我實在無法想像，他的手那麼巨大，到底如何處理那些小東西呢？

「你在拼裝什麼？」我問他。

泰森沒有回答，反倒從喉嚨深處發出一聲哀鳴。「安娜貝斯不喜歡獨眼巨人。你……你不希望我陪你去嗎？」

「噢，不是這個原因啦，」我心不在焉地說：「安娜貝斯喜歡你，是眞的。」

他的眼角滿是淚水。

我不禁想起格羅佛，他就像所有的羊男一樣，能夠讀出人類的情緒。我不曉得獨眼巨人是否擁有相同的能力。

泰森拿出一塊油布，把膝上零碎的小東西全都包起來。他翻身在自己床上躺下，懷裡抱著那包東西，彷彿抱的是一隻泰迪熊。接著他轉身面對牆壁，我可以看見他背上那些詭異的傷疤，活像某人用牽引機從他身上犁過去似的。我不知想過幾百萬次，想像他那時候究竟傷到什麼程度。

「爸爸一直都很照顧，嗯，我，」他抽抽答答地說：「可是現在……我覺得……他認爲有個獨眼巨人兒子很丟臉。我不應該出生的。」

「不要那樣講！波塞頓認了你啊，不是嗎？所以……他一定很關心你……常常……」

我的聲音愈來愈微弱，因爲想到這些年來泰森過著什麼樣的生活，他住在紐約街頭，睡在原本裝冰箱的紙箱子裡。泰森有什麼理由覺得波塞頓很照顧他？什麼樣的父親會讓他的小孩過這種生活？就算他的小孩是個怪物？

「泰森……你可以把混血營當作溫暖的家，其他人慢慢就會習慣你的存在，我保證。」

我躺在自己的床上，想辦法閉上眼睛，但實在辦不到。我很怕又會夢到格羅佛。如果那個共感連結是眞的……如果格羅佛有什麼不測……我還能醒過來嗎？

滿月的光芒從窗外灑進來，遠處則傳來低沉的海浪聲。我可以聞到草莓園飄來的溫暖氣息，也聽見樹精靈在樹林間追逐夜鴞的嬉鬧聲。但這個夜晚感覺起來就是不太對勁，因爲泰麗雅松樹病了，那股毒氣蔓延整座山谷。

克蕾莎能夠挽救混血營嗎？如果要從坦塔羅斯手上贏得「最佳學員」榮譽，我覺得自己的贏面比較大。

我下了床，穿上幾件衣服，再從床鋪底下抓起一條海灘大毛巾和六罐可樂。可樂是違禁品，事實上外面的零食和飲料都不准帶進來，但如果你到荷米斯小屋找到對的人，付他幾個金幣，他幾乎可以從附近的便利商店弄來任何你想要的東西。

實施宵禁後偷溜出去也在禁止之列，被抓到有兩種下場：一是惹上大麻煩，二是被清潔鳥妖吃掉。但我無論如何都好想看海，每次到海邊就覺得心情平靜，會讓我的思緒變得更清晰。於是我離開小屋，朝海灘走去。

我在浪花掃不到的地方鋪好大毛巾，啪的一聲打開一罐可樂。不知爲何，糖和咖啡因總是能安定我過度活躍的腦袋。我拼命想找出方法挽救混血營，然而什麼也想不出來。眞希望和波塞頓聊一聊，也許他可以提供一些建議給我。

天空一片晴朗，繁星點點，我試著找出安娜貝斯教我辨認的星座——人馬座、武仙座、北冕座……這時突然有人說：「很美吧？」

我差點打翻整罐可樂。

我旁邊站了一個人，他穿著尼龍慢跑短褲及紐約市馬拉松T恤，身材瘦長，一頭灰白相間的頭髮，臉上的微笑有點詭異。他看起來有點眼熟，但我不曉得爲什麼。

第一個念頭，我想他必定是午夜在沙灘上的慢跑者，跑著跑著就跑到混血營的邊界。然而這應該不可能發生，一般的凡人無法進入這座山谷，但也可能是因爲泰麗雅松樹的魔力減弱了，他才溜得進來。可是現在是大半夜，況且附近一片荒涼，除了農田和荒野保護區之外什麼都沒有，這傢伙會從什麼地方跑來這裡？

「可以和你一起坐嗎？」他問。「我有很長一段時間沒有坐下了。」

喔，我知道了……午夜時分，一個怪咖……按照基本常識，我應該趕快溜走，大喊救命才是，但這傢伙的一舉一動顯得十分冷靜，我發現自己很難害怕起來。

於是我說：「嗯，好啊。」

他笑了。「好客是你的美德喔。哇，還有可樂！我可以喝嗎？」

他在大毛巾另一邊坐下，啪的一聲打開一罐可樂，隨即啜了一口。「啊，正合我意。祥和又安靜的……」

他口袋裡的手機響了。

慢跑人嘆了一口氣，拿出手機。這不禁讓我眼睛一亮，因爲那手機發出了美麗的藍光。等他拉出天線，還可以看出那上面有兩隻東西開始扭來扭去——是兩條綠色的小蛇，並沒有比蚯蚓大多少。

慢跑人似乎不以爲意。他看了看手機螢幕，忍不住罵了一聲。「我得接這通電話，等我一下……」然後便對著手機說：「喂？」

他聽著電話，而那兩條迷你小蛇就在他耳邊，繞著天線上上下下不停扭動。

「好啦，」慢跑人說：「聽我說……我知道啦，可是……我才不管他是不是被鏈在岩石上、旁邊有禿鷹在啄他的肝，如果他手上沒有追蹤編號，我們就找不到包裹的位置……是給人類的禮物，好啦……你也知道我們每天要快遞多少包裹……喔，算了算了。聽著，叫他去找客服部的厄麗絲㊳。我現在有事，要掛電話了。」

他掛了電話。「抱歉。二十四小時的快遞服務正熱門。喔，對了，我剛才說到……」

「你的手機上面有蛇。」

「你說什麼？喔，牠們不會咬人。喬治和瑪莎，打聲招呼吧。」

「哈囉，喬治和瑪莎！」一個刺耳的男聲在我腦中響起。

「別作弄人家啦！」一個女聲說。

「爲什麼不行？」喬治問。「我向來都很認眞的。」

「噢，拜託，別又來了！」慢跑人讓手機滑進口袋裡。「好啦，我們說到哪裡……啊，對了，祥和又安靜。」

他交叉腳踝，抬頭仰望滿天繁星。「我已經有很久很久沒能好好休息了，自從發明電報以後……什麼事情都一直趕、趕、趕。波西，你有沒有最喜歡的星座？」

我心裡還在納悶，想著他放進口袋裡的那兩條綠色小蛇究竟是怎麼回事，不過我還是應了一句：「唔，我喜歡武仙座㊴。」

「爲什麼？」

「因爲……因爲武仙座的海克力士運氣實在太差，甚至比我差，那讓我覺得好過多了。」

慢跑人咯咯發笑。「不是因爲他很強壯、很出名，還有其他那些豐功偉業？」

「不是。」

「你這個年輕人實在很有趣。對了，你決定了嗎？」

我立刻就知道他要問什麼。關於金羊毛的事，我決定了嗎？

㊳厄麗絲（Eris）是宙斯和希拉的女兒，戰神阿瑞斯的妹妹。她是爭吵的化身，以挑起特洛伊戰爭而聞名。

㊴武仙座（Hercules）指的是海克力士。他是宙斯與美女阿克美娜（Alcmena）的兒子，曾完成十二項艱鉅的任務，後來因誤穿敵人所贈的毒袍，於是堆起薪柴放火自焚。宙斯大為傷感，便把海克力士接到天上變成武仙座。

在我回答之前，瑪莎小蛇悶悶的聲音從他口袋傳出來：「農業女神狄蜜特在二線。」

「我現在不接電話，」慢跑人說：「叫她留話。」

「她不喜歡那樣喔。上次你隨便打發她，結果花卉快遞部門的花束全都枯掉了。」

「告訴她我在開會啦！」慢跑人翻了個白眼。「波西，眞抱歉。你剛才說到……」

「嗯……你到底是誰啊？」

「像你這麼聰明的男孩，到現在還沒猜出來嗎？」

「秀給他看！」瑪莎叫著。「我有好幾個月沒有現出原形了。」

「別聽她的話！」喬治說：「她只是愛現！」

那男人又拿出手機。「請現出原形。」

結果手機爆出一陣亮眼的藍光。它伸展成一支九十公分長的木棍，頂端還冒出一對鴿子翅膀。同一時間，喬治和瑪莎也變成眞實大小的綠蛇，兩條蛇沿著中央木棍纏繞在一起。那是使者之杖，十一號小屋的標誌。

我的喉嚨好緊，完全發不出聲音。慢跑人臉上戲謔的表情、眼中調皮的神色，在在讓我想起一個人……

「你是路克的父親，」我說：「荷米斯。」

這位天神抿一抿嘴唇表示贊同。他把使者之杖插在沙地上，彷彿隨手插一把雨傘。「『路克的父親』啊。按照慣例，人們通常不會用這種方式稱呼我，通常都說我是小偷之神。或者說是信使和旅行之神，如果他們心地善良的話。」

「小偷之神比較貼切。」喬治說。

「噢，喬治，不要介意嘛。」瑪莎向我吐了吐舌頭。「他只是心生不滿啦，因爲荷米斯最疼我了。」

「他才沒有！」

「就是有！」

「嘿，兩位，保持形象！」荷米斯警告牠們。「不然就把你們變回手機，再轉成震動靜音模式！好啦，波西，你還沒有回答我的問題。關於這次任務，你打算怎麼辦？」

「我……我沒得到允許就不能去。」

「這倒是眞的。不過那會是問題嗎？」

「我很想去。我得去救格羅佛。」

荷米斯露出微笑。「我以前認識一個男孩……喔，那時候他比你還年輕，根本就還是個小嬰兒。」

「又來了，」喬治說：「老是提自己的當年勇。」

「閉嘴啦！」瑪莎氣沖沖地說：「你想要轉成靜音模式嗎？」

荷米斯沒理牠們。「有一天晚上趁媽媽沒注意時，這男孩溜出他們居住的洞穴，偷了幾頭阿波羅養的牛。」

「阿波羅氣炸了？」我問。

「嗯……沒有。說眞的，事情的結局還挺好的。爲了補償自己的偷竊行爲，那男孩送給阿波羅一樣東西，是他自己發明的七弦琴。聽了七弦琴的美妙樂音，阿波羅迷得神魂顚倒，也就把心裡的怒氣忘得一乾二淨了。」

「所以這故事的寓意是……？」

「寓意？」荷米斯問。「我的老天爺，你以爲我說的是寓言啊？那是眞實的故事啦，事實也會有什麼寓意嗎？」

「嗯……」

「那這個寓意你覺得怎麼樣：『偷竊不見得是壞事』？」

「我覺得我媽不會喜歡這種寓意。」

「小老鼠很好吃喔。」喬治提議。

「那跟這個故事有什麼關係？」瑪莎問。

「沒什麼關係，」喬治說：「可是我餓了。」

「我想到了，」荷米斯說：「年輕人不見得會聽大人的話，但如果不聽勸告卻做了還不錯的事，有時候可以躲過懲罰。這個寓意如何？」

「你的意思是說，我無論如何都該去囉？」我說：「即使沒有得到允許？」

荷米斯的眼睛閃閃發光。「瑪莎，請給我第一包東西好嗎？」

瑪莎張開嘴……而且愈張愈大，最後她嘴巴的寬度變得與我的手臂一樣長。接著她打了個嗝，吐出一個不鏽鋼小罐，是那種午餐盒裡附的老式保溫罐，頂蓋是黑色塑膠材質。保溫罐的側邊上了瓷釉，畫滿古希臘式紅黃相間的釉彩畫，畫面上有一位英雄殺死獅子，還有另一張圖是英雄舉起鎮守冥界的三頭犬色柏洛斯。

「那是海克力士，」我說：「可是怎麼會……」

「不要質疑人家送的禮物，」荷米斯責怪著說，「這是『海克力士大戰三頭犬』的典藏版，第一季。」

「海克力士大戰三頭犬？」

「那部影集超好看。」荷米斯嘆了一口氣。「回想起那個時代，天神的電視台才不像現在一天到晚播電視新聞。當然啦，如果我能蒐集到整套午餐盒，這個保溫罐會值錢多了……」

「或者如果沒放在瑪莎嘴裡的話。」喬治補了一句。

「給我過來，你這是什麼意思？」瑪莎開始繞著使者之杖追逐喬治。

「等一下，」我說：「這是一份禮物？」

「兩份禮物之一，」荷米斯說：「來吧，拿好了。」

我差點鬆手讓它掉在地上，因爲它有一側冰凍刺骨，另一側卻是燒燙燙的！這還不是最詭異的地方。一旦我轉動保溫罐，面向海洋那一側（北方）一直都是冰冰的。

「這是指南針！」我說。

荷米斯一臉驚訝。「你很聰明嘛，我從來沒想過這一點，不過它預設的功能比這更厲害。罐子裡裝滿了從天涯海角收納而來的風，一旦打開蓋子，讓風吹出來，你就可以加速前進。喂，現在不可以！還有拜託一下，等時機到了，只要打開蓋子一點點就行了，那些風有點像我，老是靜不下來。你要記得把四個方向同時打開喔……哎呀，我相信你一定會很小心的。接下來是第二件禮物，喬治？」

「她在碰我。」喬治抱怨了一句，他和瑪莎還繞著棍子追來追去。

「她一直都碰得到你，」荷米斯說：「你們兩個本來就纏在一起。再這樣下去，小心你們又要打結了！」

兩條蛇終於不再打架。

喬治心神不寧地張開嘴，咳出一個小小的塑膠瓶，裡頭裝滿了維他命嚼錠。

「你在開玩笑吧，」我說：「全都做成彌諾陶的形狀耶！」

荷米斯拿起瓶子搖了搖。「那是檸檬口味的，沒錯。葡萄口味好像是復仇女神[40]的形狀，還是九頭蛇許德拉？不管怎麼樣，這些東西很有用。不過除非你眞的、眞的很需要，否則千萬別吃。」

「我怎麼知道自己是不是眞的、眞的很需要？」

「你自然就會知道，相信我。它內含九種必需維他命、礦物質、胺基酸……喔，全都是你要『重新感覺自己是誰』的必備品。」

他把瓶子丟給我。

「喔，謝謝。」我說：「可是荷米斯天神，你爲什麼要幫我？」

他給了我一個淒涼的微笑。「也許是因爲，我希望你能透過這次任務救很多人。波西，不只是救你朋友格羅佛。」

我盯著他說：「你說的是……路克？」

荷米斯沒有回答。

「嗯，」我說：「荷米斯天神，我的意思是說，眞的很謝謝你的好意，但是你可以把這些禮物全都拿回去。路克已經沒救了，即使我找得到他……他曾經對我說，他想把奧林帕斯山的石頭一塊一塊全部摧毀殆盡。他背叛了所有的朋友，而且他……他又特別恨你。」

荷米斯凝視著天上的星星。「我親愛的孩子，如果說這千百萬年來我學到了什麼教訓，那就是絕對不可以拋棄你的家人，不管他們如何逼迫你都一樣。那與他們恨不恨你、讓你有多難堪，或者是完全不感激你發明了網際網路一點關係都沒有……」

「網際網路是你發明的？」

「那是我的點子。」瑪莎說。

「老鼠很好吃喔！」喬治說。

㊵復仇女神（Furies），共有三位，是冥界的刑罰監督者。參《神火之賊》一二一頁，註㉓。

「那是我的點子！」荷米斯說：「我是說網際網路，不是老鼠。但那不是重點，波西，我所說的關於家人的部分，你能夠了解嗎？」

「我……我也不知道。」

「總有一天你會了解的。」荷米斯站起身來，順手拍掉腿上的沙子。「時候到了，我差不多該閃人了。」

「你有六十通電話要回。」瑪莎說。

「還有一千零三十八封電子郵件。」喬治補充。「這還不包括網路訂購『超特價神食』的訂單喔。」

「對了，波西，」荷米斯說：「讓你決定要不要去完成任務的時間很短。你的朋友們應該快來了，差不多是……現在。」

我果然聽見安娜貝斯在叫我的名字，她的聲音從沙丘那邊傳來。還有泰森的聲音，他也在稍遠一點的地方大吼大叫。

「希望我幫你打包好了，」荷米斯說：「我這個旅行之神對於旅行很有經驗的。」他彈彈手指，我的腳邊突然出現三個圓筒行李袋。「當然是防水的。只要很有禮貌地提出請求，你父親應該會幫你坐上船。」

「什麼船？」

荷米斯伸手一指。果然眼前有一艘巨大的郵輪正航行經過長島灣，船上白金色的燈光與暗黑色的水域形成鮮明對比。

「等一下，」我說：「這到底是怎麼回事？我還沒有答應要去啊！」

「如果我是你，我會在五分鐘內做出決定，」荷米斯好心提醒，「在那之後，清潔鳥妖就要來吃你了。好吧，晚安，親愛的孩子，願眾神與你同在。」

他張開手，於是那支使者之杖飛進他的掌心。

「祝你好運囉。」瑪莎對我說。

「幫我帶隻老鼠回來吧。」喬治說。

於是使者之杖又變回一隻手機，荷米斯讓它滑進口袋裡。

他沿著沙灘慢跑離開，跑了約二十步左右，突然亮光一閃，他就這樣消失不見了，只留下我一個人，拿著一個保溫罐、一瓶維他命，還有五分鐘要做一個不可能的決定。

8 安朵美達公主號

安娜貝斯和泰森出現的時候，我依然呆呆盯著眼前的海浪。

「發生什麼事了？」安娜貝斯問：「我聽到你在喊救命！」

「我也是！」泰森說：「聽到你喊：『壞東西來攻擊！』」

「我沒有叫你們來，」我說：「我很好。」

「但那是誰……？」安娜貝斯注意到那三個黃色的圓筒行李袋，接著又發現我手上拿的保溫罐和維他命瓶。「那是什麼……？」

「注意聽我說，」我說：「我們時間不多了。」

我把剛才和荷米斯的對話一五一十告訴他們。剛講完時，遠方開始傳來尖銳叫喊聲，四處搜索的清潔鳥妖聞到我們的氣味了。

「波西，」安娜貝斯說：「我們得去執行這項任務。」

「可是你也知道，我們會被驅逐出營。你要相信我，退學的經驗我可多著呢。」

「那又怎麼樣？如果我們失敗了，這裡也沒有混血營可以回來了啊。」

「話是沒錯，可是你已經答應奇戎……」

「我答應過奇戎會保護你的安全，但是只有跟你一起去才能保護你。泰森可以留下來，告訴他們……」

「我想去！」泰森說。

「不行！」安娜貝斯的聲音聽起來非常慌張，「我的意思是說……波西，拜託，你也知道那是不可能的啊。」

我再次覺得納悶，爲什麼她這麼討厭獨眼巨人？顯然她隱瞞了一些事沒有告訴我。

她和泰森一起看著我，等我做最後的決定。就在這時，那艘郵輪開得愈來愈遠了。

這樣說好了，有一部分的我不希望泰森跟著去。過去三天來，我幾乎無時無刻都和這傢伙待在一起，不停忍受其他學員的譏笑，每一天大概得丟臉丟個一百萬次，而這一切的一切都不斷提醒我：我和他有親戚關係。但我眞的需要一點自己的空間。

除此之外，我不曉得他能幫上多少忙，也不曉得應該如何保護他的安全。泰森是很強壯沒錯，但他只是獨眼巨人族裡的小小孩，心智程度大概只有七、八歲。我甚至可以想像，一旦我們遇到要從某個怪物身邊偷溜過去之類的狀況，他肯定會嚇得不知所措，然後開始大哭。他會讓我們全都沒命。

但另一方面，清潔鳥妖的聲音愈來愈近……

「不能把他丟在這裡，」我下定決心，「坦塔羅斯一旦發現我們跑掉了，這筆帳一定會算在他頭上。」

「波西，」安娜貝斯拼命讓自己保持冷靜，「我們要去波呂斐摩斯的島耶！波呂斐摩斯是個獨……獨眼……」她沮喪地不停跺腳。聰明如她，竟然也有唸不出字的一天！我們可沒有一整個晚上的時間等她慢慢唸出「獨眼巨人」這四個字。「你知道我的意思啦！」

「泰森可以去，」我很堅持，「如果他想去的話。」

泰森開心地拍手。「想去！」

安娜貝斯拋給我一個憤恨的眼神，但我猜她心裡很清楚，眼下我是不可能改變主意了。或者她也明白，我們已經沒時間繼續吵下去。

「好吧，」她說：「那我們怎麼搭上船？」

「荷米斯說我爸會幫忙。」

「你腦袋裡面都裝海藻啊？既然這樣，到底還在等什麼？」

每次要呼喚我爸，或者說是向我爸禱告，隨便你說是什麼啦，我都覺得很難啓齒。但我終究還是向前走了一步，雙腳踏進海浪裡。

「嗯，父親，」我喚了一聲，「您好嗎？」

「波西！」安娜貝斯在我旁邊咬耳朵，「我們在趕時間耶！」

「我們需要你幫忙，」我提高音量呼喚著：「我們得搭上那艘船，最好是在，嗯，有怪物把我們吃了或怎麼了之前，所以……」

一開始四周毫無聲息，海浪也如常拍打著岸邊。清潔鳥妖的聲音聽起來非常近，幾乎已經在沙丘後方了。然後，差不多在距離岸邊一百公尺處的海上，隱約出現了三道白線，高速朝岸邊衝來，宛如動物的利爪劃破海面。

等牠們靠近海灘，海浪碎裂開來，突然有三個白色馬頭從海浪後方現身。泰森驚訝得快不能呼吸了。「小魚馬！」

他說得沒錯。等到那三隻生物跳上海灘，我才發現原來牠們只有上半身是馬，下半身則是銀色的魚身。牠們身上覆滿了銀色魚鱗，尾鰭更閃耀著彩虹色澤。

「馬頭魚尾怪！」安娜貝斯說：「眞是太美了！」

最靠近我們的一隻發出馬兒的嘶鳴，聲音充滿了感謝，還用鼻子頂了頂安娜貝斯。

「等一下再稱讚也不遲，」我說：「快點！」

「在那邊！」有一個聲音在我們背後尖叫著：「是逃出混血營小屋的壞小孩！好運的清潔鳥妖有點心可以吃了！」

五個清潔鳥妖振翅飛越沙丘頂，那一個個小老太婆身材胖嘟嘟的，臉頰卻瘦削凹陷得極其醜陋，而鳥爪和覆滿羽毛的翅膀又太小，與她們的身體簡直不成比例。清潔鳥妖總會讓我想起以前的學校餐廳媽媽，她們活像有度度鳥㊶的基因似的。幸好清潔鳥妖的移動速度不算

㊶ 度度鳥（dodo birds）原本分佈於印度洋上的模里西斯島。牠們體型碩大肥胖圓滾滾的，站立時有一公尺高，體重達二十多公斤。牠們的翅膀已退化，是一種不能飛行的大型鳥，但因人類獵捕，在十七世紀末便已絕種。

快，眞是謝天謝地，一旦被逮到，她們可是非常兇狠呢。

「泰森！」我說：「快拿一個圓筒行李袋！」

他依舊盯著馬頭魚尾怪，驚訝得下巴都快掉下來了。

「泰森！」

「嗯？」

「快點啦！」

多虧有安娜貝斯的幫忙，我才推得動泰森，接著我們趕緊拿好行李袋，在一團混亂中爬上馬身。我爸必定考慮到泰森也會是乘客之一，因爲有一隻馬頭魚尾怪比另外兩隻大多了，剛好可以載獨眼巨人。

「跑啊！」我大喊。我的馬頭魚尾怪一轉身便衝進洶湧的浪濤中，安娜貝斯和泰森的座騎隨後跟上。

清潔鳥妖在我們身後高聲叫罵，接著開始號啕大哭，衷心希望著她們的「點心」能快快回頭，但馬頭魚尾怪一個勁兒在水面高速行進，速度簡直像噴射機一樣。清潔鳥妖被甩得遠遠的，過不了多久，混血營的海灘也變得愈來愈模糊，只剩下一團黯淡的痕跡。我不知道還有沒有機會再看到這個地方，不過此刻還有更多問題需要擔心。

郵輪隱隱約約出現在前方，那正是我們要前往佛羅里達和妖魔之海的交通工具。

和駕馭飛馬比起來，駕馭馬頭魚尾怪要簡單多了。一路上，狂風從我們臉上呼呼吹過，而衝過一個個浪頭竟然能夠如此順暢平穩，我幾乎可以放開雙手恣意享受那份快感。

等到比較靠近郵輪時，我才意識到這艘船有多麼巨大，感覺上好像仰望一棟高樓大廈似的。光是白色的船身就至少有十層樓高，再往上又是分成十幾層樓的船艙，一層層佈滿了燈光絢麗的陽台和舷窗。這艘船的名字用粗黑字體漆在船頭，並用探照燈打光。我花了好幾秒才終於讀出那幾個字：

安朵美達公主號[42]

船頭安置了一個巨大的人像，足足有三層樓高，是個女性，身穿白色的希臘長袍。這座雕像的配置方式讓她看起來很像是被鐵鏈拴在船頭上。她年輕貌美，黑髮如瀑，但是臉上的表情駭人到極點。如果你正在船上度假，會希望看到一個驚聲尖叫的公主站在船頭嗎？這座雕像眞是令我百思不得其解。

我還記得關於安朵美達的傳說，以及她如何被自己父母用鐵鏈拴在海邊岩石上，做爲獻

[42] 安朵美達公主（Princess Andromeda）是希臘神話中最美麗的衣索比亞公主。因為皇后炫耀安朵美達比海神的妻子還要美麗，而觸怒了海神的妻子，她請求海怪幫忙出口氣。海怪對皇后說，唯有將女兒拴在海邊岩石上獻祭，才能平息牠的怒火。後來英雄柏修斯路過，殺死海怪救了她。

給海怪的祭品。也許是因爲她的成績單上有太多科都得到「F」吧。總而言之，和我同名的那位英雄柏修斯最後及時救了她，還用蛇髮女怪梅杜莎的頭把海怪變成石頭。

那個柏修斯好像不管怎麼樣都會贏，而這也是我媽幫我取了同樣名字的原因，只不過他是宙斯的兒子，而我是波塞頓的兒子。在希臘神話中，最早的那個「柏修斯」是唯一一個有好結局的混血英雄，其他英雄全都死了，不是被眾神出賣、痛毆、下毒，就是遭到詛咒。我媽希望我能繼承柏修斯的好運氣，然而，從我過往的生活經歷來看，我對自己的結局並沒有那麼樂觀。

「我們要怎麼上船啊？」安娜貝斯拼命大吼想壓過浪濤聲，其實馬頭魚尾怪早就知道該怎麼做了。牠們沿著船側的右舷飛掠海面，輕而易舉便追上巨大的船尾流，接著便保持在船身側邊，讓我們剛好能搆到一道維修梯。

「你先上。」我對安娜貝斯說。

她把圓筒行李袋掛在肩膀上，伸手抓住最底下的一階。等她將自己的身子拉上梯子後，馬頭魚尾怪便嘶嘶兩聲向她說再見，接著就潛到水裡去了。安娜貝斯開始往上爬，我等她多爬了幾階，這才跟在後面爬上去。

最後只剩泰森還在水裡。馬頭魚尾怪載著他來個三百六十度後空翻，讓他興奮到不行，哈哈哈的笑聲在船側不斷迴盪。

「泰森，噓！」我說：「大個兒，快一點！」

「不能帶『彩虹』走嗎?」他問我,臉上的笑容漸漸消失。

我瞪著他,一臉狐疑。「彩虹?」

那隻馬頭魚尾怪嘶嘶叫了兩聲,彷彿對自己的新名字非常滿意。

「嗯,我們得走了,」我說:「彩虹嘛……嗯,牠不能爬樓梯。」

泰森抽抽噎噎哭了起來,還把臉埋進馬頭魚尾怪的鬃毛裡。「彩虹,我會很想你!」

那隻馬頭魚尾怪發出一陣嘶鳴,我敢發誓那一定是在哭。

「也許以後還會見到牠啊。」我想辦法安慰他。

「噢,拜託啦!」泰森一聽我這樣說,馬上就振作起來了,「明天就要見到!」

我沒有回答好或不好,但泰森終於肯說再見,也終於伸出手抓住梯子。彩虹發出最後一陣悲傷的嘶鳴,又做了個後空翻,最後消失在茫茫大海之中。

這道梯子通往一個維修甲板,上面堆滿了黃色救生艇。附近有一道上鎖的雙層門,安娜貝斯想辦法用她的刀子把門撬開,嘴裡還唸了不少古希臘咒語。

我本來想說八成得偷偷摸摸前進,因爲我們就跟偷渡客沒什麼兩樣。後來我們察看過幾條走廊,從一個陽台偷看下方巨大的中央走道,這才發現走道旁邊的商店全都沒開。我開始覺得這艘船根本沒有半個人,大可不必這樣躲躲藏藏。我們一路經過四、五十間客艙,艙門後也都聽不到半點聲響。

「這是一艘鬼船。」我喃喃說著。

「不是。」泰森說，他手上拿著圓筒行李袋搖來晃去。「聞起來很怪。」

安娜貝斯皺起眉頭。「我什麼都沒聞到啊。」

「獨眼巨人和羊男很像，」我說：「他們可以聞到怪物的氣味。泰森，你說對吧？」

他緊張地點點頭。此刻我們已經遠離混血營，迷霧的法力再度對他的臉產生效果。除非我使盡吃奶的力氣盯著他瞧，否則他的臉上看起來有兩隻眼睛，而不是獨眼。

「好吧，」安娜貝斯說：「那你到底聞到什麼？」

「不好的東西。」泰森回答。

「好極了，」安娜貝斯咕噥著：「解釋得眞清楚。」

我們在有游泳池的那一層樓走出戶外，外面放了好幾排空蕩蕩的躺椅，附近還有一個吧台，可是吧台的簾子拉上了，甚至用鍊條鎖死。池水散發的光線眞是超級詭異，還會隨著船隻的動作前後搖晃。

從這裡往兩旁看，往船頭和船尾都有更多樓層，隨處分佈了各種設施，看得見的就有攀岩場、高爾夫球推桿練習場、旋轉餐廳等，可是毫無生命跡象。

不過呢……我有某種熟悉的感覺，有些危險的事要發生了。如果不是因爲度過漫漫長夜太過疲倦，而且腎上腺素已經消耗殆盡，我覺得自己應該可以說得出究竟是哪裡不對勁。

「我們得找地方躲起來，」我說：「找個可以安全睡覺的地方。」

「嗯，睡覺。」安娜貝斯表示贊同，她也累壞了。

我們又探查了幾條走廊，最後在九樓發現一間空無一人的套房。門是開的，讓人覺得詭異極了。桌上有一籃巧克力糖，床頭小桌上擺了一罐冰透的汽水，枕頭上還有一塊薄荷糖，底下壓著一張手寫的紙條，上面寫著：祝您航程愉快！

眼下我們是第一次打開圓筒行李袋，這才發現荷米斯考慮得實在太周全了。他幫我們準備好換洗衣物、盥洗用品、簡單口糧、裝滿現金的密封袋，還有小皮袋裝滿了古希臘金幣。他甚至記得幫泰森打包那塊油布，裡頭的工具和金屬小玩意兒一樣不缺，還有安娜貝斯的隱形帽，這些都讓我們覺得心情好多了。

「我去隔壁睡，」安娜貝斯說：「你們兩個可別亂吃亂喝任何東西。」

「你覺得有人對這裡施了魔法嗎？」

她皺起眉頭。「我也不知道，只是覺得不太對勁，總之……小心一點比較好。」

我們把門鎖好。

泰森癱倒在沙發上，拿著那些小金屬玩意兒把玩了好幾分鐘，而那些東西他都還沒拿給我看過呢。但過不了多久，他開始頻頻打呵欠。他用油布把那些東西重新包好，接著就倒在沙發上沉沉睡去。

我躺在床上，兩眼發直盯著舷窗。感覺上外面的走廊好像有聲音傳來，像在講悄悄話。當然那是不可能的，因爲我們搜遍整艘船都沒有看到半個人。但是那些聲音害我一直睡不著，還喚醒了去年闖進冥界的記憶，那很像是死去的魂魄四處漂蕩所發出的聲音。

到最後，疲倦感終於佔了上風，我睡著了……而且做了有史以來最可怕的惡夢。

我在一個洞穴裡，而且是站在一個巨大深坑的邊緣。

這個地方對我來說實在太熟悉了，那是地獄深淵塔耳塔洛斯的入口。我也認出那冷酷的笑聲，在底層的黑暗中不斷迴盪。

「這可不是那位少年英雄嗎？」這聲音聽起來很像銳利刀鋒劃過岩石。「又要踏上另一趟重要的征途是吧？」

我真想對克羅諾斯大吼，叫他離我遠一點，也想抽出身上的波濤劍刺死他。但我動彈不得，而且就算能動，又該怎麼殺死某種早已被人毀滅、剁成碎屑，還扔進永無止盡黑暗之地的東西呢？

「去嘛，別讓我擋了你的路，」這位泰坦巨神說：「或許等你這一次失敗之後，你恐怕會開始質疑，受到眾神奴役究竟值不值得。你不妨想想看，最近你父親曾經對你表達任何感激之情嗎？」

他的狂笑聲迴盪在整個洞穴之中，而就在這時，眼前的情景突然變了。

那是另一個洞穴——格羅佛的臥室兼監獄，也是獨眼巨人的巢穴。

格羅佛穿著先前那襲髒兮兮的婚紗，坐在織布機前，想把那尚未完成的裙襬做個了結，但線頭打結得一場糊塗，他都快瘋了。

「小甜心！」門口的巨石後方傳來怪物的喊叫聲。

格羅佛應了一聲，開始把理好的線頭織成布。

這時有人把巨石推到一旁，整個房間為之震動。門口隱約出現一個身影，是獨眼巨人。他的體型實在太驚人了，泰森與他相比簡直是小巫見大巫。他有一口參差不齊的黃牙，腫脹粗糙的巨掌幾乎和我的身體一樣大，身上穿了一件褪色的紫色T恤，上面寫著「二〇〇一年世界綿羊博覽會」。他的身高至少有四百五十公分，但最嚇人的還是頭上那一隻碩大的乳白色眼睛，由於患了白內障，看起來佈滿了可怕的網狀傷疤。那隻眼睛如果沒有全盲，肯定也離全盲不遠了。

「你在做什麼呀？」那怪物問著。

「沒什麼呀！」格羅佛用假音尖著嗓子說：「我在縫婚紗裙襬，你應該看得出來吧！」

獨眼巨人伸出一隻手探入房間，四處摸索，終於摸到角落的織布機，於是笨拙地摸摸上面那塊布。「好像都沒有變長嘛！」

「噢，嗯……親愛的，當然有變長啊。看到沒？我至少多織了兩、三公分喔。」

「太慢了吧！」那獨眼巨人氣得大吼，然後他用力吸了一口氣。「你聞起來好香喔！好像山羊味！」

「喔。」格羅佛強迫自己嬌笑兩聲，但聽起來頗虛弱。「你喜歡嗎？這是山羊香水，是為了你而噴的呢！」

「嗯嗯嗯！」獨眼巨人露出嘴裡的尖銳獠牙，「這樣最好吃了！」

「噢，你好死相喔！」

「不能再慢了啦！」

「可是親愛的，我還沒織完呢！」

「明天最後一天！」

「不，不行，還要十天！」

「五天！」

「喔，好吧，那就七天。如果你那麼堅持的話。」

「七天！那比五天還短，對吧？」

「當然，對啊。」

那怪物嘀咕了幾聲，對於協商的結果仍然不太滿意，但他總算讓格羅佛繼續織布，把巨石推回原位。

格羅佛嚇得全身發抖，連忙閉上眼睛，深吸一口氣，想辦法讓心情穩定下來。

「波西，要快一點喔，」他喃喃說著：「拜託，拜託，拜託！」

我被一陣郵輪的汽笛聲吵醒，不只如此，頭上的擴音器竟然也傳出聲音。是個操著澳洲口音的傢伙，語氣一副興奮過頭的模樣。

「各位乘客早安！我們今天一整天都在海上航行喔。天氣棒透了，最適合在游泳池邊來個曼波舞會！別忘了早上十點在海怪廳有賓果遊戲，獎金總額高達一百萬元！還有專門爲特別來賓設計的特別節目，你可以在中央走道練習挖腸子！」

我猛然坐起身。「他剛才說什麼？」

泰森咕噥了一聲，依舊處在半睡半醒的狀態。他面朝下趴在沙發上，兩隻腳實在太長，都已經伸到浴室去了。「那個興奮的傢伙說……練習挖沙坑？」

希望泰森說的是對的，但接著傳來一陣急促的敲門聲，是從套房的隔間門傳來的。安娜貝斯把頭伸進來張望，她頭上的金髮活像一團鳥巢。她說：「練習挖腸子？」

大家全都穿好衣服後，我們大膽走出房門，沒想到外面竟然有其他人。有十幾位老人家列隊走去吃早餐，一位父親帶著一群小孩準備去晨泳，還有幾位船務人員身穿乾淨的白色制服走來走去，不時朝路過的乘客們點頭致意。

沒有人質疑我們的身分，也沒有人特別注意我們，但就是不太對勁。

那一家子泳客走過我們身邊時，父親對孩子們說：「我們正在坐船旅行喔，大家都玩得很開心。」

「對啊，」那三個孩子異口同聲說，但臉上的表情一片木然，「我們玩得很高興，我們現在要去游泳池游泳。」

他們一臉呆樣地走了。

「早安，」一位船務人員對我們說，他的雙眼也是呆滯無神，「所有搭乘安朵美達公主號的乘客都很盡興，祝三位事事順心。」他也像遊魂一樣走開了。

「波西，這太詭異了，」安娜貝斯悄聲說：「他們好像陷入某種催眠狀態。」

我們又經過一個餐廳，終於看到此行的第一個怪物。那是來自冥界的地獄犬，是一隻黑色的大型犬，只見牠兩隻前腳都搭到自助餐台上，整個口鼻完全埋進一整盤炒蛋裡。牠顯然還是幼犬，因爲和其他同類比起來很小一隻，甚至比灰熊還小。和以前一樣，看到牠還是讓我感到一陣毛骨悚然，全身血液幾乎結凍。我曾經遇過地獄犬，而那次差點丟了小命。

最詭異之處在於：一對中年夫婦站在那隻惡犬的正後方，像是充滿耐心等著拿炒蛋，卻似乎一點都沒察覺到異樣。

「再也不餓了。」泰森喃喃自語。

我和安娜貝斯還來不及答話，一種爬蟲類的聲音從走廊另一頭傳來。「昨天又有，嘶嘶，六個，嘶嘶，加入。」

安娜貝斯發狂似地猛揮手，指向附近一個藏身處，是女生廁所，於是我們三個連滾帶爬躲了進去。我實在太過驚嚇，以致完全沒有心情表現出不好意思。

有某個東西（或者應該說是兩個東西）滑過女生廁所門口，製造出很像用砂紙滑過地毯的聲音。

「沒錯，嘶嘶，」第二個爬蟲類的聲音說：「他取了，嘶嘶，他們的內臟。嘶嘶，我們馬上就會變強壯了，嘶嘶。」

那兩個東西就這樣滑進餐廳裡，不時冷冷地嘶嘶兩下，那一定是蛇的吐信聲。

安娜貝斯看了我一眼說：「我們得離開這裡。」

「你以爲我很想待在女生廁所嗎？」

「波西，我是說船啦！我們得離開這艘郵輪。」

「聞起來很怪，」泰森也表示贊同，「而且那些狗把所有的蛋都吃光了。安娜貝斯說得沒錯，我們得離開廁所和郵輪。」

這話聽得我直打哆嗦。如果安娜貝斯和泰森意見相同，看來我最好照辦。

接著，我聽見外面傳來另一個聲音，那聲音比任何怪物更令我背脊發涼。

「……只是時間早晚的問題。阿格里俄斯，你不要催我！」

是路克，毋庸置疑，我永遠不會忘記他的聲音。

「我沒催你！」另一個傢伙大吼。他的聲音比路克還低沉，甚至更憤怒。「我只是說，如果這次下的賭注沒有成功……」

「一定會成功，」路克怒氣沖沖地說：「他們一定會中計。好了啦，走吧，我們得去船長室看看那具石棺。」

他們沿著走廊離開，講話的聲音也漸漸變小。

泰森開始啜泣。「要走了嗎？」

我和安娜貝斯彼此交換眼神，不說一句話就能了解對方的想法。

「不能走。」我對泰森說。

「我們得找出路克在搞什麼鬼，」安娜貝斯表示同意，「如果可以的話，我們要痛扁他一頓，用鐵鍊把他五花大綁，送到奧林帕斯山去。」

9 熊人雙胞胎

安娜貝斯自願一個人去探路，因爲她有隱形帽，但那樣實在太危險了。我好不容易說服她，要不是三個人一起去，就是統統不要去。

「統統不要去！」泰森提議選這項。「好不好嘛？」

最後他還是跟來了，只是一直緊張兮兮咬著超級巨大的手指甲。我們回到昨夜休息的套房，停留了一段時間把隨身物品整理好。我們大概猜到船上發生了什麼事，看來這艘「殭屍郵輪」不是久留之地，連多待一個晚上都不宜，就算船上即將舉辦獎金高達百萬元的賓果遊戲也一樣。我再三確定波濤劍好端端收在口袋裡，荷米斯給我的維他命和保溫罐也都放在袋子的最上層。我不想讓泰森拿任何東西，但他很堅持要幫忙，安娜貝斯也叫我別擔這種心。事實上，泰森用一邊肩膀就可以背三個圓筒行李袋，和我只背一個小背包同樣輕鬆。

我們躡手躡腳穿過一條條走廊，跟隨著「現在位置」的標示，一步步朝船長室走去。安娜貝斯讓自己隱形走在前面，我們兩個則盡可能不讓路過的人看見，而路過的人大多是眼神呆滯的殭屍乘客。

等我們終於走到十三樓，也就是理論上船長室所在的樓層，安娜貝斯「噓」了一聲說：

「快躲起來！」她連忙把我們塞進一個工具間。

我聽見兩個傢伙沿著走廊而來。

「你看過貨艙裡的衣索比亞龍吧？」其中一人說。

另外一個人大笑。「看過啊，實在太驚人了。」

安娜貝斯繼續保持隱形狀態，卻用力捏我的手。我覺得好像聽過第二個傢伙的聲音。

「聽說他們還要運來兩隻，」那個熟悉的聲音說：「如果照這種速度繼續運來，噢，我的老天……我們穩贏的！」

他們的聲音漸漸消失在走廊另一端。

「那是克里斯．羅德里格茲！」安娜貝斯摘下帽子現出原形，「你還記得吧……他以前也住十一號小屋。」

我稍微回想起去年夏天的克里斯，他也是尙未確定身分、暫時寄居荷米斯小屋的學員，因爲他的奧林帕斯天神爸媽從未出面認領他。此時仔細想想，沒錯，今年夏天還眞的沒在營區看過他。「又一個混血人在這裡幹嘛？」

安娜貝斯搖搖頭，顯然也覺得很困惑。

我們繼續沿著走廊前進。此時根本不需要看地圖，我就知道逐漸接近路克了，因爲我感受到一股寒意和厭惡感，這兩種感覺都代表邪惡力量的存在。

「波西，」安娜貝斯突然停下腳步，「你看。」

她站在一片玻璃牆前面，透過玻璃可以俯瞰一條兩旁拔高很多層樓的「峽谷」，直直穿越整艘船的正中央。最底層即是中央走道，兩旁擠滿了商店，但安娜貝斯注意的不是這些。原來有一群怪物聚集在糖果店門口。總共有十幾個勒斯岡巨人，長得很像先前用躲避球攻擊我的那些。另外還有兩隻地獄犬，以及一些更加奇怪的生物，例如兩隻腳變成兩條蛇尾的女人。

「那是塞西亞[43]的龍女，」安娜貝斯悄悄對我說。

那些怪物圍成半圓形，位於中央的是一個年輕人，身上穿著希臘式盔甲，而他居然騎在一個稻草人身上。看著看著，我的喉嚨忽然好像卡著一大塊東西，因爲那個稻草人身上套了一件橘色的混血營T恤！我們看著那身穿盔甲的年輕人手握長劍，往稻草人的肚子刺進去，接著猛力割裂撕扯。稻草四散飛濺，那些怪物興奮地大聲歡呼叫好。

安娜貝斯退了幾步離開玻璃牆，臉色如死灰一般。

「走吧。」我對她說，盡可能讓自己的聲音聽起來勇敢一點。「愈快找到路克愈好。」

走廊盡頭有兩扇橡木門，看似通往某個極端重要的地方。我們向前走到距離門約十公尺處，泰森突然停下腳步。「裡面有聲音。」

「你可以聽到那麼遠啊？」我問。

[43] 古希臘所稱的「塞西亞」（Scythian），指的是現今烏克蘭的無樹大草原，分佈於第聶伯河流域。

泰森閉上眼睛，一副非常專心的樣子。接著他的聲音變了，變成嘶啞的嗓音，聽起來是路克。「……我們自己的預言。那些笨蛋根本不曉得要去哪裡找。」

我還來不及反應，泰森的聲音又變了，變得比較低沉而粗野，很像在餐廳外面和路克說話的那個聲音。「你真的認爲那個死老人馬永遠不會回來了嗎？」

泰森又發出路克的笑聲。「他們信不過他，再加上他那不爲人知的秘密……那棵樹被下毒則是壓垮他的最後一根稻草。」

安娜貝斯全身發抖。「泰森，不要再那樣了！你怎麼辦到的？眞是太可怕了！」

泰森張開眼，看起來一臉困惑。「只是在聽啊。」

「繼續，」我說：「他們還說了些什麼？」

泰森再次閉起眼睛。

他又吐出那粗野男人的聲音：「安靜！」然後是路克的聲音，他悄聲說：「你確定嗎？」

「沒錯，」泰森以粗野的聲音說：「就在外面。」

太遲了，我明白發生了什麼事。

我只來得及說：「快跑！」但兩扇橡木門已經「轟！」的一聲打開，路克站在門內，兩旁各有一名全身毛茸茸的巨人護衛在側。那兩人手握標槍，銳利的銅製槍尖正對著我們三人的胸膛。

「哇，」路克露出一個狡詐的微笑，「可不是我最疼愛的兩位弟弟妹妹嗎？請進請進！」

大套房內美侖美奐，同時也極其恐怖。

美侖美奐的部分是：巨大的窗戶沿著後牆彎曲成弧形，向外可以俯瞰船尾的景致，綠色大海和藍色晴空朝四方延伸到地平線盡頭。地上鋪著一張波斯地毯，兩張絨布沙發佔據房間的正中央；一個角落有張立柱大床，另一個角落則是一張桃花心木餐桌。餐桌上擺滿食物，有幾盒披薩、幾罐汽水，還有一個銀盤裝了一大疊烤牛肉三明治。

恐怖的原因則是：房間後方有個天鵝絨高台，上面竟然放了一具三公尺長的金色石棺。那是大理石棺，上面刻滿了古希臘時代的圖像，例如有城市發生大火、英雄們死於非命之類的圖案。儘管外面的陽光透過窗戶照進來，那具石棺依然讓整個房間感覺異常寒冷。

「你們看，」路克展開雙臂，得意洋洋地對我們說：「這裡比十一號小屋舒服吧？」

從去年夏天至今，他整個人變了好多。此刻的他不再穿著百慕達短褲和T恤，而是一身整齊的襯衫、卡其長褲和皮製便鞋。以前他一頭黃棕色的頭髮總是亂蓬蓬的，現在則修剪成俐落的短髮，整個人看起來很像一身邪氣的男模特兒，正在示範今年要進入哈佛大學的痞子該怎樣穿得時尚。

他眼睛下方的鋸齒狀白色傷疤依舊明顯，那是和一條龍交戰後留下的。此外，他的武器「暗劍」正擱在沙發上，那用一半地鋼、一半天銅所打造的劍身閃耀著奇特光芒；也因爲那特殊的劍身，暗劍可以殺凡人也可以殺怪物。

「坐啊！」他對我們說。他揮揮手，三把餐桌椅自動飛來房間正中央。

我們三個都沒有坐下。

路克的兩位大塊頭朋友依舊拿著標槍對準我們，他們看起來像是雙胞胎，但不是人類。首先，他們站直了之後大約有二百四十公分高，身上只穿了藍色牛仔褲，可能因爲寬闊的胸膛覆滿了亂糟糟的厚鬃毛，也就不需要再穿上衣。此外，他們手上的指甲部位長著爪子，腳上也有腳爪，鼻子長得像豬，還有滿嘴尖銳的獠牙。

「我都忘了介紹，」路克圓滑地說：「這兩位是我的助理，阿格里俄斯和俄里歐斯[44]，也許你們早就聽說過他們的大名。」

我什麼話都沒說，儘管還有標槍對準我，但令我害怕的不是那對「熊人」雙胞胎。

自從路克在去年夏天意圖殺死我之後，我在腦中幻想了無數次，想像和路克重逢的情景會是怎樣。我曾想像自己勇敢無畏地站在他眼前，以決鬥的方式與他單挑。而現在，我們終於面對面了，我的雙手卻抖個不停，怎麼樣都停不下來。

「你沒聽說過阿格里俄斯和俄里歐斯的故事嗎？」路克問著：「他們的母親……唉呀，這故事實在有點悲傷。阿芙蘿黛蒂命令這位少女談戀愛，但她拒絕了，並求助於月亮女神阿蒂蜜絲，於是阿蒂蜜絲讓她擔任處女身分的女獵師。阿芙蘿黛蒂氣瘋了，著手準備復仇，於是施了魔法讓那少女愛上一隻熊。阿蒂蜜絲發現之後氣急敗壞，立刻逐出那名少女。天神最常做這種事了，對吧？他們總是打來打去，而可憐的人類只能被困在中間。總之，那位少女的雙胞胎兒子在此，阿格里俄斯和俄里歐斯，得不到來自奧林帕斯山的任何關愛。他們的處境像極了混血人，只不過……」

「當午餐吃。」阿格里俄斯咆哮著。我認出那粗野的聲音，剛剛與路克談話的正是他。

「嘻嘻！嘻嘻！」他兄弟俄里歐斯笑起來，舔了舔自己毛茸茸的嘴唇。他一直笑個不停，活像氣喘發作似的，直到路克和阿格里俄斯不約而同瞪著他才收斂些。

「閉嘴，你這白痴！」阿格里俄斯大吼，「自己處罰一下！」

俄里歐斯開始啜泣。他拖著腳步走到房間角落，跪坐在一張凳子上，然後開始用前額猛烈撞擊餐桌，弄得桌上的銀盤子喀喀作響。

路克的反應像是眼前一切再自然不過了。他舒舒服服坐進沙發，雙腳跨放在咖啡桌上。

「哎呀，波西，我們讓你多活一年，希望你能心懷感激。你媽好嗎？學校怎麼樣啊？」

「是你毒死了泰麗雅松樹。」

路克嘆了一口氣。「打開天窗說亮話是嗎？好吧，沒錯，是我毒死那棵樹，那又怎樣？」

「你怎麼下得了手？」安娜貝斯的聲音聽起來快氣炸了，「泰麗雅救了你的命耶！她救了我們的命！你怎麼能這樣侮辱她……」

---

❹❹ 阿格里俄斯（Agrius）和俄里歐斯（Oreius）都是半人半熊的熊人，他們屬於住在色雷斯（今日保加利亞境內）的巨人族。

「我沒有侮辱她！」路克厲聲說：「安娜貝斯，是天神侮辱了她！如果泰麗雅還活著，她也會站在我這邊。」

「騙人！」

「如果你知道接下來要發生什麼事，你就會了解……」

「我了解你要毀掉混血營！」她大吼：「你是個怪物！」

路克搖搖頭。「天神蒙蔽了你的眼睛。安娜貝斯，你不能想像一下沒有天神的世界嗎？你讀的那些古代歷史到底有什麼用？那是有三千年之久的垃圾啊！西方世界已經爛到骨子裡，我們非把它摧毀掉不可。加入我的行列吧！我們可以一起創造出嶄新的世界。安娜貝斯，我們用得上你的聰明才智。」

「因爲你自己沒有！」

他瞇起雙眼。「安娜貝斯，我很了解你。你不該只是當個小跟班，去出一些毫無希望的任務來拯救混血營。再過不到一個月，怪物就可以越過混血之丘了，僥倖保住小命的混血人們沒有其他選擇，要不是加入我們的行列，就是等著被怪物獵殺。難道你眞的想加入一個必輸無疑的隊伍……而且隊友就像這樣？」路克指著泰森。

「喂！」我說。

「居然和獨眼巨人一起行動，」路克略帶怒氣地說：「還敢說什麼侮辱了泰麗雅！我才搞不懂你呢，安娜貝斯，你們這些人……」

「住嘴！」她大喊。

我完全不知道路克在說什麼，只見安娜貝斯把臉埋進雙手之間，像是快哭了。

「不准惹她，」我說：「而且這不關泰森的事。」

路克笑了。「喔，是啊，我聽說了。你父親認領了他。」

我肯定顯得一臉驚訝，因爲路克露出了微笑。「沒錯，波西，我全都知道。我也知道你想去找金羊毛的計畫。那些座標是多少來著……三十，三十一，七十五，十二，對吧？你看，混血營還是有朋友願意當我的樁腳。」

「你指的是間諜吧。」

他聳聳肩。「波西，你能忍受被你父親羞辱到什麼程度？你以爲他很感激你嗎？你以爲波塞頓對你的關心會比對手下的怪物還要多嗎？」

泰森握緊了拳頭，喉嚨深處發出一聲低沉的怒吼。

路克只是咯咯笑著。「波西，天神就是這樣利用你的。如果你能撐到十六歲生日，他們爲你準備了什麼命運，你到底知不知道啊？難道奇戎從來沒跟你提過那個預言嗎？」

我眞想和路克大吵一架，叫他閉嘴，但如同以往，他就是有辦法搞得我自亂陣腳。

十六歲生日？

我的意思是說，我知道奇戎早在很多年前就由神諭得到一個預言，也知道其中一些預言與我有關，但是，如果我能撐到十六歲生日？我不喜歡這句話給人的感覺。

「我知道自己需要知道什麼，」我勉強說：「就像我很清楚誰才是我的敵人。」

「那你就是笨蛋！」

泰森揮了一拳，把最近的一張餐桌椅捶爛成碎片。「波西不是笨蛋！」

我還沒來得及阻止他，他就向路克衝了過去。眼看他的雙拳就快落在路克的頭頂，上次他也是這樣舉起雙拳把鈦金屬轟出兩個大洞。就在此時，熊人雙胞胎出動了。他們一人抓住泰森的一隻手臂，徹底瓦解他的攻勢，然後推了他一把，害他跌倒在地毯上，力道之大讓整個甲板都震動了起來。

「太慘了，獨眼巨人，」路克說：「看來我的灰熊朋友一合體，比你還要猛喔。也許我應該讓他們……」

「路克，」我打斷他的話，「聽我說，是你父親送我們來這裡的。」

他整張臉變得像香腸一樣紅通通。「絕對……不准再……提到他。」

「他叫我們來搭這艘船，我本來以爲只是搭個便船，結果他是要送我們來這裡找你。他對我說，他絕對不會放棄你，無論你多麼生氣都一樣。」

「生氣？」路克大吼，「放棄我？波西，他是遺棄我耶！我要讓奧林帕斯山整個毀滅！我要把每個神座都搗爛成瓦礫堆！你去告訴荷米斯，我可不是隨便說說而已。每次只要有一個混血人加入我們的行列，奧林帕斯山的力量就會變弱，我們則變得更強。『他』當然也會變得更強。」路克指著那個金色石棺。

那具石棺讓我不寒而慄，但我拼命不要表現出來。「那又怎樣？」我問他說：「那有什麼特別的……」

然後我突然懂了，我知道那具石棺裡面是什麼東西了。房間裡的溫度似乎驟降二十度。

「啊，你的意思該不會是……」

「他正在重新組合，」路克說：「一點一點的，我們正要把他的生命力從地獄深淵裡面召喚出來。每次多招收一個認同我們理念的生力軍，他就會恢復一小塊……」

「噁心死了！」安娜貝斯大叫。

路克朝她冷笑一聲。「安娜貝斯，你媽媽雅典娜也是從宙斯的頭顱裡蹦出來的啊。我是不喜歡揭人隱私啦。反正要不了多久，泰坦王就會恢復得差不多，我們可以讓他再次恢復完整面貌。我們會爲他修補出新的身體，而赫菲斯托斯的鐵工廠最適合做這件事了。」

「你眞是瘋了。」安娜貝斯說。

「加入我們的行列吧，保證絕對値得。我們有很多力量強大的盟友，就連幕後金主也非常富有，他們買下這艘郵輪毫不手軟。波西，你媽媽再也不需要工作，你可以幫她買一棟房子，也可以擁有權力、名聲……要什麼有什麼！安娜貝斯，你可以實現當建築師的夢想，設計一棟名留千古的紀念建築，像是流傳到下一代的神廟！」

「你下地獄深淵去吧！」她說。

路克嘆了一口氣。「眞是可惜啊。」

他拿起某種類似電視遙控器的東西，按下一個紅色按鈕。幾秒鐘後，房間門打開，兩位身穿制服的船務人員走進來，手裡拿著防衛用的警棍。他們和我之前看過的其他凡人一樣，眼神迷濛而呆滯，但我有種感覺，一打起架來，他們將會異常兇狠。

「啊，太好了，這裡有安全方面的顧慮，」路克說：「恐怕這幾位是偷渡客。」

「沒問題，先生。」他們說起話來像做夢一般。

路克轉身看著俄里歐斯。「現在該去餵衣索比亞龍了。帶這些笨蛋到下面去，讓他們看看該怎麼餵。」

俄里歐斯很蠢地笑了起來。「嘻嘻！嘻嘻！」

「我也要去，」阿格里俄斯不耐煩地說：「我兄弟很沒用，那個獨眼巨人……」

「沒什麼好擔心的。」路克說。他回頭朝著金色石棺瞥了一眼，彷彿有什麼事情讓他很困擾。「阿格里俄斯，你留在這裡，我們有重要的事情需要談談。」

「可是……」

「俄里歐斯，不要讓我失望，你待在船艙裡，確定有把衣索比亞龍餵飽。」

俄里歐斯用手上的標槍戳戳我們，把我們趕出房間，後面還跟著那兩位人類警衛。

俄里歐斯的標槍架在我背後，逼我沿著走廊往前走。這時我想到路克說的話，他說「灰熊合體」會和泰森的力氣有得拼，但也許分開來的話……

我們一行人走出船中央的走廊，行經一個開放式的甲板，上面堆滿了一排排救生艇。我對這艘船還滿了解的，因此知道這可能是我們最後一次看到陽光，一旦走到船的另一端，搭電梯下到船艙，那就什麼都不必說了。

我看著泰森，嘴裡說：「就是現在！」

真是謝天謝地，他懂了。他轉過身，一拳把俄里歐斯打到十公尺外，俄里歐斯倒退幾步摔進游泳池裡，正好掉到那個殭屍遊客家庭面前。

「啊！」那些小孩異口同聲地大叫：「不是我們害游泳池爆炸的！」

其中一個警衛抽出警棍，但安娜貝斯搶佔了有利位置，給他來個結結實實的一腳。另一個警衛則衝向最近的警鈴。

「抓住他！」安娜貝斯大叫，但是太慢了。

我還來不及抓起甲板上的椅子朝他的頭砸過去，他已經按下了警鈴。

紅燈閃爍，警鈴聲大作。

「救生艇！」我大喊。

我們連忙衝向最近的一艘。

戰火一旦挑起，大批怪物和更多警衛蜂擁而至，四周的乘客和端著雞尾酒的侍者則被推擠得團團轉。身穿希臘式盔甲的傢伙抽出長劍，正準備向我們進攻，卻不小心踩到一灘雞尾酒，摔了個狗吃屎。勒斯岡巨人的弓箭手聚集在上面一層甲板，一個個將手上巨大的弓箭架好，準備發射。

「這要怎麼下水啊？」安娜貝斯尖叫著說。

一隻地獄犬跳到我面前，但泰森抓起滅火器，把牠轟到一旁。

「快跳進去！」我一邊大叫，一邊抽出波濤，大劍一揮，及時將第一波破空而來的箭全部掃落。只要慢了那麼一秒，我們全都會沒命。

救生艇掛在船的側邊，高懸在海面之上。跳進救生艇中的安娜貝斯和泰森運氣不太好，沒辦法順利操作下降用的滑輪吊繩。

我也跳進救生艇，站在他們身旁。

「抓好了！」我大吼一聲，接著便砍斷吊繩。

又一波如大雨般襲來的箭咻咻飛越頭頂，我們有如自由落體一般，直直朝海面掉落。

10 怪物甜甜圈

「保溫罐！」我一邊尖叫，一邊朝水面高速下墜。

「什麼？」安娜貝斯可能以爲我瘋了。她緊緊抓著救生艇的繫帶想要保住小命，她的頭髮像火炬一般沖天飛高。

但泰森知道我在說什麼，他趕緊打開我的圓筒行李袋，拿出荷米斯給的神奇保溫罐緊緊握住，卻也沒忘了緊抓救生艇不放。

一堆箭和標槍繼續呼嘯飛過我們身邊。

我抓住保溫罐，衷心希望自己做了正確的決定。「抓緊了！」

「我抓得很緊啦！」安娜貝斯大吼。

「抓更緊一點！」

我用腳勾住救生艇的充氣座椅下方，泰森也伸手抓住安娜貝斯和我的T恤領口，於是我握好保溫罐的蓋子，轉了四分之一圈。

突然間，一陣白色的狂風從罐子裡噴出來，立刻把我們推離原本的垂直墜落方向，變成以四十五度角接觸水面。

那陣風似乎一邊衝出保溫罐，一邊嘻嘻傻笑，彷彿很高興能夠重獲自由。等我們墜落到海面時，先撞了一下彈起來，然後第二下，就像打水漂一樣，接著則像快艇似地在水上颼颼飛掠，噴得我們滿臉鹹水，而眼前只有一望無際的大海。

我聽見後方郵輪尾流的聲響，但此時此刻，我們已經遠遠超出各種武器的攻擊範圍。安朵美達公主號的形影逐漸遠去，這時只剩下白色玩具船的大小，最後完全消失了蹤影。

救生艇在海上全速前進，我和安娜貝斯想透過彩虹女神伊麗絲傳送訊息給奇戎。我們認爲有必要把路克的所作所爲告訴其他人，但此時實在想不出還有誰能信任。

從保溫罐噴出的風勢激起陣陣浪花海霧，在陽光下正好可以形成一道彩虹，用來請伊麗絲女神傳送簡訊再合適不過了，可惜訊號有點弱。安娜貝斯拿了一個古希臘金幣丟向海霧，誠心祈求彩虹女神伊麗絲的幫忙，沒多久便清楚顯示出奇戎的臉。不過他那邊的環境非常吵雜，好像有某種詭異的閃光燈搖來晃去，搖滾樂震天價響。他八成在某個舞廳裡。

我們七嘴八舌向他訴說溜出混血營的經過、路克和安朵美達公主號上發生的狀況，以及裝了克羅諾斯一部分軀體的金色石棺。但奇戎那裡實在太吵雜，我們這邊又有風聲和海浪聲，我不曉得他到底聽見了多少。

「波西，」奇戎在那一頭大喊：「你必須小心……」

他背後的高分貝叫喊蓋過他的聲音，那一連串激動的吶喊活像是印第安戰士要出征。

「什麼?」我大吼。

「哎喲,真受不了我的同類!」奇戎突然蹲低身子,有一個盤子飛過他頭頂,在某個看不到的地方砸得稀巴爛。「安娜貝斯,你不該讓波西離開混血營!但是如果拿到金羊毛……」

「好耶,寶貝!」奇戎的背後有人大喊:「嗚嗚!呼呼呼呼呼!」

音樂更加激昂,重低音愈來愈強,連我們的船身都開始隨之震動。

「……邁阿密,」奇戎繼續喊著:「我會想辦法密切觀察……」

霧氣瀰漫的畫面突然碎裂四散,彷彿那一端有人拿瓶子砸過來,然後就看不見奇戎了。

一個小時後,我們看到了陸地。那是一條長長的海灘,沿著海灘羅列著一整排高聳的旅館,附近的水域也擠滿了漁船和油輪。有一艘海岸巡防隊的快艇行經我們右側,接著突然轉向,似乎想要再多看一眼。我猜他們不是每天都有機會看見像我們這樣的黃色救生艇——雖然沒有引擎,航速卻高達一百節㊺,更何況船上只有三個小孩子。

「那是維吉尼亞海灘!」安娜貝斯說。這時我們愈來愈靠近岸邊了。「我的天神哪,光是一個晚上,安朵美達公主號不可能航行這麼遠吧?那幾乎有……」

㊺船速以「節」來表示,一節等於一小時行駛一海里,一海里則等於一點八五公里。船速一百節等於時速一百八十五公里。

「五百三十海里。」我說。

她不可置信地瞪著我。「你怎麼知道？」

「我……我也不知道。」

安娜貝斯想了一會兒。「波西，我們現在的位置在哪裡？」

「北緯三十六度四十四分，西經七十六度兩分。」我不假思索脫口而出，接著我用力甩甩頭。「哇，我怎麼會知道啊？」

「因爲你爸，」安娜貝斯猜想，「你只要人在海上，方向感就超好。眞是太酷了。」

我可沒覺得那麼酷，我才不想當活衛星定位系統呢，但話還沒說出口，泰森便拍拍我的肩膀。「有其他船來囉。」

我回頭一看，海岸巡防隊果眞追了上來，快艇上的燈閃個不停，而且繼續加速前進。

「讓他們逮到就糟了，」我說：「他們一定會問到讓你招架不住。」

「繼續開進乞沙比克灣，」安娜貝斯說：「我知道那裡有個地方可以躲一下。」

我沒問她話中的含意，也沒問她爲何對這裡如此熟悉。我冒了一點風險，把保溫罐的蓋子再轉開一些，果然又有一道涼颼颼的風噴出罐子，帶著我們向前衝，一路沿著維吉尼亞海灘的北面尖端進入乞沙比克灣。海岸巡防隊被我們遠拋在後頭。我們一直沒有放慢速度，直到海灣深處的兩岸變窄，我才明白應該快要進入河口地帶了。

我可以明顯感覺到附近水域開始從鹹水轉變爲淡水。而就在那一瞬間，我突然覺得全身無力、疲憊不堪，像是狂吃甜食興奮過頭之後的虛弱狀態。這下子，我再也不知道自己身在何處，就連該把船開往哪裡都毫無頭緒，幸好還有安娜貝斯幫忙指引方向。

「那邊，」安娜貝斯說：「越過那片沙洲。」

我們把救生艇開進沼澤地帶，差點就被生長在溼地的植物纏住，最後終於將小艇停泊在一棵巨大的柏樹下。

附近有許多掛滿了藤蔓植物的樹木，許多昆蟲在樹林間唧唧鳴叫。四周的空氣既潮溼又悶熱，大量水蒸氣從河面裊裊上升。基本上，這裡不像紐約的曼哈頓，我不喜歡。

「來吧，」安娜貝斯說：「到岸上去。」

「去幹嘛？」我問她。

「跟我走就是了。」她抓起一個圓筒行李袋。「對了，最好把船藏起來。你不會想讓太多人注意到吧。」

我們拿了一些枝葉把救生艇蓋住後，我和泰森跟著安娜貝斯沿著岸邊走，雙腳還不時陷進紅色的爛泥中。有一條蛇呼溜溜滑過我鞋子旁邊，眨眼間消失在草叢裡。

「不是好地方。」泰森說。他伸手猛拍蚊子，那些蚊子在他手臂上站成一排，很像在排隊吃自助餐。

不知道過了多久，安娜貝斯突然說：「這裡。」

眼前只見一叢有刺灌木。安娜貝斯抓起一個用枝條編成的圓圈，把它推到一邊，像是一個入口，我才發現原來這裡有個僞裝小屋。

小屋內部足夠容納三個人，即使第三人是大個兒泰森也沒問題。四面牆壁完全是由植物材料編製而成，很像美洲原住民搭建的小屋，但看起來還挺能遮風避雨的。小屋角落堆了許多東西，露營時所需要的用品這裡一應俱全，像是睡袋、毯子、冷藏箱和煤油燈，甚至還有我們半神半人的補給品，包括青銅標槍頭、裝滿箭的箭筒、一把備用劍和一整箱神食。這地方霉味很重，看來有好一陣子沒人造訪了。

「這是混血人的避難所。」我看著安娜貝斯，眼裡滿是驚訝。「這地方是你蓋的？」

「泰麗雅和我，」她平靜地說：「還有路克。」

聽了這話，照理說我應該沒有任何感覺才對。我的意思是說，我早就知道安娜貝斯小時候曾受到泰麗雅和路克的照顧，也知道他們三人曾經一起逃亡，躲避怪物的追殺，想辦法生存下去。直到格羅佛發現了他們，盡力把他們帶到混血之丘。然而，每當安娜貝斯提起和他們相處的時光，我總覺得有種……不知道該怎麼說，是不舒服的感覺嗎？

不是，不該這樣說。

應該是「嫉妒」。

「那麼……」我說：「你覺得路克不會找上門來嗎？」

她搖搖頭。「像這樣的避難所，我們蓋了十幾個，我甚至懷疑路克還記不記得這些避難所的位置。或者該說他關不關心。」

她讓自己癱倒在毯子上，開始在她的行李袋內東摸西摸，用身體語言表明了不想再繼續談下去。

「嗯，泰森啊，」我對他說：「你要不要到附近四處察看一下？看看有沒有野外便利商店或其他什麼店。」

「便利商店？」

「是啊，去買些點心吧，像是糖霜甜甜圈。不要走太遠就好了。」

「糖霜甜甜圈，」泰森很認眞地複述一次，「我會到野外找找看有沒有糖霜甜甜圈。」他走出去，開始扯著嗓子大喊：「甜甜圈，我來了！」

他一走出去，我就在安娜貝斯面前坐下來。「嘿，對不起，你也知道是因爲看到路克。」

「那又不是你的錯。」她從刀鞘裡抽出佩刀，開始用一塊碎布清潔刀刃。

「他讓我們逃得太容易了一點。」我說。

我原本希望那只是出於我的想像，沒想到她也點頭贊同。「我也這麼覺得。我們無意中聽到他提起什麼賭注，還說『他們一定會中計』，我猜他指的是我們。」

「中什麼計？金羊毛嗎？還是格羅佛？」

她仔細檢查刀刃。「波西，我也不知道。或許他也想要金羊毛，或許他希望我們幫他完成困難的部分，再從我們手上偷走寶物。我只是無法相信他居然對會那棵樹下毒。」

「他指的是什麼意思，」我問：「他說泰麗雅會站在他那邊？」

「他胡說。」

「你的語氣聽起來不是很肯定。」

安娜貝斯瞪了我一眼。這時她的手上握著刀子，我還眞不該問這種問題。

「波西，你知道你最常讓我想起誰嗎？泰麗雅。你們兩個實在太像了，像得可怕。我的意思是說，你們要不是成爲最好的朋友，就是會把彼此逼到喘不過氣來。」

「應該會是最好的朋友吧。」

「泰麗雅有時會很氣她老爸，你也一樣。可是你會因爲這樣而與奧林帕斯山爲敵嗎？」

我瞪著角落的箭筒說：「不會。」

「那很好，所以泰麗雅也不會。是路克錯了。」安娜貝斯將刀刃用力插進土裡。

我很想問路克提起的那個預言，不知道那和我的十六歲生日有什麼關係，但我猜她不會告訴我。奇戎已經說得很明白了，除非天神們改變主意，否則我不准聽那個預言。

「那麼，路克說的獨眼巨人是什麼意思？」我問她說：「他說你們這些人……」

「我知道他要說什麼。他……他說的是把泰麗雅逼死的眞正原因。」

我等了一會兒，不太知道該說些什麼。

安娜貝斯深吸一口氣，身體顫抖了一下。「波西，你絕不能相信獨眼巨人。六年前，就在格羅佛帶我們到混血之丘那天晚上……」

這時候，小屋的門突然嘎吱嘎吱打開，打斷了安娜貝斯的話。泰森爬了進來。

「糖霜甜甜圈！」他手上握著一個點心盒，一臉得意地說著。

安娜貝斯瞪著他說：「你在哪裡找到的？我們現在在一大片荒野的中央耶，這附近根本就不會有……」

「距離這裡十五公尺，」泰森說：「怪物甜甜圈店……就在小山丘上！」

「這下糟了。」安娜貝斯喃喃說著。

我們彎腰躲在一棵樹後，直直盯著樹林正中央的甜甜圈店。它看起來才剛開幕，有亮晶晶的窗玻璃、一個停車場，店門口還有一條通往森林的小路，但除此之外附近什麼都沒有，更別說會有車子停在停車場。我們看得到店裡的情形，有個店員坐在收銀台後方看雜誌。店鋪招牌上是連我都看得懂的粗黑巨大字體，上面寫著：

怪物甜甜圈

字的旁邊畫了一個卡通造型怪物，正在咬「怪」那個字。這地方聞起來很香，像是巧克力甜甜圈剛烤好的香氣。

「這家店不該出現在這裡，」安娜貝斯悄聲說：「很不對勁。」

「那又怎樣？」我問她。「不過就是一家甜甜圈店嘛。」

「噓！」

「我們爲什麼要這麼小聲講話？泰森都已經進去買了一堆，又沒有怎樣。」

「因爲他是怪物啊。」

「噢，安娜貝斯，拜託，怪物甜甜圈又不是只能賣給怪物的意思！那是連鎖店耶，在紐約就買得到！」

「是連鎖店沒錯，」安娜貝斯同意我的話，「但是你不覺得奇怪嗎？你一叫泰森去找甜甜圈，馬上就出現一間店，還出現在這荒郊野外的樹林中？」

我想了想，這確實有點怪，可是再仔細想一想，如果要我評估「邪惡指數」的話，甜甜圈店的指數應該不會太高。

「那可能是個巢穴。」安娜貝斯繼續爭辯。

泰森嚇得哭出來。我都聽不太懂安娜貝斯說的話了，難道他比我還懂？不過安娜貝斯的語氣令泰森很緊張。他從盒子裡撈出五、六個甜甜圈，弄得滿頭滿臉都是糖霜。

「巢穴？給誰用的？」我問。

「加盟店這麼快就蹦出來，你不覺得很奇怪嗎？」她問我。「某一天什麼都沒有，而到了隔天，蹦！突然就出現一家新的漢堡店或咖啡店之類的店？剛開始是一家，然後兩家，接著出現四家……到最後全國都有一模一樣像複製品般的店？」

「唔，不知道，我從來沒想過。」

「波西，有些連鎖店之所以拓展這麼快，是因爲所有的店址都被施了魔法，全部和一個怪物的生命力連繫在一起。早在一九五〇年代，有些荷米斯的兒女就已經發現這種拓店法了，他們複製……」

她突然整個人僵住。

「怎樣？」我連忙問：「他們複製什麼？」

「不要……突然……移動。」安娜貝斯說，彷彿她的性命就只維繫在這一句話。「要很慢很慢，轉過身去。」

這時我也聽見了。是一陣刮擦般的噪音，像是有人在落葉堆上拖拉一件巨大的東西。

我轉過身，看見一個犀牛般大小的東西在樹蔭底下移動。牠發出嘶嘶聲，上半身朝四面八方不停扭曲、轉動。

一開始我還不曉得自己看到的是什麼，過了一會兒才發現牠有很多條脖子——至少七條以上，每條脖子頂端都接了一個爬蟲類的頭，舌頭還不斷吐信。牠的外表像是覆了一層皮革，每條脖子下方都圍了一塊塑膠圍兜，上面寫著：我是怪物甜甜圈小子！

我連忙拿出我的「原子筆」，但安娜貝斯定定看著我。那是無聲的警告：先別輕舉妄動。

我懂了。很多怪物的視力非常差，那條九頭蛇許德拉可能連爬過我們身邊都渾然不覺，但如果我在這個時候抽出佩劍，青銅劍光一閃，極有可能會引起牠的注意。

我們只能等待。

許德拉距離我們只有幾公尺遠了，牠似乎在嗅聞地上和樹上的氣味，像是在找某樣東西。然後我注意到其中兩頭蛇正在撕扯著一小塊黃色帆布，那是我們其中一個圓筒行李袋！牠已經去過我們的避難小屋了，此刻顯然在搜索我們的氣味。

我的心臟怦怦狂跳。我以前曾在混血營看過一個戰利品，是用許德拉的頭做成的標本，但那次經驗顯然沒能讓我做好心理準備，一旦看見眞的九頭蛇許德拉，還是令人心驚膽戰。牠的每個頭都呈菱形，像響尾蛇一樣，但嘴裡竟然長了上下兩排利齒，全都像鯊魚的牙齒一般尖銳駭人。

泰森忍不住全身顫抖。他向後退了一步，一不小心扯斷一根樹枝。說時遲那時快，許德拉全部的頭都轉向我們，還發出了可怕的嘶嘶聲。

「散開！」安娜貝斯一面大喊，一面往右邊衝去。

我則連滾帶爬衝向左邊。許德拉的其中一個頭噴出一道綠色液體，越過我的肩膀射中一棵榆樹，樹幹立刻冒出了濃煙，隨即開始碎裂瓦解，最後整棵樹直直朝著泰森倒下，而那個大個兒竟然還呆立原地，被眼前的可怕怪物驚嚇到無法動彈。

「泰森！」我用盡全身的力氣朝他撲去，趕在許德拉撲過來之前把他推倒在地。倒下的榆樹正巧把許德拉的兩個頭砸個稀巴爛。

許德拉踉踉蹌蹌往後退，猛力把那兩個壓爛的頭拉出來，並對著倒地的大樹憤怒哀鳴。就在這時，牠的頭全部一起射出酸液，把那棵榆樹完全腐蝕掉，只剩下一灘不斷冒煙、又髒又噁的爛泥。

「快跑！」我叮嚀泰森，然後自己邊跑邊抽出波濤劍，希望能吸引那怪物的注意。

果然有效。

只要看到來自天界的青銅劍，多數怪物都會恨得牙癢癢的。我那光彩奪目的劍一出鞘，立刻激得許德拉群頭並進向我爬過來。牠的舌頭嘶嘶吐信，還露出銳利的蛇牙。

好消息是：泰森暫時脫離險境。壞消息是：我就快要被毒液腐蝕成一灘爛呼呼的黏液。其中一個蛇頭試探性地攻擊我，我連想都沒想，立刻揮劍砍去。

「不要！」安娜貝斯大吼。

太遲了。我把許德拉的一個頭切斷，動作乾淨俐落，那顆頭往旁邊滾進草堆，只剩脖子上的傷口朝天。然而那傷口很快就止了血，接著開始像氣球般不停脹大。

要不了幾秒，那條受傷的脖子竟然蹦出兩條新脖子，而且各長出一個和原來一樣大的蛇頭。這下子我眼前的頭更多了。

「波西！」安娜貝斯氣急敗壞地罵：「你又新開一家怪物甜甜圈店了啦！」

我再次閃開一股酸液。「我都快沒命了，而你只擔心那個？到底怎樣才能殺死牠？」

「用火！」安娜貝斯說：「我們得找到火！」

她話才剛說完，我就想起那個故事了。如果要遏止許德拉繼續長出新的頭，唯一的方法是在傷口再生之前用火燒，以前海克力士就是用這招。可是我們沒有火啊！

我向後退到河邊，許德拉也一路攻來。

安娜貝斯在我的左手邊，試圖分散其中一個頭的注意力。她用佩刀阻擋蛇牙的攻勢，但另一個頭繞到側邊，像揮棒一樣向她攻去，把她撞進一堆爛泥裡。

「不准打我的朋友！」泰森也發動攻勢，迅速衝進安娜貝斯和許德拉之間。安娜貝斯正忙著從泥巴裡站起身，泰森已經開始用拳頭痛毆那些怪物蛇頭，速度快到讓我想起遊樂場的打地鼠遊戲。但即使像泰森這麼強，依然無法擋住許德拉的凌厲攻勢。

我們不斷後退，不時要閃躲酸液的噴灑，還得擋住蛇頭的攻擊，並且要小心不能砍斷蛇頭。但我心裡很明白，這樣做只是在延後死期，到最後我們總會一時失手，命喪蛇怪手中。

就在這時，我聽到一個奇怪的聲音……剛開始像是「軋—軋—軋」，我還以爲是自己的心跳，但那聲音的力道太強了，連河岸都開始震動。

「那是什麼聲音？」安娜貝斯大吼，一邊仍注意盯著許德拉。

「蒸汽引擎。」泰森說。

「什麼？」我邊喊邊蹲下，因爲許德拉噴出一股酸液飛過我頭頂。

然後，在我們背後的河面上，有個熟悉的女生聲音扯開嗓子大喊：「在那邊！發射三十二磅的砲彈！」

我不敢將視線從許德拉身上移開，但如果背後眞的是我心裡想的那個人，我敢說，這下子可眞是腹背受敵了。

這時候，有個粗啞的男生聲音說：「小姐，他們離這裡太近了。」
「該死的混血人！」那女孩說：「全速前進！」
「遵命，小姐。」
「艦長，準備好了就發射！」
安娜貝斯比我早一點點知道接下來會發生什麼事，她大喊：「趴到地上！」於是我們全部趴下，只聽見河面上傳來撼動天地的一聲「轟！」。接著只見一道閃光、一股煙柱，許德拉就在我們眼前炸成碎片，噁心的綠色黏液也噴了我們一身，幸虧一落下來就立刻蒸發掉了，這正是怪物的特性。
「好噁心！」安娜貝斯放聲尖叫。
「蒸汽船！」泰森大喊。
我站起身。大砲產生的濃煙沿著河岸滾滾翻騰，我也因此咳個不停。
有一艘船沿著河道軋軋前進，那眞是我這輩子見過最詭異的一艘船了。它的船身幾乎整個泡在水裡，活像一艘潛水艇，而甲板完全是用鐵板鋪設而成。船身正中央有個梯形砲塔，兩側設有條窗以供架設大砲，而頂端有一面旗幟隨風飄揚，那面旗幟一片血紅，並繡有野豬和長槍的圖案。
甲板上站了一整排身穿灰色制服的殭屍，他們是死去的士兵，閃閃發亮的臉部只蓋住頭顱的一部分，很像我以前在冥界看到那些守衛黑帝斯宮殿的食屍鬼。

這是一艘裝甲戰艦，是美國內戰時期的軍艦。船首寫了幾個字，幾乎全被青苔所覆蓋，我只能隱隱約約讀出那是「伯明罕艦」。

船上那具差點害死我們的大砲還在冒煙，旁邊站了個人，身上穿著全套希臘式盔甲。是克蕾莎。

「眞是蠢蛋，」她冷笑幾聲，「但是不救你們也不行。上船吧。」

11 卡律布狄斯漩渦

「你們惹的麻煩也太多了吧。」克蕾莎說。

我們才剛穿過一個個擠滿水手鬼魂的陰暗房間，結束一段百般不情願的戰艦參觀行程。我們參觀了囤積燃料的煤倉、鍋爐和蒸汽引擎，引擎不停發出呼呼聲又吱嘎作響，好像隨時都會爆炸。接著我們又參觀了駕駛室、彈藥庫和砲台甲板（這裡是克蕾莎最愛的地方），甲板的左、右舷各設了一門滑膛砲，船頭和船尾則各有一門九寸膛線砲。這些武器全都經過改裝，能夠發射天界的青銅砲彈。

不管走到哪裡，總有一群南北戰爭期間的南軍水手鬼魂盯著我們瞧，他們鬼魅般的臉龐全都掛著大鬍子，飄浮在頭顱表面，幽幽散發著詭異的光芒。水手們十分欣賞安娜貝斯，因爲她來自維吉尼亞州，那裡是南軍的地盤。他們本來也對我很感興趣，因爲我姓傑克森，剛好與南軍的將領同姓[46]，但後來我搞砸了，因爲我說我來自紐約，他們一聽就開始發出噓聲，

[46] 湯瑪士．傑克森（Thomas Jonathan Jackson, 1824-1863）是美國南北戰爭期間著名的南軍將領，也是南軍最優秀的指揮官之一。此戰最後結果是南軍敗給北軍。

不停低聲咒罵「北方佬」。

泰森則是嚇壞了，整個參觀行程他都要求安娜貝斯握著他的手。怪的是，安娜貝斯面對這樣的要求，好像沒有太大的反應。

最後，我們終於可以去吃晚餐了。伯明罕艦的艦長室約略只有大型壁櫥那麼小，不過起碼比艦上的任何一個房間都來得大。餐桌上細心佈置了白色亞麻布和瓷器，桌邊服務由骷髏船員負責，他們不斷遞來花生醬、果醬三明治、洋芋片和可樂。看到由鬼魂送來的食物令我倒盡胃口，但最後飢餓還是戰勝了恐懼。

「坦塔羅斯把你們永久驅逐出混血營了，」克蕾莎得意洋洋地說：「戴先生說，如果你們有哪個人敢在混血營露臉，他會把你們變成松鼠，然後開著他的休旅車輾過去。」

「這艘船是他們給你的嗎？」我問。

「當然不是。是我爸給的。」

「戰神阿瑞斯？」

克蕾莎冷笑一聲。「你以為在海上只有你爸才擁有力量嗎？在所有戰爭之中，戰敗的一方都是因為虧欠阿瑞斯、對他不敬，因此才遭到戰敗的詛咒。我祈求父親給我一種海上交通工具，而這就是了。這些傢伙全都願意為我赴湯蹈火，我說得沒錯吧，艦長？」

艦長站在她身後，神情顯得既僵硬又憤怒。他那對閃閃發光的綠眼睛直視著我，眼神透露出無邊的飢渴。「小姐，如果能讓這地獄般的戰爭終告結束，得到最後的和平，要我們做任何事、殺死任何人都沒問題。」

克蕾莎笑了起來。「殺死任何人。很好，我喜歡。」

泰森吞了一口口水。

「克蕾莎，」安娜貝斯說：「路克可能也在找金羊毛，我們看到他了。他手上握有位置的座標，而且正往南方前進。他還有一艘載滿怪物的郵輪……」

「好，我一定會把他殺個片甲不留！」

「你沒聽懂，」安娜貝斯說：「我們必須團結起來才有力量。讓我們來幫你……」

「不必了！」克蕾莎用力搥了一下桌面。「聰明的女孩，眼睛放亮一點，這是我的任務！到最後我會成爲英雄，你們兩個別想搶走我的功勞。」

「那麼，阿瑞斯小屋的人呢？」我問她，「你可以挑選兩個朋友同行，不是嗎？」

「他們沒有……我叫他們留下來保護混血營。」

「你是說，連你自己的人都不願意幫忙？」

「閉嘴啦，臭匹西！我才不需要他們！當然也不需要你們！」

「克蕾莎，」我說：「坦塔羅斯在利用你。他才不管混血營的死活，而且根本恨不得早點看它垮台。他是做個陷阱讓你往下跳。」

「你錯了！我才不管什麼神諭……」她突然住嘴。

「什麼？」我說：「神諭告訴你什麼？」

「沒什麼。」克蕾莎整個耳朵變得通紅。「總之我一定會完成任務，而你們別想插手。我不會讓你們去……」

「所以我們是囚犯嗎？」安娜貝斯問。

「是客人。到目前爲止。」克蕾莎把腳抬高，蹺在白色亞麻桌布上，隨手打開一罐可樂。「艦長，把他們帶到下面去，在臥艙弄幾個吊床。如果他們不守規矩，就露幾招對付敵人間諜的方法給他們瞧瞧。」

我一睡著，夢境立刻浮現。

格羅佛坐在他的織布機前，面露絕望的神色，正在拆掉手中的婚紗裙襬。就在這時，巨石門滑了開來，獨眼巨人大喊：「啊哈！」

格羅佛嚇得尖叫一聲。「親愛的！我不知道……你躡手躡腳嚇到我了！」

「你在拆布！」波呂斐摩斯氣得大聲咆哮：「原來問題是出在這裡！」

「喔，不是啦。我……我不是要……」

「過來！」波呂斐摩斯抓起格羅佛的手腕，半拖半拉地穿過洞窟裡的隧道。格羅佛拼命穿好蹄上的高跟鞋，頭紗也差點歪掉，差點讓波呂斐摩斯看見他的眞面目。

獨眼巨人拉著他走進一個倉庫大小的洞穴，到處都堆滿了綿羊殘骸。洞穴裡有一張鋪蓋羊毛的懶人沙發，還有一個鋪蓋羊毛的電視組；粗糙的書架塞滿了與綿羊有關的收藏品，像是綿羊臉型的馬克杯、綿羊的小型石膏像，還有綿羊紙牌遊戲、綿羊圖畫書和綿羊布偶。地上到處棄置了成堆的綿羊骨頭，不過也有一些骨頭看起來不像綿羊。那些是羊男的骨頭，他們前仆後繼來到這個小島尋找天神潘。

波呂斐摩斯只讓格羅佛在這裡坐了一會兒，等他把另一個更大的巨石搬開。突然之間，外面的陽光射進洞穴，格羅佛忍不住溼了眼眶。他終於呼吸到新鮮空氣了！

獨眼巨人拉著他爬上外面一個小山丘，從丘頂向下俯瞰，眼前這座島嶼有著我所見過最美麗的景致。

島嶼的形狀像是用斧頭將馬鞍剖成一半，島的四周環繞著茂盛翠綠的高聳山丘，中間則是寬廣的山谷，而山谷中央有個深邃的峽谷，一道索橋橫跨其上。美麗的溪澗蜿蜒流過峽谷邊緣，最後落入谷中，形成一道彩虹般色彩繽紛的瀑布。森林間有鸚鵡翻飛嬉戲，大型灌叢恣意綻放著粉紅與紫色的花朵，草地上有數百隻綿羊啃食青草，牠們身上的羊毛閃耀著有如銅幣和銀幣的奇異光芒。

而在島嶼正中央，有一棵歪歪扭扭的巨大橡樹生長在索橋旁邊，最低處的主幹上有個東西熠熠發光。

是金羊毛。

即使在夢中，我依然能感受到金羊毛放射的力量越過島嶼而來。它讓青草變得更翠綠，讓花朵綻放得更美麗。我幾乎能聞到大自然魔法運作的氣息，也就能夠想像那對羊男來說會有多麼大的吸引力。

格羅佛再次紅了眼眶。

「沒錯，」波呂斐摩斯得意洋洋地說：「看到那邊沒？在我的收藏品之中，金羊毛是最大的戰利品！那是很久以前從英雄手中偷來的，自此之後，就有無止盡的免費食物！羊男從全世界各地蜂擁而來，就好像飛蛾撲火一樣。羊男最好吃了！而現在……」

波呂斐摩斯隨手撿起一把壞掉的銅質剪刀。

格羅佛失聲尖叫，但波呂斐摩斯只是抓起最靠近的一隻綿羊，輕鬆的模樣像是抓起一隻絨毛玩具似的。他剪光綿羊的毛，將那團毛茸茸的東西遞給格羅佛。

「把它放到紡車上！」他用得意的語氣說：「這些羊毛施了魔法，織好就沒辦法拆開！」

「喔……這個嘛……」

「可憐的小甜心！」波呂斐摩斯開懷地咧嘴笑，「你的織布技術不太好喔。哈哈！不用擔心，這種羊毛線就可以解決你的難題了。明天快點把婚紗裙襬織好！」

「你眞是……太體貼了！」

「嘻嘻。」

「可是呢……可是呢，親愛的，」格羅佛深吸了一口氣說：「如果有人來救……我是說，如果有人來攻擊這個島，那該怎麼辦呢？」格羅佛偷偷看著我，我才知道這個問題是爲了我問的。「你怎麼防範那些人衝進你的洞穴呢？」

「老婆怕怕耶！真是可愛！不用擔心啦，波呂斐摩斯擁有最新科技的安全防衛系統，而且得先經過我的寵物那關。」

「什麼寵物？」

格羅佛環視整個島，但舉目所見盡是小小羊兒在草地上靜靜吃草。

「接下來呢，」波呂斐摩斯大吼：「他們還得通過我這一關！」

他伸出拳頭，朝身邊最近的一塊岩石搥下去，那岩石立刻裂成兩半。「好了，走吧！」他喊著，「我們回洞穴去。」

格羅佛看起來快哭了。自由竟是如此之近，卻又遙遠得令人絕望。他的雙眼盈滿淚水，眼看巨石在眼前滾動關上，再次把他關進獨眼巨人這個臭烘烘、只有火炬照明的陰暗洞穴。

整艘船都響起巨大的警鈴聲，我醒了過來。

艦長用粗啞的聲音說：「所有組員登上甲板！把克蕾莎小姐找來！她跑到哪裡去了？」

然後他陰森森的臉孔突然浮現在我上方。「臭北方佬，快點起來！你那兩個朋友已經到上面去了，我們即將接近入口。」

「什麼入口？」

他給了我一個骷髏的微笑。「當然是妖魔之海啊！」

在歷經許德拉的攻擊後，我們的隨身物品已經不多，我把它們塞進一個水手用的帆布背包，往後一甩掛在肩上。不知怎的，我有種預感，覺得好像不會在伯明罕艦上再多待一晚。

我沿著樓梯往上爬，但有某種東西讓我全身僵硬、寒毛直豎。那東西就在附近，是某種熟悉卻令人厭惡的東西。沒有什麼特別的原因，但我突然覺得很想打架，很想找個倒楣的南軍鬼魂把他揍倒在地。上一次感覺到同樣的憤怒是在什麼時候呢……

於是我停了下來，不再往上爬，而是沿著鍋爐通風管的邊緣躡手躡腳地走，走到能夠俯瞰鍋爐甲板的地方。

克蕾莎站在我的正下方，正在和一個人影說話。那個人影在鍋爐噴出的蒸汽中隱約發著光，是個肌肉發達的男人，身穿黑色的騎士皮衣，頂著一頭軍人髮型，戴著紅色太陽眼鏡，另外有一把刀插在身側。

我下意識握緊了拳頭。那是我最不喜歡的奧林帕斯天神——阿瑞斯，戰神。

「小女孩，我不要聽藉口！」阿瑞斯憤怒地咆哮。

「是……是的，父親。」克蕾莎小小聲地說。

「你不想看到我生氣吧？」

「是的，父親。」

「是的，父親。」阿瑞斯模仿她的語氣說。「你眞沒用。我應該找個兒子來出這趟任務。」

「我會完成任務的！」克蕾莎連忙說，她的聲音不停顫抖。「我會讓你以我爲榮。」

「最好是這樣。」他警告克蕾莎。「孩子，是你要求我讓你出這趟任務的，要是那個混球傑克森從你手上偷走東西……」

「可是神諭說……」

「我才不管神諭怎麼說！」阿瑞斯吼叫著，聲浪大到連他的身影都微微閃動。「你最好能達成任務，如果你不……」

他舉起拳頭。雖然他只現身在蒸汽之中，但連克蕾莎都嚇呆了。

「我們都把話說得夠清楚了吧？」阿瑞斯咆哮著。

艦上的警鈴聲又響了。我聽見一些聲音朝這邊傳來，是軍官們在高喊指令，要求把火砲準備好。

我沿著鍋爐通風管邊緣躡手躡腳回去，繼續爬上樓梯，到甲板與安娜貝斯和泰森會合。

「怎麼回事？」安娜貝斯問我，「又做夢了嗎？」

我點點頭，但什麼也沒說。關於剛才在樓下看見的事情，我實在不知道該如何解讀，那幾乎和格羅佛的夢一樣令人困惑。

克蕾莎也跟在我後面爬上樓梯，我盡量不讓自己的視線與她接觸。

她從一個殭屍軍官手上抓來一副雙筒望遠鏡，朝地平線方向仔細觀看。「終於到了。艦長，全速前進！」

我朝她觀看的方向看去，然而看得不太清楚。整個天空烏雲密佈，空氣朦朧而潮溼，好像熨斗噴出的蒸汽一般。我瞇起眼睛，只能勉強看出遠方有幾個暗暗髒髒的黑點。

我的「海洋第六感」告訴我，此刻我們身在佛羅里達州北部外海，這表示昨天一個晚上就航行了很遠的距離，比任何一艘凡人船隻的正常航行距離都還要遠。

我們繼續加速，引擎發出怒吼聲。

泰森緊張地喃喃自語：「活塞的負荷太大了。在這種深水區域不該這樣。」

我不太確定他是怎麼知道的，但他的話讓我跟著緊張起來。

過了幾分鐘，前方那些黑點慢慢變得比較清楚。往北方看，有一塊巨大的礁岩從海面拔高升起，那是一座小島，四面的峭壁足足有三十公尺高；而在小島南方約一公里處還有另一坨暗色物體，是一團正在醞釀的風暴。四周一片渾沌、不斷翻滾，連天空和海洋都似乎要跟著沸騰了。

「是颶風嗎？」安娜貝斯問。

「不，」克蕾莎說：「是卡律布狄斯[47]漩渦。」

安娜貝斯的臉色突然變白。「你瘋了嗎？」

「這是進入妖魔之海的唯一通道，直直通過卡律布狄斯和她的姊妹錫拉之間。」克蕾莎指著峭壁頂端，我可以感覺到上面住了某種東西，某種我一點也不想見到的東西。

「你說唯一通道是什麼意思？」我問。「海洋這麼遼闊！只要繞過去就好了啊。」

克蕾莎翻了個白眼。「你什麼都不知道嗎？如果我想盡辦法繞過去，它們還是會出現在航道上。如果你想進入妖魔之海，唯一的辦法就是從中間穿過去。」

「不能經由『撞岩』㊽嗎？」安娜貝斯說：「那是另一個入口，傑生就是從那裡進去的。」

「我們船上的砲彈炸不開『撞岩』，」克蕾莎說：「話說回來，那些怪物……」

「你真的瘋了。」安娜貝斯下了結論。

「聰明女孩呀，好好學著點。」克蕾莎轉身對艦長說：「航線設定卡律布狄斯。」

「遵命，小姐。」

引擎繼續怒吼，船上的鐵板喀喀作響，船艦開始加速。

「克蕾莎，」我說：「卡律布狄斯會吞海水，是不是那個故事？」

「而且會再把海水吐出來，沒錯。」

「那錫拉呢？」

「她住在一個洞穴裡，就在那些峭壁頂上。如果我們靠得太近，她那堆像蛇一樣的頭就會

㊼卡律布狄斯（Charybdis）和錫拉（Scylla）原本是海神波塞頓的女兒，但因觸怒天神受到懲罰而變成了海怪，分別據守在一個狹窄水道的兩側。卡律布狄斯每天吞吐海水，會造成巨大可怕的漩渦，錫拉則據守在巨型礁岩上。它們之間的水道非常狹窄，船隻若要閃避漩渦，就會被錫拉吃掉。

㊽在希臘神話中，傑生和阿爾戈英雄們要到黑海尋找金羊毛時，有個「撞岩」擋住了黑海的入口，它會像自動門一樣開開闔闔。

伸下來，開始把船上的水手一個一個咬走。」

「那就選錫拉吧，」我說：「所有人都躲進下層甲板，然後全速衝過去。」

「不行！」克蕾莎非常堅持。「如果錫拉沒吃到她該吃的肉，就會把整艘船抓起來。不只如此，她的位置太高了，我的砲彈沒辦法瞄準直射。而卡律布狄斯則是坐在漩渦中央，我們要朝向她全速衝刺，將所有大砲瞄準她，把她炸翻到地獄深淵去！」

她講得那麼興致勃勃的樣子，連我都快要相信她了。

引擎繼續嗡嗡響。鍋爐燒得那樣旺，我幾乎可以感覺到陣陣熱氣從腳下不斷傳來。煙囪頂端霧氣翻騰，紅色的阿瑞斯旗幟在風中飄揚。

我們愈來愈靠近怪物了，卡律布狄斯的聲響也愈來愈大，那驚人的怒吼活像是銀河系最巨型的抽水馬桶。每回卡律布狄斯吞下海水，船艦就會猛烈搖晃、突然前傾；等到她吐出海水，我們又會衝上浪頭，如此的上下振幅可高達三、四公尺。

我試著計算漩渦出現的時間間隔。等距離近到可以計算時，我發現卡律布狄斯大約每隔三分鐘吞一次海水，並將附近半徑約一公里內的所有東西摧毀殆盡。如果要避開她，我們必須貼近錫拉的峭壁繞過去。想到錫拉的可怕程度，那些危崖峭壁看起來似乎比較容易親近。

一個個鬼水手在上層甲板執行任務，態度從容冷靜。我心想，他們曾經打過一場必輸無疑的仗，因此眼前的一切根本不算什麼。也或許他們不擔心會被殺死，因爲他們早就已經死了。但這兩種想法都沒有讓我心情變好一點。

安娜貝斯站在我身旁，雙手緊緊握住欄杆。「你的保溫罐還裝滿了風吧？」

我點點頭。「可是像那麼大的漩渦，用保溫罐好像太過危險了，再加上一點風可能會變得更糟糕。」

「如果能控制水呢？」她又問。「你是波塞頓的兒子，你以前有過經驗啊。」

她說得有道理。我閉上雙眼，想靠念力讓海平靜下來，但我無法集中注意力。卡律布狄斯實在太吵，而且威力驚人。這些滔天巨浪對我的念力完全沒有反應。

「我……我辦不到。」我很難爲情地說。

「我們需要準備別的計畫，」安娜貝斯說：「現在這樣肯定行不通。」

「安娜貝斯說得有道理，」泰森也說話了，「引擎不太好。」

「什麼意思？」她問泰森。

「壓力。活塞需要修理。」

他還沒來得及解釋，那個宇宙無敵超級抽水馬桶突然開始急沖，發出驚人的「轟！」一聲。戰艦猛然向前傾斜，我整個人被拋到甲板上。我們已經被吸到漩渦裡了。

「反向轉到底！」克蕾莎尖聲高喊，想要蓋過漩渦的巨響。海水在我們四周洶湧迴旋，大浪幾乎快把甲板沖爛，同時腳下的鐵板也因蒸汽的關係變得滾燙。「掌握射程範圍！右舷大砲準備好！」

眾多南軍鬼弟兄前前後後跑來跑去。推進器已經轉爲反向，希望能讓船速慢下來，但我們依然朝漩渦中央滑進去。

這時候有個殭屍水手從底艙衝出來，急急朝克蕾莎跑去。他的灰色制服冒著煙，鬍子也著火了。「小姐，鍋爐室溫度過高，快要爆炸了！」

「呃，快點回去下面，把它修好！」

「修不好！」那水手大喊：「我們都因爲高熱而蒸發了！」

克蕾莎朝砲塔側邊用力搥一拳。「我只要求再撐幾分鐘！只要讓目標進入射程範圍！」

「進入的速度太快了，」艦長冷冷地說：「準備赴死吧。」

「不！」泰森大吼：「我可以把它修好！」

克蕾莎不可置信地看著他。「就憑你？」

「他是獨眼巨人啊，」安娜貝斯說：「他不怕火，而且對機械超在行。」

「快去！」克蕾莎大喊。

「泰森，不行！」我抓住他的手臂，「太危險了！」

他拍拍我的手。「兄弟，這是唯一的辦法。」他的表情非常堅決，甚至可以說是非常有自信，我以前從沒見過他這樣。「我會修好。馬上就回來。」

眼看他隨著悶燒的水手消失在艙口，我突然有種可怕的預感。我想跑過去跟在他後面，但船艦再次傾斜，然後，我看到卡律布狄斯了。

她出現在僅僅數百公尺之外，中間隔著不停旋轉的霧氣與水煙。我最先注意到的是一塊礁岩，那是黑色的珊瑚礁，頂端長了一棵無花果樹；那樣平靜的事物居然位於狂暴漩渦的中央，實在詭異到了極點。礁岩四周的水流高速旋轉成漏斗狀，看起來很像被黑洞吸入的周圍光線。然後我看到水面之下有個可怕的東西固定在礁岩上，是一張血盆大口，嘴唇滿是黏液，長了青苔的牙齒有小船那麼大。更噁心的是，她的牙齒竟然裝了矯正器，一條條腐蝕破爛的金屬塞滿了魚的碎片、漂流木和各式垃圾。

卡律布狄斯絕對是牙齒矯正醫師的惡夢，你幾乎看不到她的其他部分，光只看到超級巨大的黑色咽喉、歪七扭八的牙齒，還有嚴重咬合不全的問題，而她數百年來只知道吃個不停，從不曾在飯後刷牙。我呆呆望著，只見她周圍所有的海水全被吸進那無底深淵，連同鯊魚、大批魚群和巨型烏賊一起。我心裡很明白，要不了幾秒鐘就會輪到伯明罕艦了。

「克蕾莎小姐，」艦長高聲喊著：「右舷和船頭的砲台已達射程範圍！」

「開火！」克蕾莎下令。

連續三顆砲彈轟然射入怪物咽喉，其中一顆把門牙邊緣炸碎，另一顆消失在食道深處，第三顆則射中卡律布狄斯嘴裡的矯正器，又反彈回來打斷旗杆，阿瑞斯的旗幟飄然落下。

「再度開火！」克蕾莎下令。砲手們再次裝填砲彈，但我知道那根本沒用。我們恐怕得炸個一百次，看看那怪物有沒有稍微受點傷，然而我們沒有那麼多時間，因爲被吸進去的速度實在太快了。

就在這時，甲板的振動方式突然改變，引擎的嗡嗡鳴聲變得有力而穩定。整艘船猛力抖了一下，接著竟然開始駛離那張烏黑大口。

「泰森辦到了！」安娜貝斯說。

「等一下！」克蕾莎說：「我們不能離開太遠！」

「這樣大家都會死！」我說：「我們得離開一點。」

我抓住船邊欄杆，看著船艦奮力抵抗巨大的吸力。破掉的阿瑞斯旗幟飛越我們頭頂，落在卡律布狄斯的矯正支架上。其實船艦並沒有往外移動多少，但至少能夠自己控制航向。不知道泰森是怎麼辦到的，總之他讓船艦有了足夠動力，我們不至於束手無策被吸進漩渦。

突然間，那張烏黑大口啪的一聲閉了起來，海面頓時平靜無波，海水只是緩緩沖刷著卡律布狄斯。

接著，如同它閉嘴時那麼迅雷不及掩耳，大嘴再次轟然張開。這回不僅激射出一道巨大的水牆，她還把無法消化的東西全數噴出，當然包括我們射出的砲彈，其中一顆在伯明罕艦的側邊轟出一個大凹洞。

我們被突然湧起的大浪往後拋，那滔天巨浪絕對有十幾公尺高。我拼命使出全部的念力想讓船身不致於翻覆，但整艘船艦依然失控地打轉，朝著海峽另一端的高聳峭壁拋去。

又一個全身著火的水手從艙口衝出來，他跌跌撞撞地衝向克蕾莎，兩人還差點迎面撞上雙雙落海。「引擎快要爆炸了！」

「泰森在哪裡？」我問。

「還在下面，」那個水手說：「他在拼命維持住，但不知道還能撐多久。」

艦長說：「我們必須棄船了。」

「不行！」克蕾莎大喊。

「我們別無選擇，小姐。船身都快解體了！沒辦法……」

他再也沒有機會說完這句話。空中突然射來某個褐綠色的東西，以閃電般的速度抓起艦長，高舉到空中。船上只留下他的皮靴。

「是錫拉！」一個水手尖叫著，在此同時，另一條爬蟲類身體從峭壁射下，三兩下就把那水手捲走了，速度快到像是雷射光束而不是怪物。我甚至連那怪物的臉還看不清楚，只隱約看到她的尖牙和鱗片。

我抽出波濤劍。那怪物又要抓走另一個水手時，我舉劍揮去，但速度完全跟不上。

「所有人都到下面去！」我叫喊著。

「不行！」克蕾莎也抽出她的劍，「下層甲板已經陷入火海了。」

「救生艇！」安娜貝斯說：「快點！」

「搭救生艇不可能避開峭壁，」克蕾莎說：「我們會被吃得一乾二淨。」

「不試試看怎麼知道？波西，你有那個保溫罐。」

「我不能丟下泰森不管！」

「我們得立刻上船！」

克蕾莎接受安娜貝斯的建議，她和幾名鬼水手合力揭開其中一艘急難小艇的覆蓋布。同一時間，錫拉的眾多頭顱如雨點般不停由空中落下，簡直就像長了牙齒的流星雨，把甲板上的水手一個接一個捲走。

「你們搭另一艘船，」我把保溫罐丟給安娜貝斯，「我去找泰森。」

「不行！」她說：「那種高熱會要了你的命！」

我聽不進去。我跑到鍋爐室的艙口，就在這時，我的雙腳突然再也碰不到甲板，整個身體高高飛起，狂風在耳邊呼嘯，峭壁距離我的臉只有幾公分而已。

錫拉好像是抓住了我的背包，把我整個人舉起來，送往她的藏身處。我沒時間多想，只是下意識把波濤劍甩到背後，想盡辦法猛戳她那小珠子般的黃眼睛。她呼嚕一聲把我拋下。

這樣向下墜落已經夠糟了，要知道我現在可是身在三十幾公尺高的地方。就在我掉落的過程中，伯明罕艦在我下方突然爆炸。

轟！

引擎室整個爆開，把整艘裝甲戰艦炸向四面八方，看起來很像燃燒的翅膀。

「泰森！」我急得大喊。

救生艇已經駛離船艦一段距離，但還是不夠遠。著火的碎片如雨點般撒落，安娜貝斯和克蕾莎要不是被東西砸到、燒到，就是被船身下沉的力道扯進船底。那還算是比較樂觀的想法，至少不會落入錫拉手中。

接著，我聽到一種完全不同的爆炸聲。糟了，是荷米斯的神奇保溫罐，顯然是打開得太過頭才會有的聲音。白色狂風往四面八方爆衝出來，不但讓救生艇飛向一旁，也讓我不再向下墜落，轉而推著我橫越過海面。

我看不見任何東西，只是在空中不停旋轉。突然間「咚」的一聲，我的頭撞上一個硬梆梆的東西，隨即衝落水裡。如果我不是海神之子，受到那樣大的衝擊力道，全身的骨頭肯定斷光光。

最後，我只記得自己在燃燒的海中不斷下沉，心裡明白之後再也見不到泰森。眞希望自己能就此淹死，不再需要煩惱。

12 水療度假村

我在一艘小船上醒來。船上張著一面臨時的風帆，是用灰色制服的布料拼湊而成。安娜貝斯坐在我旁邊，依照風向操控著小船。

我試著坐起身，立刻感到一陣天旋地轉。

「休息吧，」她說：「你還滿需要的。」

「泰森……？」

她搖搖頭。「波西，我真的很難過。」

我們兩個都沒說話，只是聽著浪頭上上下下拍打船身。

「他還是有可能活著啊，」她有點心虛地說：「我是說，火又傷不了他。」

我點點頭，但是好像沒什麼道理懷抱希望，我又不是沒看見那場爆炸將堅固的鐵板轟成碎片。如果泰森當時在下面的鍋爐室，他怎麼可能還活著？

他爲我們犧牲了生命，我滿腦子卻是他一次又一次讓我難堪的回憶，那時我甚至不想承認和他有血緣關係。

海浪依然拍打著小船。安娜貝斯給我看她從船艦殘骸中搶救下來的東西，包括荷米斯的保溫罐（已經空了）、一個裝滿神食的封口袋、幾件船員的襯衫和一瓶可樂。她還把我從水中撈起來，而且發現我的背包已經被錫拉的利齒咬成兩半。我背包裡多數東西已經隨波飄走，不過荷米斯的那瓶綜合維他命還在，我的波濤劍也安然無恙；因為不管在哪裡弄丟這枝原子筆，它永遠都會自動回到我的口袋裡。

我們航行了好幾個小時，如今已經身在妖魔之海中。這裡的海水閃爍著一種極其亮麗的綠色，和許德拉噴出的酸液顏色很像。空氣聞起來很清新、帶點鹹味，也帶著一種奇異的金屬氣味。似乎有種暴風雨將至的感覺，或者是某種更危險的情勢。我很清楚該往哪個方向航行，此刻的位置剛好在我們目的地西北西方一百一十三海里處，但知道這點並無法撫慰到我心中悵然若失之感。

無論往哪個方向轉身，太陽似乎都會直射到眼睛。我們輪流吸了幾口可樂，盡可能躲在風帆的陰影下，也聊起我最近一次夢見格羅佛的情形。

根據安娜貝斯的評估，我們必須在二十四小時內找到格羅佛，但前提是我的夢境必須是眞的，而且獨眼巨人波呂斐摩斯沒有改變盡早和格羅佛結婚的心意。

「是啊，」我有氣無力地說：「你絕對不能相信獨眼巨人。」

安娜貝斯呆望著大海。「波西，對不起。是我錯怪泰森了，好嗎？我希望能當面告訴他這句話。」

我很想生她的氣，但很難。我們一起經歷那麼多事，而且她救了我好幾次，生她的氣未免太過分了一點。

我低頭看著身邊僅存的東西，包括空無一物的保溫罐和那瓶綜合維他命。我又想起我和路克談到他爸爸時，他那憤怒的表情。

「安娜貝斯，奇戎說的預言是什麼？」

她抿起嘴唇。「波西，我不應該……」

「我知道奇戎答應天神不會把預言告訴我，可是你又沒有答應他們，對吧？」

「知道的太多對你來說不見得是好事。」

「喂，你媽媽可是智慧女神耶！」

「我知道啊！可是每一次混血英雄得知了自己的命運，都會極力想要改變，但他們從來沒有成功過。」

「天神們是在擔心我長大以後會做的事嗎？」我猜測著，「他們擔心我到了十六歲會做什麼事？」

安娜貝斯拼命扭著手上的洋基棒球帽。「波西，我並不知道完整的預言是什麼，只知道預言是關於三大神的一個混血人子女，他們針對下一個會活到十六歲的孩子提出警告。就是因爲這樣，宙斯、波塞頓和黑帝斯才會在二次世界大戰之後發誓要遵守約定，不再和人類生育任何子女。三大神下一個活到十六歲的子女，將會成爲危險的武器。」

「爲什麼？」

「因爲那個混血英雄將會決定奧林帕斯山的命運。他可以決定究竟是要保留天神統治的時代，或者是摧毀掉它。」

我在心中思索這些話。我不會暈船，這時卻突然覺得全身不對勁。「克羅諾斯去年夏天沒有殺我，也是因爲這個原因。」

她點點頭。「你對他來說非常有用。如果能說服你投靠他那邊，天神就眞的麻煩大了。」

「可是，如果預言說的確實是我……」

「要知道預言說的是不是你，必須看你有沒有辦法活過這三年。對混血人來說，三年可是很長的一段時間。奇戎第一次知道有泰麗雅時，一心以爲她就是預言所說的那個人，所以他才會那麼拼命要護送她回混血營。結果泰麗雅在戰鬥中倒下了，變成一棵松樹，我們沒有人知道該如何是好，一直到你出現爲止。」

船的左側出現一道尖尖的綠色背鰭，大約五公尺長，從水流中穿刺而出，又馬上消失。

「預言中的這個孩子……有沒有可能是……獨眼巨人？」我問她。「三大神也生了很多怪物孩子吧。」

安娜貝斯搖搖頭。「神諭中說是混血人，指的必定是半神半人。以目前來說，確實沒有其他活著的人符合這個預言，除了你。」

「那麼，爲什麼天神還讓我活著呢？殺了我不是比較安全。」

「你說得沒錯。」

「噢，多謝你喔。」

「波西，我不知道啦。我猜有些天神覺得應該把你殺了，但他們可能很怕觸怒波塞頓。至於其他天神呢……也許還在觀望，想要看看你是一個怎樣的英雄，畢竟你也可以是確保他們生存的一件武器啊。真正的問題在於……未來三年內你要做什麼？你會做什麼樣的決定？」

「預言有沒有給任何提示？」

安娜貝斯遲疑了一下。

也許她還想告訴我更多事，但就在這時，有隻海鷗不曉得從哪裡冒出來，突然間俯衝而下，降落在安娜貝斯自製的船桅上。那隻鳥的口中銜著一堆樹葉，然後張開了嘴，任樹葉落到安娜貝斯的腿上，嚇了她一大跳。

「陸地，」她說：「附近有陸地！」

我坐起身來。真的，遠方出現了一長條藍褐色的線。不到一分鐘，就可以看出那是一個島。島的中央有座小山、一群閃閃發光的白色建築物、點綴著棕櫚樹的沙灘，以及擠滿了各色詭異船隻的港口。

海浪繼續把我們的小船往前推，推向那個看起來很像熱帶天堂的地方。

「歡迎光臨！」有位女士對我們說，她手上拿著寫字板。

她看起來很像空服員，身穿藍色套裝，妝容完美，頭髮服服貼貼梳攏在腦後繫成馬尾。

踏上碼頭後，她分別與我們握手，臉上帶著燦爛到不行的甜美微笑，你差點會以爲剛才步下的是安朵美達公主號，而不是那艘隨時要解體的小船。

話說回來，我們的小船並不是港口裡最詭異的一艘船。除了一堆令人欣羨的快艇，這裡還有美國海軍潛水艇、幾艘獨木舟，甚至停泊了一艘舊式的三桅帆船。這裡還有一個直升機停機坪，上面停了架直升機，寫著「羅德岱堡㊾第五頻道」；另外有一條短跑道，停了一架噴射機，還有一架螺旋槳飛機，看起來是二次大戰時期的戰鬥機。也許這些飛機都是複製品，是用來展示給觀光客看的。

「請問兩位是第一次來嗎？」手拿寫字板的女士問我們。

我和安娜貝斯互看一眼。安娜貝斯說：「嗯……」

「第一次……來水療，」女士在寫字板上邊寫邊說：「我看看……」

她從上到下審視我們全身。「嗯，這位年輕淑女先來個全身包敷藥草好了。至於年輕紳士呢，當然得來個全套的美容囉。」

「來個什麼？」我驚訝地問。

她忙著草草記下一些事項，根本沒空回答。

「好啦！」她露出陽光般的開朗微笑說：「來，在等一下的烤豬大餐之前，我相信西西會

㊾羅德岱堡（Fort Lauderdale）是位於美國佛羅里達州的一個城市，濱臨大西洋岸，是知名的海灘度假勝地。

想親自和兩位說說話。請往這邊走！」

唉，又來了。我和安娜貝斯對陷阱已經習以為常，這類詭計剛開始看起來都很好，於是我正期待這位寫字板女士隨時會轉過身，變成一條蛇或惡鬼之類的東西。但另一方面，我們已經在小船上漂流了一整天，我又熱又累又餓，一聽見那位女士說有烤豬大餐，我的胃馬上像小狗一樣用後腳站起來討食。

「我猜應該沒什麼問題吧。」安娜貝斯喃喃說著。

當然很有問題，不過我們還是乖乖跟著那位女士往前走。我把雙手插在口袋裡，那裡面放著我僅剩的魔法武器，就是荷米斯的綜合維他命和我的波濤劍。但愈往度假村裡面走去，我好像下意識開始遺忘那兩樣武器的存在。

這地方眞是太驚人了，放眼所及盡是白色大理石和湛藍泉水。一排排房屋沿著山坡羅列向上，每一層都有游泳池，而且到處都連接著滑水道、瀑布和水底管道，你可以沿著管道在各層之間游來游去。另外還有美侖美奐的噴泉朝空中噴灑出形狀各異的水柱，有的像展翅的飛鷹，有的則像在空中跳躍的飛馬。

泰森最愛馬了，我知道他一定會很愛這些噴泉。我幾乎就要轉身看他臉上驚喜的表情，這時候才猛然驚覺他已經不在了。

「你還好嗎？」安娜貝斯問我。「你的臉色看起來很蒼白。」

「很好啊，」我騙她，「只是……繼續走吧。」

我們一路上也碰到各式各樣溫馴可愛的動物。有一隻海龜趴在一堆海灘巾上打瞌睡，還有一隻花豹在跳水板上伸個懶腰繼續睡覺。度假村裡的客人（我目前只看到年輕女性）三三兩兩窩在躺椅上，有人啜飲著水果冰沙，有人隨意翻閱雜誌，每個人臉上都用藥草敷著臉，旁邊則有身穿白色制服的修甲師幫她們修指甲。

我們繼續沿著樓梯往上走，一直走到看似主建築的地方，這時我聽見一個女人在唱歌。她的聲音隨風飄盪，輕柔得彷彿唱著搖籃曲，而她用的語言聽得出來不是古希臘文，但似乎同樣古老……是克里特島的米諾斯語[50]嗎？好像是，或者是類似的語言。我聽得懂她歌裡的意思，有橄欖樹林裡的月光，以及夕陽的繽紛色彩，還有魔法，或者和魔法有關的事。她的聲音似乎要將我升起，帶離台階，送往她那裡去。

我們終於來到一個大房間，房間前方是整面落地玻璃，後牆則是一大面鏡子，所以整個房間似乎綿延至無窮無盡。房間裡有許多看似昂貴的白色家具，角落有張桌子上放了一個大型的寵物籠。這樣的籠子似乎不應該出現在這裡，但我沒想太多，因爲就在這時，我看見那位唱歌的女士了……哇！

她坐在一台有大螢幕電視那麼大的織布機前，雙手以驚人純熟的技術來回織著五顏六色

[50] 克里特島（Crete）是位於地中海的希臘小島，傳說約西元前三千年，在克里特國王米諾斯（Minos）的統治之後曾發展出米諾斯文明（Minoan civilization），而米諾斯語相傳為當時所使用的語言。

的絲線。她織出的錦緞閃爍著異樣的光彩，圖案像是有著立體的效果。錦緞上的瀑布場景如此真實，我幾乎可以看到水流四處飛濺，雲朵也在布上的天空飄來飄去。

安娜貝斯深吸一口氣，說：「太美了。」

那個女人轉過身，她本人甚至比她織的布匹更美麗。她的黑色長髮編織著金色髮帶，一雙碧眼銳利非常，身上穿著絲質的黑色連身裙，而裙子上似乎有許多動物的影子不斷變換移動，看起來像是鹿群在夜晚森林裡穿梭奔跑。

「親愛的，你喜歡編織嗎？」那女人問。

「喔，夫人，是啊！」安娜貝斯說：「我母親是……」

她突然不說了。你總不能到處嚷嚷說你媽媽是雅典娜，是發明織布機的那個女神。要是那樣，可能很多人都會以爲你瘋了，然後把你關進四面牆壁裝滿泡棉的房間裡。

這位女主人什麼都沒說，只是面露笑容。「親愛的，你的品味很不錯。你們到這裡來讓我很開心。我的名字叫做西西。」

角落籠子裡的動物開始發出尖叫。從聲音聽起來，那些動物必定是天竺鼠。

我們分別向西西自我介紹。她看著我的眼神透露著失望與難過，好像我有某科考試不及格似的。突然之間，我覺得心裡非常難過，不知道爲什麼，我就是很想取悅這位女士。

「喔，親愛的，」她嘆了一口氣，「你眞的很需要我的幫忙。」

「夫人，你的意思是？」我問。

西西呼喚那位身穿套裝的女士。「海拉，帶安娜貝斯到處參觀一下好嗎？帶她看看我們提供什麼樣的服務。衣服是一定要換過的，至於頭髮呢，我的老天爺啊……一定要來個全套的影像諮詢服務，我先和這位年輕紳士談話後就來。」

「可是……」安娜貝斯的聲音聽起來有點受傷，「我的頭髮有什麼不對嗎？」

西西露出親切的微笑。「親愛的小姑娘，你真的很可愛！但是你完全沒有展現出自己的特色和天賦，浪費了多少潛力啊！」

「浪費？」

「唉呀，你現在這副模樣，肯定不會很開心吧！我的老天爺，其實不是只有你這樣，可是別擔心，我們水療度假村可以把每一個人都改造得很棒。海拉會讓你明白我的意思。你啊，親愛的小姑娘，你需要展現出眞正的自己！」

安娜貝斯的雙眼閃耀著渴望的神色，我從沒見過她像現在這樣，思考了很久卻不知道該說些什麼。「可是……那波西呢？」

「喔，這還用說嗎？」西西看著我，一臉苦惱的樣子，「波西需要我親自操刀。他需要下的工夫比你大多了。」

在正常情況下，如果有人對我說這樣的話，我肯定氣炸了，但由於這話出自西西口中，我只是覺得很難過。我讓她失望了，當然得好好研究該怎麼改進才行。

那些天竺鼠又開始尖叫，好像很餓的樣子。

「這樣喔……」安娜貝斯說：「我想……」

「請往這邊走，親愛的。」海拉對她說。於是安娜貝斯隨著她離開，走進那個放眼望去皆是瀑布的水療花園。

西西挽起我的手臂，帶我走向內側的鏡牆。「波西，你也知道……如果要展露潛力，你急需專業的協助。第一步就是要承認現在的樣貌讓你很不開心。」

我站在鏡子前，整個人顯得煩躁不安。我很討厭去想自己的長相，例如在學年一開始從鼻頭冒出的第一顆青春痘、兩顆上門牙長得不整齊、頭髮從來都沒辦法服服貼貼之類的。

聽見西西說的話，讓我這些不好的感覺全都浮現出來，彷彿我在她的顯微鏡底下無所遁形似的。況且我穿的衣服也不夠酷，這點我心知肚明。

那又怎麼樣？有一部分的我是這樣想的。但此刻站在西西的鏡子前，我很難在自己身上看到一丁點好的地方。

「好啦，好啦，」西西安慰我說：「那我們來試試看……這樣吧。」

她彈彈手指，一塊天藍色的簾布垂下來蓋住鏡子。與她織布機上的錦緞一樣，這塊簾布也散發出迷人的光澤。

「你看到什麼？」西西問。

我看著藍色的布幕，不太確定她指的是什麼。「我不……」

然後布幕改變了顏色。我在那裡面看見我自己，應該是我的倒影，卻又不完全是。有個人影在布幕上熠熠發光，那是一個比較酷的波西．傑克森，穿著合適的服裝，臉上也掛著自信的笑容。我的牙齒長整齊了，鼻頭沒有青春痘，健康的膚色曬得恰恰好，體格更健美，說不定還長高了幾公分。那是我，毫無疑問。

「哇，」我應了一聲。

「你想變成那樣嗎？」西西問。「或者應該再試另外一種……」

「不用了，」我說：「那實在……實在太棒了。你眞的可以……」

「我可以幫你來個大改造。」西西很肯定地說。

「有什麼特別的方法嗎？」我說：「還是我得……得吃某種特殊的飲食？」

「噢，不用啦，方法很簡單，」西西說：「只要吃大量的新鮮蔬果，做一套溫和的運動，而當然啦……還有這個。」

她走向房間裡的吧台，倒滿一整杯水，然後撕開一包混合飲料包，將裡面的紅色粉末倒進杯子裡。那杯液體開始發光，而等到光芒漸漸暗去，整杯飲料變得很像草莓奶昔。

「就是這個，取代一次正餐，」西西說：「我敢保證你馬上就會看到效果。」

「怎麼可能？」

她笑了。「爲什麼要質疑呢？我是說，難道你不希望立刻變得完美嗎？」

不知爲什麼，好像有某個東西在我腦子裡喋喋不休。「這個度假村裡爲什麼沒有男生？」

「這個啊，其實有喔，」西西向我保證，「你馬上就會遇到他們了。趕快試試這杯綜合飲料，然後你就知道了。」

我看著藍色布幕，看著那個是我又不是我的影像。

「波西，快點，」西西不耐煩地說：「改造過程中，最困難的部分就是放棄原有的堅持。你得下定決心才行。關於你應該是什麼樣子，你是要相信自己的判斷，還是我的判斷？」

我覺得喉嚨好乾。接著我聽見自己的聲音說：「你的判斷。」

西西露出微笑，把杯子遞給我。我舉起杯子靠近唇邊。

它嚐起來的味道和看起來一樣，就是一杯草莓奶昔。我幾乎是立刻感到一股暖意在體內蔓延開來。一開始覺得很愉快，接著卻熱到很難受，根本是一陣灼熱的痛楚，彷彿那杯飲料在我體內沸騰了。

我痛苦得彎下腰，手上的杯子也掉到地上。「你做了什麼……怎麼回事？」

「波西，別擔心，」西西說：「痛苦會過去的。你看！就像我說的，馬上就有效果囉。」

這眞是個天大的錯誤。

那塊藍色布幕已經拉開，透過鏡子，我看到自己的雙手正不斷縮小、彎曲、長出細長的爪子。我的臉和衣服底下都開始冒出軟毛，從身上每一個你想像得到的地方冒出來，讓我難受極了。我的牙齒也變得又大又重，與嘴巴的大小完全不相稱；我身上的衣服好像變得愈來愈寬鬆，西西則變得愈來愈高大……喔，不對，其實是因爲我縮小了。

在一道刺眼的閃光中，我癱倒在一堆衣服裡，伸手不見五指。原來我被埋在自己的襯衫中。我想逃跑，可是有一雙手抓住我，那手幾乎和我的身體一樣大。我拚命想尖叫喊救命，但從嘴裡發出的聲音竟然是：「吱，吱，吱吱！」

那雙巨掌從我身體中央緊緊抱住我，把我舉向空中。我用雙手雙腳拚命掙扎猛踢，不過四肢好像太短了一點。最後我只能害怕地盯著西西那張碩大無比的臉。

「太棒了！」她發出歡呼聲。我緊張地扭來扭去，但是她的雙手在我毛茸茸的腹部握得更緊。「波西，看到沒？你終於能夠充分展現自我了！」

她把我舉向鏡子，眼前所見的情景讓我更加驚駭地大叫：「吱，吱，吱吱！」鏡中的西西笑得十分燦爛，她的手上握著一隻全身毛茸茸、冒出大暴牙的小動物，四肢長著細小的腳爪，毛色是白色與橘色相間。我一扭動身軀，鏡中那隻毛茸茸的小怪物也同樣扭了起來。我是……我是……

「一隻天竺鼠，」西西說：「好可愛喔，對吧？男人都是豬，波西．傑克森。我以前都把他們變成如假包換的豬，可是豬又大又臭，實在很難養，而且那跟他們原本的樣子也沒什麼不同。天竺鼠就好養多啦！好了，來見見其他男人吧。」

「吱！」我拚命反抗，想要抓傷她，可是西西掐得太緊了，幾乎快把我抓得全身瘀青。

「小傢伙，別再掙扎了，」她怒罵著：「不然我就抓你去餵貓頭鷹！進籠子裡去，要像寵物一樣乖乖的。如果表現得不錯，明天你就會上路啦，總是有某間學校教室需要養隻新的天竺鼠當寵物。」

我的腦袋轉個不停，速度像胸腔裡的小小心臟一樣跳得飛快。我極需鑽回原本穿的衣服裡，那些衣服現在還堆在地上。如果能鑽回去，就可以拿到口袋裡的波濤劍，而且……而且能做什麼呢？我再也沒辦法打開筆蓋了，就算能打開，我也沒辦法握住劍柄。

我無助地吱吱叫，任憑西西把我抱往天竺鼠籠，打開籠門。

「波西，好好遵守我定下的規矩，」她警告我：「這幾隻天竺鼠永遠當不成乖乖的班級寵物，但他們也許能教你一點規矩。他們多半在這籠子裡待了三百多年，如果你不想和他們永遠賴在一起，我建議你……」

安娜貝斯的聲音叫喚著：「西西小姐在嗎？」

西西用古希臘文咒罵了一聲。她把我扔進籠子裡，狠狠關上門。我不停地尖叫、撥動門閂，可是一點用都沒有。只見西西急急忙忙把我那堆衣服踢到織布機下方，趕在安娜貝斯走進房間之前。

我幾乎快認不出安娜貝斯了。她穿著一襲無袖的絲質連身裙，和西西一樣，只不過她是一身白。她的一頭金髮梳洗得清爽乾淨，用金色髮帶紮了起來。但最最可怕的是，她居然化了妝，我從來沒想過安娜貝斯會變得這麼吸引人。我是說，她看起來美極了，真的很美。要不是因為此刻只能發出吱吱聲，看到這樣的她，我恐怕會舌頭打結，說不出半句話。雖然如此，還是有些地方讓我感覺不對勁。那根本不是安娜貝斯。

她環顧整個房間，然後皺起眉頭。「波西呢？」

我奮力叫了一陣，可是她似乎沒聽見。

西西露出微笑。「親愛的，他正在進行一項療程，不用擔心啦。你看起來真是太美了！剛才的參觀行程怎麼樣啊？」

安娜貝斯兩眼發出光芒。「你們的圖書館眞是太棒了！」

「是啊，是沒錯，」西西說：「過去三千年來最棒的知識都在那裡。親愛的，你可以在那裡找到你想學的任何東西，成爲你想當的任何一種人。」

「可以當建築師嗎？」

「啊？建築師？」西西說：「你啊，親愛的，你是當女巫的料啊，就和我一樣。」

安娜貝斯向後退了一步。「女巫？」

「是啊，親愛的。」西西舉起她的手。她的掌心突然出現一團火焰，然後在五個手指尖輪流跳躍。「我的母親是魔法女神黑卡蒂，我一眼就能認出雅典娜的女兒。你和我並沒有很大的差別，我們都喜歡追求知識，也都欣賞偉大崇高的事物，都不需要站在男人的陰影之下。」

「我……我不懂你說的意思。」

我再次用盡全身的力氣大聲尖叫，希望能引起安娜貝斯的注意，但她要不是聽不見，就是沒想到我發出的聲音很重要。就在這時，其他天竺鼠也開始從牠們的窩裡跑出來察看。我從來沒想過會有貌似兇惡的天竺鼠，但眼前這幾隻就是。牠們總共有六隻，身上的毛髒得不像話，牙齒殘缺不齊，小小的紅色眼珠目光銳利。牠們全身沾滿木屑，身上的氣味聞起來果然像在這裡待了三百年，顯然這個籠子從來沒清理過。

「留下來陪我，」西西對安娜貝斯說：「和我一起學習。你可以加入我們的行列，成爲一名女巫，學習讓別人屈服於你的意志，你就能永生不死了！」

「可是……」

「親愛的，你太聰明了，」西西說：「你知道的事情太多，根本不需要依賴那個笨蛋混血營。你能說出多少位偉大的混血女英雄的名字呢？」

「嗯，亞特蘭妲[51]、愛蜜莉亞．埃爾哈特[52]……」

「呸！結果都讓男人搶盡了鋒頭[53]。」西西握住拳頭，那團魔法火焰跟著熄滅了。「唯一讓女人擁有力量的方式便是巫術，像是梅蒂亞、卡呂普索[54]，都是最有力量的女性！還有我，那是當然的啦，我是力量最強大的女巫。」

「你……西西……你是賽西[55]！」

「沒錯，親愛的。」

安娜貝斯不停向後退，惹得賽西一陣狂笑。「你不需要擔心，我不會傷害你。」

「你把波西怎麼樣了？」

「只是讓他認清自己的眞面目囉。」

安娜貝斯連忙掃視整個房間，最後她終於看見籠子。我拼命撥弄門閂，而所有的天竺鼠都圍繞在我旁邊。她張大了眼睛。

「別理他，」賽西說：「來和我作伴，一起學習施展巫術的各種方法吧。」

「可是……」

「你的朋友會受到很好的照顧。我們會送他回國，給他一個很棒的新家，幼稚園小朋友都會很愛他。而在同一時間，你則會變得更聰明、更有力量，得到你想擁有的一切。」

安娜貝斯仍然盯著我看，臉上卻呈現出做夢般的神情。剛才賽西要引誘我喝下天竺鼠奶昔時，我臉上的表情看起來和她一模一樣。我繼續尖叫、亂抓，想要警告她快點振作起來，卻只能感到自己的無能與無力。

「讓我想一下……」安娜貝斯低聲說：「只要……給我一分鐘獨處一下。說聲再見。」

---

51 亞特蘭妲（Atalanta）是希臘神話中善跑的女獵手，曾與傑生和阿爾戈英雄一同前往尋找金羊毛，是隊伍中唯一一名女性。

52 愛蜜莉亞．埃爾哈特（Amelia Earhart）是一九二八年第一位飛越大西洋的女乘客，後於一九三二年成為第一位飛越太平洋的女性飛行員。她在一九三七年挑戰環球飛行，卻於七月自新幾內亞起飛後失去蹤影。

53 這句話是指一般人只記得傑生而不記得亞特蘭妲；只記得首度飛越大西洋的林白，而不記得埃爾哈特。

54 卡呂普索（Calypso）是擎天神阿特拉斯（Atlas）的女兒，她住在海洋邊緣的奧吉吉亞島（Ogygia）上。奧德修斯的船被宙斯的閃電劈毀後，他漂流到奧吉吉亞島，與卡呂普索共度十年光陰，卡呂普索願意給奧德修斯不死之身，但奧德修斯思念家鄉的妻子，還是放棄永生回到家鄉。

55 賽西（Circe）是希臘神話中最著名的女巫，法力高強。她會用魔法和藥草把人變成各種動物。奧德修斯航行到埃厄島（Aeaea）時，他的同伴就曾被賽西變成豬。

「沒問題，親愛的，」賽西柔聲說著：「就一分鐘。噢，我想你需要完全的隱私……」她揮了揮手，窗戶外面立刻落下一道道鐵柵欄。她旋風般走出房間，我可以聽見房門在她背後「喀啦」一聲鎖上。

安娜貝斯臉上做夢般的神情消失得無影無蹤。

她衝到我的籠子旁。「好，你是哪一隻？」

我尖叫一聲，但其他天竺鼠也跟著亂叫一通。安娜貝斯一副快昏倒的樣子。她連忙掃視房間，發現我的牛仔褲管從織布機底下露出來。

太好了！

她趕緊衝過去，伸手在口袋裡翻找。

但她拿出來的不是波濤劍，而是荷米斯給我的綜合維他命，只見她努力想把蓋子旋開。

我眞想對她尖聲大叫，現在可不是吃保健食品的時候啊！她應該要拿出我的劍才對！

她扔了一顆檸檬口味的維他命到嘴裡，正好趕上賽西走回來打開房門，旁邊還跟著兩位身穿套裝的服務員。

「哎呀，」賽西嘆了一口氣，「一分鐘過得還眞快。親愛的，你想好答案了嗎？」

「答案是這樣。」安娜貝斯一邊說，一邊抽出她的青銅刀。

女巫向後退了一步，但她驚訝的神色只出現一下就消失了。她冷冷地哼了一聲。「眞的嗎，小女孩？你要用刀子對付我的巫術？這樣做聰明嗎？」

賽西轉頭看了兩個服務員一眼。她們微笑著，然後舉起雙手，準備施展巫術。

快跑！我眞想對安娜貝斯這樣說，但喉嚨裡只能發出齧齒類的吱吱聲。其他天竺鼠也奮力鬼叫，繞著籠子不停狂奔。面對這樣的狀況，我嚇到好想立刻躲起來，但是不行，我得趕緊想點辦法！我再也不能失去安娜貝斯，就像我眼睜睜失去泰森一樣。

「安娜貝斯經過改造會變怎樣呢？」賽西嘀咕著：「可能會變得又小又易怒吧。啊，我知道了……是像潑婦一樣的鼩鼱[56]！」

她的指尖盤繞了一圈圈的藍色火焰，火焰如大蛇一般纏住安娜貝斯。

我眼巴巴望著，驚恐萬分，但好像什麼事也沒發生。安娜貝斯還是原來的安娜貝斯，只是更加憤怒了。她向前跳去，以刀尖指著賽西的脖子。「把我變成憤怒的豹子如何？這樣才可以用牠的爪子掐住你的喉嚨！」

「怎麼會這樣？」賽西氣得大喊。

安娜貝斯舉起手上的維他命瓶給女巫看。

賽西大吼一聲，聽起來很受挫。「荷米斯和他的綜合維他命去死吧！那些玩意兒不會永遠有效，它們根本幫不上你的忙！」

---

[56] 鼩鼱是哺乳動物中食蟲目的統稱，吻部尖長，外型雖有點像老鼠，但和老鼠所屬的齧齒目不同類。英文中的鼩鼱（shrew）亦有潑婦的意思。

「把波西變回人類，否則你就完了！」安娜貝斯說。

「辦不到！」

「那麼你就是自討苦吃。」

賽西的兩個服務員走向前，但她們的女主人說：「退後！巫術現在對她沒有效，要等到那顆天殺的維他命在她嘴裡化掉。」

安娜貝斯拉著賽西走到天竺鼠籠子前，敲敲籠子上方，然後把剩下的維他命全倒進去。

「不！」賽西尖叫著。

我第一個撿到維他命，其他的天竺鼠也全都跑出來，想看看今天這種新食物。

咬了第一口之後，我覺得肚子快要燒起來了。我繼續咬那顆維他命，直到它看起來不再那麼大一顆，這時候籠子也開始變小。突然間，「砰！」的一聲，籠子竟然炸開了。我發現自己坐在地上，再度變回人樣，而且還不知怎麼的就變回我平常穿的衣服裡，真是謝天謝地。除此之外，房間裡還有另外六個男人，全都看起來暈頭轉向、眨著眼睛，而且拼命搖著頭，想把頭髮裡的木屑甩乾淨。

「不！」賽西再度尖叫。「你不懂！這下糟了！」

其中一個男人站起來。他是個大塊頭，黑漆漆的鬍子又長又亂，嘴裡的牙齒也和鬍子一樣黑。他身穿完全不搭的毛衣和皮衣，腳套著及膝長靴，頭上還戴了鬆垮垮的帽子。其他幾個人則穿得比較簡單，一身白襯衫和馬褲的勁裝，不過全都光著腳沒穿鞋。

「唉呀呀！」大塊頭男人氣得大吼：「看那女巫是怎麼對待我的！」

「不！」賽西哀哀叫著。

安娜貝斯倒抽了一口氣。「我認得你！你是愛德華．蒂奇[57]，阿瑞斯的兒子？」

「沒錯，小姑娘。」大塊頭吼著。「不過大家都叫我黑鬍子！兄弟們，就是這女巫把我們關起來，快點殺了她，然後我要幫自己弄一大碗芹菜！唉呀呀呀！」

賽西又尖叫起來。她和那兩個服務員衝出房間，後面幾個海盜緊追不捨。

安娜貝斯把刀子插回刀鞘，直盯著我看。

「謝啦……」我結結巴巴地說：「眞的很抱歉……」

在我還來不及想出該怎麼爲自己的白痴行爲向她道歉之前，她突然一把抱住我，然後又像觸電似的把我推開。「看到你不是天竺鼠，我就很高興啦。」

「我也是。」希望我的臉沒有感覺起來那麼紅。

她一把扯掉頭上的金色髮帶。

「走吧，海藻腦袋，」她說：「得趁賽西沒空理我們的時候趕快走。」

我們沿著一層層露台往山下跑，穿過一群群尖聲怪叫的水療師，而那群海盜正在度假村

---

[57] 愛德華．蒂奇（Edward Teach, 1680-1718）是著名的英國海盜，綽號黑鬍子，是歷史上最惡名昭彰的海盜之一。他驍勇善戰、殘酷無情，以人骨圖案為旗號。

裡大肆破壞。黑鬍子那幫人拔下烤豬大餐用的火炬，把藥草敷料扔進游泳池，還把一整堆浴巾用力踹翻。

將那些胡作非為的海盜放出來，我差點覺得很有罪惡感，但轉念一想，他們困在籠子裡已經三百年了，每天只能跑跑滾輪當作運動，因此這些娛樂性高一點的活動是他們應得的。

「要坐哪一艘船啊？」安娜貝斯說。我們很快便跑到碼頭了。

我伸長脖子四處張望。原本的小船並不是很好的選擇，此刻最好能快點離開這個小島，但我們還能選哪種方式呢？潛水艇嗎？還是噴射戰鬥機？那些東西我都不會駕駛。然後，我看到它了。

「那邊。」我說。

安娜貝斯不可置信地眨眨眼。「可是……」

「我可以讓它動起來。」

「怎麼弄？」

我沒辦法解釋。不曉得為什麼，我就是知道舊式的帆船最適合我，於是我抓起安娜貝斯的手，拖著她走向那艘三桅帆船。船頭漆著這艘船的名字，我過了好一會兒才弄懂那幾個字的意思：安妮皇后復仇號[58]。

「唉呀呀！」黑鬍子從我們背後某處叫著：「那兩個飯桶南方佬要上我的船啦！兄弟們，別讓他們逃掉！」

「絕對來不及開走啦！」我們一邊登船，安娜貝斯一邊急得大叫。

我看著船上那堆糾纏得亂七八糟的船帆和繩索。以一艘三百歲的船來說，這艘船的狀況算是很不錯了，但是要能夠行船，恐怕需要一整組船員花上五、六十個小時好好整修一番才有可能，然而我們沒有那麼多時間。眼看那群海盜正沿著階梯跑下來，雙手揮舞著烤豬用的火炬和一把把芹菜。

我閉上雙眼，專心想著不斷拍打船身的海浪，想著一道道海流，想著在身邊不斷吹拂的陣陣微風。突然之間，我的腦海浮現出正確的字眼。「後桅！」我大吼一聲。

安娜貝斯看著我，顯然覺得我瘋了，但過沒幾秒，空氣中突然充滿了繩索用力抽緊的咻咻聲，船帆伸展開來，一堆木製滑輪開始嘎嘎作響。

安娜貝斯猛地壓低身子，因為有一條纜繩突然飛過她頭頂，自動纏繞住船首的桅杆。「波西，怎麼會這樣……？」

我也不知道答案，但我感覺得到這艘船在回應我，彷彿是我身體的一部分。我憑意志力就能指揮船帆向上升起，簡單到就像彎曲自己的手臂一樣。接下來，我讓方向舵開始轉動。

就這樣，「安妮皇后復仇號」搖搖晃晃地離開碼頭，等到那群海盜終於衝到岸邊時，我們已經離岸邊很遠了，朝向妖魔之海揚帆而去。

---

58 安妮皇后復仇號（Queen Anne's Revenge）是黑鬍子愛德華．蒂奇的海盜船。船上擁有強大的火力，誰都不敢招惹。

13 賽蓮的小島

我終於找到眞正在行的事了。

安妮皇后復仇號會回應我的每個指令，我完全知道要升起哪條繩索、該張起哪一面帆，也曉得該往哪個方向前進。我們大約以十節的速度破浪前進，沒錯，我甚至知道船速多快。以帆船來說，這樣的速度快得嚇死人。

一切感覺都很順。風吹在臉上，船頭持續劃破浪頭向前疾駛。

然而遠離危險之後，我滿腦子想的都是我有多麼思念泰森，以及我有多麼擔心格羅佛。

除此之外，對於先前在賽西島上那一團混亂，我也一直難以釋懷。當時要不是有安娜貝斯，此刻我還是一隻天竺鼠，畏畏縮縮躲在木屑窩裡，旁邊還圍繞著一群可愛而毛茸茸的海盜朋友。我想起賽西說的話：「波西，看到沒？你終於能夠充分展現自我了！」

隱隱約約中，我覺得自己好像還沒變回來。倒不是因爲突然想吃萵苣，而是覺得自己很神經質，那就像一種直覺，彷彿「嚇壞的小動物」已經變成我體內不可分割的一部分。或者說那部分其實一直都在。那才是眞正讓我煩惱的事。

我們在黑夜裡繼續航行。

安娜貝斯想幫我分擔一點守望警戒的工作，但這艘船並不會聽她的話。經過幾小時的起伏搖晃，她的臉色變得像墨西哥酪梨醬一樣青，只好跑到下面船艙，找張吊床躺下休息。

我繼續望著遠方的地平線，期間不只一次看到怪物出沒。一下子是海面上噴出一道高如摩天大樓的巨大水柱，在月光下閃閃發光；一下子又看到一排綠色的脊刺從浪中滑過，那排刺足足有三十多公尺長，八成是某種爬蟲類，但我實在不想知道。

我也曾看見一群光彩耀眼的海精靈。我興奮地猛揮手，但她們立刻沉入深邃海中，我也搞不清楚她們究竟有沒有看見我。

午夜之後不知何時，安娜貝斯回到甲板上。我們正要通過一個持續冒煙的火山島，岸邊的海水不斷湧出大量氣泡與蒸汽。

「那也是火神赫菲斯托斯的鐵工廠之一，」安娜貝斯說：「他就是在這種地方製造出那些金屬怪物。」

「就像攻擊混血營的噴火銅牛嗎？」

她點點頭。「繞過去，繞遠一點。」

她的意思夠清楚了，根本就不需要說兩次。我讓船頭轉而遠離小島，過沒多久，那地方就只是我們背後一團紅通通的朦朧薄霧。

我看著安娜貝斯。「你那麼恨獨眼巨人的原因……就是泰麗雅眞正的死因吧。到底發生了什麼事？」

四周一片黑暗，我很難看清楚她臉上的表情。

「我想你應該要知道一下。」她最後終於說：「那天晚上，格羅佛護送我們去混血營，可是他迷路了，轉錯了好幾個彎。你還記得他曾跟你提過這件事吧？」

我點點頭。

「唉，最要命的那個轉彎，就是在紐約的布魯克林闖進一個獨眼巨人的巢穴。」

「布魯克林居然有獨眼巨人？」我驚訝地問。

「你一定不相信竟然有那麼多，但那不是重點。這個獨眼巨人騙術高超，他把我們趕進一棟老屋子，那裡的走廊簡直像迷宮一樣，而我們全都走散了。然後他可以模仿任何人講話的聲音，波西，就像泰森在安朵美達公主號那樣。他用模仿的聲音誘惑我們，一個一個來，於是泰麗雅以爲她是衝去救路克，而路克以爲聽見我尖叫著喊救命。至於我……我在黑暗中，獨自一個人。那時候我只有七歲，不管怎麼樣就是找不到出口。」

她撥開臉上的一綹髮絲。「我記得後來終於找到一個大房間，地板上到處是骨頭，而且泰麗雅、路克和格羅佛都在那兒，全身被繩索綁緊，嘴巴也塞住，像煙燻火腿一樣從天花板垂掛下來。那個獨眼巨人正在房間中央升起一個火堆。我抽出刀子，但他聽見我發出的聲音，轉過頭來對我微笑。他開始說話，不知道爲什麼，他竟然知道我爸的聲音，我猜他可能會從我腦子裡探到什麼東西吧。總之他說：『乖，安娜貝斯，不要擔心，我很愛你喔，你可以和我一起住在這裡，愛住多久就住多久。』

我聽得全身發抖。即使是現在，都已經過了六年，她講的事情還是讓我嚇個半死，比我聽過的任何一個鬼故事都要恐怖一萬倍。「那你怎麼辦？」

「我拿起刀子，往他的腳刺下去。」

我瞪著她說：「你是開玩笑的吧？你只有七歲，而你用刀子往一個成年獨眼巨人的腳上刺下去？」

「喔，他本來要殺我，可是這下子我眞的嚇到他了，於是我就有時間跑到泰麗雅旁邊，把綁住她雙手的繩子給割斷，從那之後就由她掌控全局。」

「是沒錯，可是……安娜貝斯，你眞的很勇敢耶。」

她搖搖手。「我們幾乎沒辦法活著走出那裡。波西，我到現在都還會做惡夢，夢見那個獨眼巨人用我爸的聲音說話。就是因爲他，我們才會耗費那麼多時間抵達混血營，在我們後面追趕的怪物也才有足夠的時間追上來，正是因爲這樣，泰麗雅才會死掉。要不是那個獨眼巨人，她到今天還會活得好好的。」

我們坐在甲板上，看著海克力士的武仙座緩緩升上漆黑夜空。

「去下面吧，」最後安娜貝斯對我說：「你得休息一下。」

我點點頭。我的眼皮愈來愈重，但是我走進下面船艙，找到一張吊床躺下來，卻還是花了很長一段時間才睡著。我不斷想著安娜貝斯訴說的事，也不禁想著，如果我是她，在經歷過那些可怕的事，我還會不會有足夠的勇氣踏上這趟征途，直接航向獨眼巨人的巢穴？

這一次，我沒有夢見格羅佛。

我夢見自己回到路克在安朵美達公主號的指揮室。四周的窗簾全數打開，外面的夜色深濃，空氣席捲翻騰，暗影幢幢。我四周盡是低沉的耳語聲，全都是死者的魂魄。

「要小心哪，」他們低聲說著：「陷阱。詭計。」

克羅諾斯的金色石棺微微發著光，是這房間裡唯一的光源。

一陣冷冷的笑聲嚇了我一跳，彷彿是從船身底下好幾公里的地方發出來的。「年輕人，你沒有那樣的勇氣，你阻止不了我的。」

我很清楚自己該做什麼，我必須打開那個石棺。

我抽出波濤劍。眾多鬼魂在我四周圍繞迴旋，很像一道龍捲風。「小心哪！」

我緊張得心臟怦怦跳，雙腳也沒辦法移動，但是我非得阻止克羅諾斯不可。無論那石棺裡的東西是什麼，我都必須摧毀他。

然後有一個女孩的聲音在我旁邊說：「海藻腦袋，是怎樣啦？」

我轉頭一看，本來以為會看到安娜貝斯，然而不是。那女孩一身龐克風格的打扮，手腕戴著銀鍊；她有一頭黑色亂髮，狂野的藍色眼睛四周畫著黑色眼線，臉上還有一大片雀斑分佈在鼻頭兩側。她看起來很眼熟，但我不曉得為什麼。

「怎樣啦？」她問：「我們到底要不要阻止他？」

我無法回答。我動彈不得。

那女孩翻了個白眼。「好吧，就交給我和神盾『埃癸斯』[59]吧。」

她輕拍手腕，銀鍊開始變形……先是變得扁平，然後伸展成一面巨大的盾牌。盾牌是用銀和青銅兩種金屬打造而成，正中央還有蛇髮女怪梅杜莎的可怕臉龐浮凸出來，看起來像是用死者的臉做成的面具，彷彿是用蛇髮女怪的頭顱直接壓入金屬做成的。我不知道是否眞的是那樣做出來的，也不知道那面盾牌會不會讓我變成石頭，但爲了保險起見，我還是轉頭看別的地方。光是站在它旁邊，我已經嚇得渾身發冷。我有種感覺，如果拿這面盾牌去打仗，根本不必費太大的勁，因爲神智清楚的敵人早就抱頭鼠竄逃命去了。

那女孩抽出她的劍，大步走向石棺。眾多鬼魂的暗影讓出一條路，紛紛避開她手上盾牌發出的清冷駭人光芒。

「不要去。」我想警告她。

但她充耳不聞，繼續大步走到石棺旁邊，把金色的棺蓋推開。

有好一陣子，她只是站著不動，試著想看清楚石棺裡面到底有什麼。

石棺開始發光。

---

[59] 埃癸斯（Aegis）是宙斯擁有的神盾。英雄柏修斯砍下蛇髮女怪梅杜莎的首級，獻給雅典娜，於是雅典娜將梅杜莎的頭嵌在神盾「埃癸斯」的中央。

「不，」女孩的聲音抖個不停，「不可能。」

克羅諾斯的笑聲從海洋最深處傳來，他笑得那麼大聲，令整艘船都爲之震盪。

「不！」女孩尖叫著，而那石棺突然爆出一道金色光芒，將她整個人呑沒。

「啊！」我猛然起身，這才發現自己躺在吊床上。

安娜貝斯正想把我搖醒。「波西，你在做惡夢，而且你得起床了。」

「什……什麼事？」我揉揉眼睛。「發生什麼事？」

「陸地，」她表情嚴肅地說：「我們快要靠近海中女妖賽蓮60的小島了。」

我幾乎分辨不出眼前有小島，那只能算是霧中的一個小黑點吧。

「我要你幫我一個忙，」安娜貝斯說：「那些賽蓮女妖……我們很快就會進入她們歌聲的範圍了。」

我立刻想起有關賽蓮的故事。她們的歌聲實在太甜美、太迷人，路過的水手無不被她們迷得團團轉，最後奮不顧身邁向死亡。

「放心啦，」我向她保證，「我們可以把耳朵塞住，底下的船艙有一大桶白蠟……」

「我想聽她們的歌聲。」

我眨眨眼睛，簡直無法相信。「爲什麼？」

「人們說，賽蓮女妖會唱出你心底最深的渴望。她們訴說的事情與你息息相關，甚至連你自己都不知道有這些事，這正是最令人著迷的地方。如果你聽完她們唱的歌還能活下來……你就會變得更有智慧，所以我想聽她們究竟唱些什麼。你覺得這種機會很常有嗎？」

換作其他人，這樣做可能毫無意義，但安娜貝斯是如此特別……這麼說好了，如果她能啃得下那一大堆古希臘建築書籍，而且最喜歡看歷史頻道的紀錄片節目，我猜賽蓮女妖應該也很吸引她吧。

她把先前想好的計畫告訴我。雖然心不甘情不願，我還是幫她準備就緒。

一等到小島的海岸線映入眼簾，我就命令船上一條繩索繞過安娜貝斯的腰，把她緊緊綁在船頭的桅桿上。

「千萬別把我鬆開，」她說：「無論發生什麼事，無論我多麼苦苦哀求都一樣，否則我會想要直直游過去，還沒游到岸邊就淹死了。」

「你是想要向我告白嗎？」

「哈哈。」

我答應會確保她的安全。然後我切下兩塊白蠟，用手捏成耳塞的形狀，把我的兩邊耳朵都緊緊塞住。

60 賽蓮（Siren）是半人半鳥的女妖，會飛降在小島或礁岩上唱歌，誘引航海的水手失神傾聽，因而使船舶觸礁沉沒。

安娜貝斯誇張地點點頭，想讓我知道那兩個耳塞實在很炫，絕對會引爆一陣流行。我朝她做個鬼臉，然後轉身走向舵輪。

全然的寂靜實在很詭異。除了腦袋裡的血流聲，我聽不見任何聲音。這時我們慢慢靠近小島，利齒狀的岩石從濃霧中隱約現身。我憑著意志力讓安妮皇后復仇號從旁邊繞過小島。如果航行得太靠近，那些有如果汁機葉片般的鋒利岩石會把船身切成碎片。

我回頭看著安娜貝斯。剛開始似乎一切正常，接著她臉上突然閃過一絲困惑的神情，然後睜大了雙眼。

她開始拼命想要掙脫繩索。她喊著我的名字——我是從她嘴唇的形狀看出來的。她的表情清楚地表示著：她非掙脫束縛不可，這是攸關生死的時刻，我非得讓她脫離繩索的束縛才行，而且立刻就要。

她看起來實在太可憐了，想要狠下心腸不理會她的要求實在很困難。

我強迫自己不再看她，只是催促安妮皇后復仇號航行得快一點。

此刻我還是看不清楚小島的全貌，只看見大霧和岩石，不過水裡漂著許多木頭和玻璃纖維的碎片，全都是老舊船隻的殘骸，甚至還有一些飛機的襯墊隨波漂蕩。

光憑一點音樂，為何能讓這麼多人改變航向呢？我是說，沒錯，有些排行榜前四十名的歌曲會讓我像著魔一樣跟著亂吼亂叫，但還是……那些賽蓮女妖究竟能唱出什麼名堂？

有那麼危險的一刻，我突然能夠理解安娜貝斯的好奇心。我也很渴望拿掉耳塞，只要稍微淺嘗一下那些歌聲就好。我可以從船板的震動感覺到女妖的歌聲，伴隨我耳中規律的血流脈搏一起震盪。

安娜貝斯拼命哀求我，大顆大顆的淚珠順著她的臉頰滑落。繩索把她緊緊扯住，彷彿絕不讓她碰觸到她所心心念念的一切。

「你怎麼可以這麼殘忍？」她似乎這樣哀求我。「我以爲你是我的朋友。」

我看了一眼那個霧中島嶼，很想抽出波濤劍，然而眼前沒有任何東西能讓我決一死戰。你要怎麼跟一首歌曲作戰呢？

我拼命忍住不要再看安娜貝斯，大概忍了有五分鐘之久。

這眞是個天大的錯誤。

等到再也忍不住時，我回頭一看，這才發現……眼前只剩下一團切斷的繩索。船桅邊空無一人，安娜貝斯的佩刀棄置在甲板上。不知道她是怎麼辦到的，總之她大概是經過一陣掙扎後終於摸到那把刀。我之前完全忘記要叫她把武器交出來。

我趕緊衝到船邊，看見她瘋狂踩水游向小島，海浪推著她，直直朝那些銳利岩石游去。

我高聲叫喊她的名字，但就算她聽見了也沒用。此刻她完全著了魔，一心一意只想奮勇游向生命的終點。

我回頭看著方向舵，大喊一聲：「慢下來！」

然後就從船側跳下去。

我衝進水裡，接著以意志力號令海流圍繞著我製造出一道急流，載著我向前衝。浮出水面後，我找到安娜貝斯的位置，但有一道海浪托著她，將她帶進兩塊尖銳如犬齒般的岩石間。

我已經別無選擇，只能跟在她後面拼命游。

一路上，我先潛水繞過一艘快艇的殘骸，還得迂迴穿過一堆繫著鍊條的金屬浮球，後來才發現那些東西是水雷。我得用盡全身力氣與浪頭搏鬥，才不至於一頭撞上岩石，或者纏進水面下一大團帶刺的綿密魚網。

奮力穿越兩排犬齒狀的岩石後，我發現自己置身於一個半月形的海灣，這片水域擠滿了更多的岩石、船身殘骸和水雷，而遠方的沙灘佈滿了黑色的火山岩碎屑。

我急著尋找安娜貝斯的身影。

啊，她在那裡！

不知是幸或不幸，她是個超強的游泳高手，輕輕鬆鬆便通過四周的水雷和岩石，而且快要游到黑色沙灘了。

這時，濃霧忽然散開，我看到她們了……那些賽蓮女妖。

想像一下一群長得跟人一樣大的禿鷹，有著髒兮兮的黑色羽毛、灰色利爪、皺巴巴的紅色脖子；再想像一個個人頭裝在那些脖子上，不過那些人頭會一直變來變去，真是詭異到了極點。

我聽不見聲音，但看得出來她們正在唱歌。隨著嘴形不斷變換，她們的臉形也變成我認識的一些人，有我媽、波塞頓、格羅佛、泰森和奇戎，都是我最想見到的人。他們笑著安慰我、鼓勵我，邀請我游到他們那邊去；但是不管臉形怎麼改變，她們的嘴巴依舊油油髒髒，臉上也沾滿了以前食物的碎塊。就像禿鷹一樣，她們必定是把整張臉埋進食物裡，而且吃的東西絕對不像「怪物甜甜圈」那麼單純。

安娜貝斯繼續朝她們游去。

我知道絕對不能讓她率先離開水域。海洋是我唯一的優勢，它總會以某種方式保護我。於是我加速向前游，緊緊抓住她的腳踝。

就在碰到她的那一刻，一陣電流般的衝擊傳遍我全身，我突然看到了安娜貝斯眼中的賽蓮女妖。

有三個人坐在紐約中央公園的野餐毯上，他們之間滿是豐盛的食物。我認出其中一個人是安娜貝斯的爸爸，她讓我看過照片。他看起來體格健美，黃褐色的頭髮，大約四十歲。他和一位美麗的女子緊握雙手，那女子長得很像安娜貝斯，雖然打扮得很隨意，只是藍色的牛仔褲、牛仔上衣配上登山鞋，卻依然散發出某種莫名的力量。我知道眼前所見正是女神雅典娜，而坐在他們旁邊的是一個年輕人……是路克。

整個場景散發出一種溫暖、甜膩的氣氛。那三個人不斷談天說笑，等他們看到安娜貝斯，每個人臉上更是洋溢著喜悅的光芒。安娜貝斯的爸媽展開雙臂熱烈歡迎她，路克也開心地咧嘴笑，作勢要安娜貝斯到他身旁坐下。他的模樣彷彿從來沒有背叛過安娜貝斯，彷彿還是她的朋友。

而在中央公園群樹上方，你可以看到高聳的城市天際線。我驚訝到差點無法呼吸，因爲那是紐約的曼哈頓，卻又不完全是。那城市看似整個重建過，以令人目眩神馳的白色大理石建設而成，比以前更加高聳、更加雄偉，放眼望去盡是金色窗戶與屋頂花園。那城市比紐約更美好，甚至比奧林帕斯山更棒。

我立刻就明白了，那全是由安娜貝斯設計的。她是那個全新世界的總建築師，她讓父母復合，也拯救了路克。她在那裡實現了心中所有的想望。

我用力地眨眨眼。等到再次張開眼睛時，眼前只剩下賽蓮女妖，又是那幾個長了人類臉孔的醜陋禿鷹，正準備要抓住另一個受害者大吃特吃。

我將安娜貝斯用力往後扯，把她拖進浪裡。雖然聽不見她發出的聲音，但我感覺得到她在尖叫。她朝我的臉踢了一腳，但我沒有放手。

我靠著意志力指揮海流，請海流載著我們離開海灣，但安娜貝斯對我拳打腳踢，讓我很難集中精神與注意力。她那樣不分青紅皀白地瘋狂痛毆我，害我們差點撞上一顆水雷。我實在不知道該怎麼辦了，再這樣下去，很可能永遠也沒辦法回到船上。

我拉著安娜貝斯潛入水中，她突然停止掙扎，表情變得十分困惑。然而，等我們浮出水面，她又開始拼命捶打我。

是水！一到了水底，聲音就沒辦法像在空氣中那樣傳遞。如果我能把安娜貝斯壓在水裡夠久，應該就可以破除音樂的魔咒了。當然啦，那樣一來安娜貝斯就呼吸不到空氣，但在這緊要關頭，那似乎是個微不足道的小問題。

我用雙手環抱她的腰，命令海浪把我們往下帶。

我們像子彈一樣射入海洋深處……三公尺……六公尺。我知道這個過程必須很小心，因爲我能承受的水壓比安娜貝斯高很多。她繼續拼命掙扎，但這次是想要呼吸新鮮的空氣，於是我們四周滿是她呼出的氣泡。

氣泡。

我只能孤注一擲了，無論如何一定得保住安娜貝斯的性命。我開始想像大海裡所有的氣泡，想像氣泡不斷湧現、往上浮升，想像那些氣泡全都聚集在一起，朝我這邊湧過來。

大海還眞的奉命行事了。突然間，我們四周湧出一大團白色的東西，弄得我渾身發癢，而等到視線終於變清晰，已經有一個超級巨大的氣泡裹住我和安娜貝斯，我們只有雙腳露在氣泡外面負責打水。

安娜貝斯又咳又喘，全身不停顫抖。等她終於能定睛看著我，我知道魔咒已經破除了。她開始哭，我指的是那種極度心碎的哭泣。她把頭靠在我的肩膀上，我也繼續抱著她。

魚群聚集在我們身邊。有一大群梭魚，還有一些好奇的槍魚。

「走開！」我對牠們說。

魚群一哄而散，但我感覺得到牠們走得心不甘情不願。牠們有什麼企圖，我還會不了解嗎？這下子，整個大海一定會開始傳遞最新的八卦，說什麼海神的兒子和某個女生在賽蓮灣的海底卿卿我我。

「我會帶你回到船上，」我對她說：「你放心，只要抓緊就好。」

安娜貝斯點點頭，讓我知道她好多了，然後她開始喃喃訴說一些事，可是我聽不見，因爲我還戴著蠟質耳塞。

我們像是一艘奇異的小小潛水艇，任由海流推著向前進，就這樣穿越無數的岩石和帶刺魚網，最終回到安妮皇后復仇號船邊。船隻正以定速慢慢航行，逐漸遠離小島。

我們繼續留在水底跟著船走，一直待到我認爲已經脫離賽蓮歌聲的範圍才浮出水面，裹住我們的氣泡也就「噗」一聲破掉了。

我命令一道繩梯從船側垂下來，然後兩個人攀著繩梯爬上船。

這時我仍戴著耳塞以防萬一。我們繼續航行，直到小島終於離開視線。安娜貝斯坐在前甲板，整個人蜷縮在毛毯裡。最後她抬起頭，眼神茫然而悲傷，以嘴形說出：「安全了。」

我拿掉耳塞。沒有人唱歌。下午時分異常寧靜，唯有海浪持續拍打船身的聲音。濃霧悉數散盡，頭頂上放眼望去盡是藍天，彷彿賽蓮小島從來不曾存在過。

「你還好嗎？」我問，但話一出口，我就明白這句話聽起來多麼可笑。她當然很不好。

「我完全沒想到。」她喃喃說著。

「什麼?」

她的眼眸灰撲撲的,很像籠罩著賽蓮小島的那片濃霧。「渴望的力量竟然這麼強。」

雖然看過賽蓮女妖對她承諾的美好願景,但我不太想對她說實話。我覺得自己像是擅自闖入的傢伙,然而我也明白,她應該要知道眞相。

「我看見你重建的曼哈頓了,」我對她說:「還有路克,以及你父母。」

她臉紅了起來。「你都看見了?」

「路克在安朵美達公主號對你說的那些話,關於從頭開始重建這世界……那對你眞的很有吸引力吧?」

她把裹著身體的毯子又拉緊一點。「這是我的致命傷,所以賽蓮女妖才會秀這個給我看。我的致命傷就是妄自尊大。」

我皺起眉頭。「旺什麼……你是說,拜拜的時候用的那個嗎?」

她翻了個白眼。「拜託,海藻腦袋,那是旺旺仙貝啦。妄自尊大比較不好。」

「什麼東西比旺旺仙貝不好?」

「波西,妄自尊大指的是太過驕傲。就是覺得自己比別人做得更好……甚至比天神好。」

「你會那樣覺得喔?」

她低下頭。「你難道沒有想過,如果這世界到最後搞得一團亂,那該怎麼辦?如果我們能夠全部從頭開始呢?不再有戰爭,不再有人無家可歸,不再有暑假閱讀作業。」

「繼續說。」

「我是說，西方文明代表了人類的智慧結晶，正因如此，火焰才會繼續燃燒，奧林帕斯山也才會繼續存在。但有些時候，你眼中所見盡是缺點，懂嗎？於是你開始認同路克的看法：『如果可以把這一切全部毀掉，我會做得比以前更好。』你從來沒有這樣想過嗎？譬如說，假使由你來統治這個世界，你可以做得更好？」

「嗯……從來沒有。如果由我來統治世界，那肯定是惡夢一場。」

「那麼你還滿幸運的，妄自尊大不是你的致命傷。」

「那我的致命傷是什麼？」

「我不知道，波西，可是每個英雄都有自己的致命傷。如果你沒有把它找出來，學著好好控制……唉，他們會說『致命傷』可不是隨便說說而已。」

我在心裡反覆思索這幾句話。她的話讓我高興不起來。

而我也發現，安娜貝斯不太願意提起她想改變的私事，像是讓她父母復合，或是拯救路克等等。這我可以理解。不管夢過幾次自己的父母終於復合，我也不想承認。

我在心裡想像我媽，想像她獨自一人住在紐約上東區的小公寓。我試著回想廚房裡她做的藍色鬆餅的氣味。那些似乎已經非常遙遠。

「所以……那樣做值得嗎？」我問安娜貝斯，「你有沒有覺得……比較有智慧了？」

她凝望著遠方。「我也不知道。不過我們得拯救混血營。如果不阻止路克……」

她不需要把話說完。如果路克的思考方式連安娜貝斯都受到誘惑，更別提會有多少混血人加入他的行列了。

我想起關於女孩和金色石棺的那個夢。我不太知道那到底代表什麼意義，但總覺得好像遺漏了某件事情，某件克羅諾斯正在計畫的可怕事情。那女孩打開棺蓋的時候，她究竟看見了什麼？

安娜貝斯突然眼前一亮。「波西。」

我轉過身。

正前方又有一個模糊的島影，是個馬鞍形狀的島，山丘上綠樹成蔭，還有白色沙灘和青翠草地，正如我夢中所見。

我的航海第六感確認了它的位置。北緯三十度三十一分，西經七十五度十二分。

我們終於抵達獨眼巨人的家了。

14 遇見死亡之羊

當你聽到「怪物之島」，想到的景象必定是崎嶇陡峭的岩石，或是海灘上佈滿了骸骨之類的，就像賽蓮女妖的小島那樣。

獨眼巨人的島嶼則完全不是那麼一回事。我是說，好吧，那裡確實有一個深不見底的峽谷，只有一道細細的索橋橫跨其上，看來不是個好兆頭。你可能會想豎立一塊告示牌，上面寫著：「內有惡鬼！」但撇開這些不談，這地方乍看之下還眞像加勒比海的明信片，放眼望去盡是綠油油草坡、熱帶果樹和白色沙灘。我們一路航向岸邊，安娜貝斯忍不住猛吸周遭清新香甜的空氣。「金羊毛。」她說。

我點點頭。我還沒看見金羊毛，但已經感受到它的力量了。我也相信它必定能夠治好任何東西，就連泰麗雅松樹也不例外。「如果我們把金羊毛拿走，這個島會死掉嗎？」

安娜貝斯搖搖頭。「只會變得枯萎黯淡，回到原本的正常狀態，不管它本來是何種模樣。」

一想到要毀掉這個天堂般的島嶼，我就覺得有點罪惡感，但是我提醒自己，我們別無選擇。混血營現在有了大麻煩，而泰森……要不是爲了出這趟該死的任務，泰森依然高高興興地跟我們在一起。

在深谷底部的草原上，幾十隻綿羊在到處吃草，那景象看起來再祥和不過了，可是……牠們看起來都好大，差不多有河馬那麼大。牠們附近有一條小徑通往山丘高處，而在小徑通到山頂處，剛好位於峽谷邊緣，我終於看見曾在夢中出現的那棵碩大橡樹。有個東西發出閃閃金光，垂掛於橡樹枝頭。

「這未免太簡單了吧，」我說：「我們只需要爬上山，拿下來就好？」

安娜貝斯皺起眉頭。「照理說應該有人看守吧，像是一隻龍，或者……」

就在這時，一頭鹿從灌叢後面冒了出來。牠很輕快地跑到草地上，可能想吃點草吧，這時所有的綿羊一起咩咩叫，然後衝向那頭鹿。整件事發生得太突然，那頭鹿嚇得跌了一跤，接著便消失在一片羊海和羊蹄踐踏聲中。

只見空中有碎草和一撮撮的毛飛散出來。

之後，所有的綿羊突然一哄而散，又回到原本無敵祥和的散步行程。至於那頭鹿所在的地方，只剩下一堆乾淨的白骨。

我和安娜貝斯面面相覷。

「牠們還真像食人魚。」她說。

「長毛的食人魚。我們要怎麼……」

「波西！」安娜貝斯倒抽了一口氣，緊緊抓住我的手臂，「你看！」

她指向海灘，就在綿羊草地的下方，有一艘小船擱淺在那裡……那是伯明罕艦的另一艘救生艇。

根據我們的判斷，要繞過那些食人羊應該是不太可能。安娜貝斯原本想戴著隱形帽溜上小徑、偷偷拿下金羊毛，我費了不少唇舌才說服她放棄這個念頭。因爲那些羊會聞到她的氣味，或者還會有其他守衛出現。總之，如果眞的發生了這類情況，我在這裡根本遠水救不了近火。

除此之外，我們的首要任務是找到格羅佛，以及搭乘那艘救生艇上岸的人，並假定他們神通廣大，已經繞過那些食人羊了。但此刻的我實在太過緊張，不願意承認心中最深處的盼望——我希望泰森依然活得好好的。

我們把安妮皇后復仇號停泊在小島背面，那裡有高聳的峭壁，向上垂直拔高達六十多公尺，感覺上船隻停在那裡不太容易讓人瞧見。

那些峭壁看起來可以攀爬，只是難度頗高，大概和混血營的「岩漿攀岩場」差不多。但至少這裡沒有食人綿羊，獨眼巨人波呂斐摩斯該不會養什麼食人山羊吧。

我們划一艘救生艇靠近岩壁邊，花了不少工夫才爬上去。安娜貝斯先爬，因爲她的攀岩技術比較高超。

攀岩過程中，我們大概只有六、七次差點失手丟掉小命，我覺得能爬到這樣已經很不簡單了。有一次，我一隻手抓了個空，只靠另一隻手懸掛在十五公尺高的岩壁上，腳下還有拍岸的浪花；幸虧我立刻發現另一個把手點，才能繼續往上爬。過了一分鐘，又換安娜貝斯踩到一塊滑不溜丟的青苔而失去重心。幸運的是，她趕緊穩住身子，重新踩住另一個地方；不幸的是，那地方正巧是我的臉。

「對不起啦！」她咕噥了一聲。

「沒關係。」我應了一下，雖然我一點也不想知道安娜貝斯的運動鞋嚐起來是什麼味道。爬了一段時間後，我的手指開始累得像融化的鉛條一樣軟趴趴，兩隻手臂也因筋疲力竭而抖個不停。終於，峭壁頂端到了，我們把自己的身體硬拉上去，隨即癱倒在地。

「呼！」我說。

「哎喲！」安娜貝斯呻吟了一聲。

「啊嗚嗚嗚！」還有另一個聲音大吼。

要不是全身筋疲力竭，我可能會嚇得再往上跳高六十公尺。我趕緊左右張望，但沒看到半個人。

安娜貝斯連忙用手摀住我的嘴，然後指了一下。

這時我才看清楚，我們身處的岩塊比我想像的小很多，而岩塊的另一邊向下垂落，剛才的聲音就是從那裡發出來的……在我們下方不遠處。

「你很愛打嘛！」那低沉的聲音吼著。

「我們來決鬥啊！」這個是克蕾莎的聲音，絕對錯不了。「快把我的劍還來，你就會知道我的厲害了！」

那怪物的笑聲如雷貫耳。

我和安娜貝斯偷偷爬到岩塊邊緣，原來我們位於獨眼巨人洞穴入口的正上方。此刻，波呂斐摩斯和格羅佛站在下面，格羅佛仍然穿著那襲婚紗，而克蕾莎則是全身被五花大綁，頭下腳上垂掛在一大鍋沸水之上。我暗自希望泰森也在，即使他身處險境，至少讓我知道他還活著就好。可惜完全看不出泰森在哪裡。

「嗯，」波呂斐摩斯思考了一下，「是要現在先吃大聲婆，還是等一下再吃結婚大餐？我的新娘又是怎麼想的呢？」

他轉身看著格羅佛，格羅佛嚇得倒退一步，差點踩到身上那襲完全織好的裙襬而跌個狗吃屎。「噢，嗯，我現在不餓啦，親愛的。也許……」

「你剛才是說新娘嗎？」克蕾莎問：「誰是新娘？格羅佛嗎？」

在我旁邊的安娜貝斯嘀咕著：「閉嘴，她眞該閉嘴！」

波呂斐摩斯怒目看著她。「『格羅佛』是什麼？」

「羊男啊！」克蕾莎大叫。

「哎喲！」格羅佛趕緊大喊一聲。「眞可憐，她的腦袋被熱水煮到糊塗了。親愛的，快點放她下來吧！」

波呂斐摩斯瞇起臉上那隻可怕的乳白色眼睛，彷彿想把克蕾莎看得更清楚些。

現在親眼看見眞實的獨眼巨人，我覺得他比夢中的模樣還要猙獰可怕。也許是因爲他全身發出油膩膩的腐臭味，也或許是他身上那套結婚禮服的關係。他穿了一件粗製濫造的蘇格蘭裙，還圍了大披肩，是用粉藍色的西裝拼湊而成，看起來是從某個婚禮上掠奪而來的。

「什麼羊男？」波呂斐摩斯問。「羊男最好吃了。你帶了羊男給我嗎？」

「才不是呢，你這個大白痴！」克蕾莎大吼。「是那個羊男啦！他就是格羅佛啊！穿著結婚禮服那個！」

我眞想衝過去扭斷克蕾莎的脖子，但一切都太遲了，我只能眼睜睜看著波呂斐摩斯轉過身去，一把扯開格羅佛的婚紗，露出了格羅佛身上捲曲的毛、參差不齊的青春期鬍子，以及頭上小小的羊角。

波呂斐摩斯用力吸了一口氣，拼命控制住滿腔怒火。「我的視力不太好，」他咆哮著說：「自從很多年前有個英雄刺了我的眼睛一下[61]，我的視力就一直不好。可是，你不是獨—眼—女—巨—人！」

獨眼巨人將格羅佛的婚紗一把扯下撕成碎片，於是格羅佛現出原形，依然穿著他原本的牛仔褲和T恤。那怪物伸出巨掌往格羅佛的頭揮去，格羅佛嚇得一邊尖叫，一邊低下身子。

---

[61] 在希臘著名史詩《奧德賽》中，獨眼巨人波呂斐摩斯把英雄奧德修斯和同伴們囚禁在洞穴中，每天吃掉幾個人，後來奧德修斯刺瞎了波呂斐摩斯的眼睛，把活著的同伴一一綁在羊的肚子下面逃出洞穴。

「等一下！」格羅佛拼命哀求：「如果你要吃我，最好不要生吃喔！我……我可以教你一種很棒的吃法！」

我伸手想拿懷裡的波濤劍，不過安娜貝斯噓了一聲說：「等一下！」

波呂斐摩斯果真猶豫了一下。他手裡已經拿了一塊大石頭，準備把自稱是他新娘的羊男砸個稀巴爛。

「很棒的吃法？」

「噢……是啊！生吃不好啦，你會感染大腸桿菌、肉毒桿菌之類一大堆超級可怕的病菌。如果用慢火烤，我會更好吃喔，再配上酸酸甜甜的芒果醬！你趕快先去採一些芒果吧，到下面樹林去採，我會在這裡乖乖等你回來。」

那怪物仔細考慮了一下。我的心臟狠命衝撞著肋骨狂跳。我想，此刻我如果發動攻擊大概必死無疑，不過我不能眼睜睜看那怪物殺了格羅佛。

「烤羊男配上芒果醬，」波呂斐摩斯想了一會兒。他回頭看一下克蕾莎，她還倒吊在那鍋沸水上方。「你也是羊男嗎？」

「才不是呢，你這臭大便！」她氣得大吼。「我是女生啦！阿瑞斯的女兒！快放我下來，我要扯斷你的手臂！」

「扯斷我的手臂。」波呂斐摩斯跟著說了一次。

「然後塞進你的喉嚨裡！」

「算你有種。」

「放我下來！」

波呂斐摩斯一把抓起格羅佛，好像他是一隻可愛的小狗。「放羊吃草的時間到了，婚禮延到今天晚上再舉行，然後我們就吃羊男當主菜！」

「可是……你還是要結婚？」格羅佛的聲音聽起來很挫折。「誰是新娘？」

波呂斐摩斯看向那鍋沸水。

克蕾莎發出一聲怪叫。「噢，不會吧！你不是當眞的吧。我不是……」

我和安娜貝斯還來不及反應，波呂斐摩斯便抓住克蕾莎一把扯斷繩子，活像在摘一顆成熟的蘋果似的，然後他把格羅佛和克蕾莎一起丟進洞穴裡。「放輕鬆點！傍晚的時候等我回來一起吃大餐！」

然後獨眼巨人吹起口哨，只見一群混雜著山羊和綿羊的羊群（比食人羊的體型小一點）蜂擁走出山洞，穿過牠們主人身旁。牠們走去吃草時，波呂斐摩斯拍拍其中幾隻的背，嘴裡還親暱地叫起牠們的名字，像是貝爾巴特、塔慕尼、洛哈特等等。

等到最後一隻綿羊走出去，獨眼巨人便推動一顆巨石擋住洞口，就像我在開關冰箱門一樣輕輕鬆鬆，於是格羅佛和克蕾莎的尖叫聲被掩蓋在山洞裡面。

「芒果，」波呂斐摩斯喃喃說著：「什麼是芒果啊？」

他緩步走下山丘，身上還穿著那襲粉藍色新郎禮服，留下我們對著那鍋沸水及六噸重的巨石乾瞪眼。

我們奮鬥了好幾個小時，但一點用也沒有，那顆巨石文風不動。我們對著岩縫朝裡面喊叫，還不時拍打著岩石，任何能打信號給格羅佛的方法都試過了，不過就算他聽得見，我們也毫無所悉。

如果出現奇蹟，讓我們有機會殺了波呂斐摩斯，恐怕也不是什麼好事，因爲那表示格羅佛和克蕾莎會死在密閉的洞穴裡。唯一的方法就是讓波呂斐摩斯自己把巨石移開。

眼看無計可施，我沮喪地用波濤劍猛刺巨石一下。火花一陣亂彈，卻什麼事也沒發生。顯然矗立在我們面前的是眞的巨石，完全不是能用魔法寶劍抵擋的怪物敵人。

我和安娜貝斯認命地坐在山脊上，看著遠處獨眼巨人那粉藍色的身影，他在自己豢養的羊群間穿梭來去。他還滿聰明的，懂得將手下正常的動物和食人綿羊分開，方法是將兩群動物分別養在島嶼的兩邊，中間正是將島嶼分隔成兩半的那道巨大峽谷。唯一能穿越峽谷的方法是跨越其上的索橋，而橋上木板的間隔又太遠，綿羊顯然沒辦法踩著橋板走過去。

我們看著波呂斐摩斯，他在島嶼的遠端探看那些食人羊群。眞是太可惜了，那些羊爲什麼不吃他呢？事實上，食人羊看似對他完全不構成威脅。他從一個很大的柳條編織籃裡取出某種肉塊，那噁心的情景更加深了我心裡對肉食動物的反感；自從女巫賽西把我變成天竺鼠後，那種感覺就一直存在，也許我該加入格羅佛的行列，開始吃素。

「要用詭計，」安娜貝斯很肯定地說：「我們沒辦法靠蠻力打敗他，只好靠詭計取勝。」

「好啊，」我說：「什麼樣的詭計？」

「我還沒想到。」

「好極了。」

「等波呂斐摩斯把羊兒趕回來，他得先移開巨石，才能讓羊兒回洞穴裡。」

「那是日落的時候，」我說：「到時候他要和克蕾莎結婚，再把格羅佛當大餐吃掉。我不確定這兩件事究竟那一件比較噁心。」

「我可以趁機溜進去，」她說：「靠隱形帽。」

「那我呢？」

「利用那些綿羊啊。」她若有所思地說，臉上還出現一種狡猾的表情，只要看到那表情，我就知道絕對沒好事。「你有多喜歡綿羊啊？」

「千萬別放手喔！」安娜貝斯說。她全身隱形，站在我右手邊某個地方。她說起來可簡單，頭上腳下掛在羊肚子下面的人又不是她。

好啦，我承認這沒有想像中那麼困難。我以前曾經倒掛在我媽的車子底下想偷換她車子的油，那情況和現在沒有太大的差別；況且這隻羊好像不怎麼在意。以波呂斐摩斯養的羊來說，即使體型最小的一隻也大到足以支撐我的重量，而且羊毛又厚又長，隨手抓著一扭，就可以當作把手緊緊扣住，再用雙腳抵住綿羊的大腿骨就好了。我覺得自己很像一隻袋鼠寶寶，只不過得拼命把那些一直跑進嘴巴和鼻孔的羊毛吹開。

太陽漸漸下山了。

過不了多久，波呂斐摩斯的咆哮聲便大剌剌傳來：「喔咿！山羊羊！綿羊羊！」

羊群開始乖乖地爬上山坡，慢慢踱步走回洞穴。

「準備好囉！」安娜貝斯低聲說：「我會在附近，別擔心。」

我不禁在心中向天神暗暗發誓，如果這次能安然度過危機，我要對安娜貝斯說，她眞是個天才，而最悽慘的是，我知道天神一定會保佑我。

我的「綿羊計程車」開始緩緩爬上山丘。大概只走了一百公尺，我的雙手雙腳就開始痠痛了。我連忙抓得緊一點，羊兒忍不住咕噥了一聲。這不能怪牠，因爲我也不希望有人抓著我的頭髮爬上來，可是如果沒抓緊，我很有可能在那怪物面前掉下來，讓他逮個正著。

「哈囉，兔兔肉！」波呂斐摩斯說著，伸手拍拍我前面的一隻羊。「嘿，愛因斯坦、小不點……咦，小不點？」

波呂斐摩斯拍拍我這隻羊，差點害我掉到地上。「你多長了好多肉耶！」

「喔哦……」我心想：「被逮到了。」

不過波呂斐摩斯只是仰頭大笑，然後猛力拍這隻羊的屁股，推著我們向前跑。「快點長肉啊，小胖胖！再過不久，波呂斐摩斯就要吃你當早餐啦！」

總之一陣混亂後，我終於到了洞穴裡。

眼看最後一隻羊也已經走進洞穴，如果安娜貝斯不趕快轉移他的注意力……

獨眼巨人正要把巨石推回原位，就在這時，安娜貝斯在外面某處扯開喉嚨大喊：「哈囉，醜八怪！」

波呂斐摩斯整個人僵住。「是誰在說話？」

「『沒有人』[62]！」安娜貝斯大吼。

這一吼所引發的反應如她所料，那怪物變得極度憤怒，整張臉唰的變紅。

「『沒有人』！」波呂斐摩斯吼回去，「我還記得你！」

「你太笨了，應該記不住任何人，」安娜貝斯故意嘲笑他，「大概只記得住『沒有人』！」

我在心中祈求天神，希望她講完這句話就趕快移動位置，因爲波呂斐摩斯憤怒得大聲咆哮，並抱起最近的一塊巨石（剛好就是門口那一顆），扔向安娜貝斯出聲的位置。我聽見那塊巨石摔碎成幾千塊碎片。

過了一會兒，四周一片安靜，我嚇得心臟都快停了。然後安娜貝斯又大喊：「丟得這麼不準，你一直學不會啊？」

---

[62] 在希臘神話《奧德賽》中，奧德修斯將獨眼巨人刺瞎後，獨眼巨人憤怒地問來者何人，奧德修斯只回說：「Nemo!」這是拉丁文的「沒有人」之意。

波呂斐摩斯氣得狂吼。「過來啊！『沒有人』，快讓我殺了你！」

「你這個畸形大笨蛋，我是『沒有人』耶，你怎麼殺得死？」她又嘲笑了一番，「快點來找我啊！」

波呂斐摩斯連滾帶爬，朝安娜貝斯的聲音衝下山丘。

唉，換成是其他人，「沒有人」這種詭計根本騙不了誰，但安娜貝斯先前向我說明過，早在好幾千年前，英雄奧德修斯就用這個名字騙過波呂斐摩斯，而在那之前，奧德修斯曾用一根又粗又燙的棍子刺瞎獨眼巨人的眼睛。安娜貝斯猜想，波呂斐摩斯聽到這個名字必定餘怒未消。她猜得沒錯。在盛怒之下，獨眼巨人一心只想找到舊日敵人，完全忘了該把洞穴入口封起來。顯然他根本沒注意到安娜貝斯的聲音是女的，而以前那個「沒有人」是男的。然而換個角度想，他曾經想和格羅佛結婚呢，所以他可能從來沒把男生女生這類事情放在心上。

我只希望安娜貝斯千萬要活得好好的，只要幫忙轉移那怪物的注意力稍微久一點，好讓我有足夠的時間找到格羅佛和克蕾莎。

我連忙落到地上，順手拍拍「小不點」的頭，向牠說抱歉。我找了一下大房間，但沒找到格羅佛和克蕾莎的蛛絲馬跡，於是伸手推開擠滿房間的綿羊和山羊，往洞穴後方找去。

雖然我之前夢過這個地方，但還是像闖進迷宮似的搞不清楚方向。我沿著堆滿骨骸的走廊往前跑，穿過滿是綿羊地毯的房間，那裡還有眞羊大小的綿羊石像，我認出那是梅杜莎的傑作。房間裡還收集了許多綿羊T恤、超大桶的綿羊油乳液、羊毛外套和羊毛襪，甚至有一大堆裝上公羊角的帽子。最後，我終於找到那個紡織間，只見格羅佛蜷縮在房間一角，拼命想割斷綁住克蕾莎的粗繩，手上卻只有一把小孩用的安全剪刀。

「沒用的啦，」克蕾莎說：「這條繩索堅固得像鐵做的！」

「再試個幾分鐘嘛！」

「格羅佛！」她氣急敗壞地大叫：「你已經試了好幾個小時啦！」

然後他們看見我。

「波西？」克蕾莎說：「你不是早就被炸得一乾二淨了嗎？」

「很高興見到你啦。好，你別動，等我……」

「波——西！」格羅佛興奮地咩咩叫，衝過來給我一個「羊抱」。「你聽見我說的話了！你來了！」

「是啊，兄弟，」我說：「我當然會來。」

「安娜貝斯呢？」

「在外面，」我說：「可是現在沒時間多說了。克蕾莎，先別動。」

我打開波濤的筆蓋，把她手上的繩索切斷。她呆呆站著，然後撫摸了一下手腕。她瞪著我看了一會兒，然後低頭看著地上喃喃說著：「謝啦。」

「不客氣，」我說：「對了，你船上還有其他人嗎？」

克蕾莎聽了一臉驚訝。「沒有啊，只剩下我。伯明罕艦的其他人全都……嗯，我還不知道你們兩個也逃出來了。」

我低下頭，不願意相信泰森還活著的最後一絲希望已經破滅。「是喔。那就趕快走吧，我們得去幫……」

就在這時，一陣劇烈的爆炸聲響傳進洞穴，不斷迴盪，緊接著是一聲尖叫。一切可能都太遲了。是安娜貝斯，她的叫聲透露出極度的驚恐。

15 沒有人

「我抓到『沒有人』了！」波呂斐摩斯得意洋洋地說。

我們連滾帶爬衝到洞口，看見獨眼巨人不懷好意地笑，手上抓著一個看不見的東西。那怪物猛力搖晃拳頭，於是一頂棒球帽飄落地面。安娜貝斯倒吊在半空中。

「哈！」獨眼巨人說：「討厭的隱形女！已經有一個吵鬧不休的當老婆，那就把你烤來配芒果醬吃好了！」

安娜貝斯掙扎了一下，但看起來已經頭暈腦脹。她的額頭有一道很嚴重的傷口，雙眼呆滯無神。

「我去攻擊他，」我小聲地對克蕾莎說：「我們的船停在小島背面，你和格羅佛……」

「想都別想。」他們兩個同時脫口而出。克蕾莎已經準備好武器，她手上拿著一支極珍貴的山羊角矛尖，是從獨眼巨人的洞穴裡拿來的。格羅佛則隨手抓了一根綿羊的大腿骨，雖然拿著同類的骨頭讓他不太舒服，但他還是擺出一副手握巨棍的模樣，準備好發動攻擊。

「我們要一起攻擊他。」克蕾莎氣呼呼大吼。

「沒錯。」格羅佛也說。然後他下意識地眨眨眼，彷彿對於自己附和克蕾莎的意見感到不可思議。

「好吧，」我只好同意，「發動『馬其頓攻擊計畫』！」

他們兩人一致點點頭。我們都在混血營上過同樣的訓練課程，因此他們完全明白我剛才下的指令。也就是說，他們各從左右兩邊溜到獨眼巨人的兩側，從側邊發動攻擊，而我則從正面吸引他的注意力。這樣做的結果，很可能不只我一個人一命嗚呼，而是三個人會一起沒命，不過我還是很感謝他們鼎力相助。

於是我舉起手中的劍，扯開喉嚨大喊：「嘿，你這個醜八怪！」

那巨人轉過來看我。「怎麼又一個？你是誰？」

「把我朋友放下來。我才是剛剛罵你的人！」

「你才是『沒有人』？」

「沒錯，你這個流鼻涕的臭屁股！」這和安娜貝斯罵人的話比起來實在遜多了，但這是我唯一能想到的一句。「我才是『沒有人』，這我可得意了！快把她放下，然後滾過來，我要再刺你眼睛一次！」

「吼——」他氣得開始咆哮。

好消息是：他把安娜貝斯放下來了。壞消息是：她掉下來的時候是頭部先著地，然後像個破布娃娃一樣躺著，一動也不動。

壞消息還不只這樣：波呂斐摩斯拔腿向我衝來。他可是重達四百五十公斤的臭烘烘獨眼巨人，而我的武器只有手上那把小到快看不見的劍。

「爲了潘而戰！」格羅佛從右邊發動攻擊。他用力擲出那根綿羊骨頭，打中怪物的額頭，結果只是咚的一聲反彈回來，一點殺傷力都沒有。克蕾莎則由左邊向前衝，抓好時機把矛尖插在地上，及時讓獨眼巨人一腳踩下。他痛得唉唉大叫，克蕾莎連忙溜到旁邊，免得被那大塊頭踩個正著。可是獨眼巨人沒兩下就把矛尖拔出來，彷彿那只是稍微大一點的小碎片，然後又爬起來繼續追我。

我緊緊握著手中的波濤劍。

那怪物伸手想抓住我，我滾到一旁，一劍刺入他的大腿。

我一心以爲他會碎裂瓦解，但那怪物實在太大太強。

「去救安娜貝斯！」我對格羅佛大喊。

格羅佛衝過去，撿起安娜貝斯的隱形帽，然後把她扶起來，我和克蕾莎則忙著繼續轉移波呂斐摩斯的注意力。

我不得不承認克蕾莎眞的很勇敢，她一次又一次向獨眼巨人發動攻勢。那怪物先是擂起雙拳猛捶地面，然後想用腳踩扁她，但她的動作快如閃電。只要她發動新一波攻勢，我便緊跟著拿劍刺向怪物的腳趾、腳踝或雙手。

但擋得了一時卻擋不了永遠，最後可能是我們先筋疲力竭，或者讓那怪物逮到一個好機會。他要殺我們實在很簡單，只要隨便一拳，我們就掛了。

我斜睨了一下四周，瞥見格羅佛正抱著安娜貝斯走過索橋。換作是我，逃向那邊恐怕不是我的第一選擇，因爲橋的另一端有一大堆食人羊。但在這當下，那邊看起來好像又比這邊安全一點。就在這時，我突然想到一個好主意。

「向後退！」我對克蕾莎說。

她正往旁邊滾開，因爲獨眼巨人一拳打爛她旁邊的橄欖樹。

我們跑向索橋，波呂斐摩斯緊跟在後。我在他身上刺了那麼多傷口，害他一跛一跛、跌跌撞撞，但那些傷只能讓他速度稍微變慢，卻也令他更加瘋狂。

「快去給那些綿羊嚼個稀巴爛吧！」他高聲揚言。「我詛咒『沒有人』一千遍！」

「跑快一點！」我對克蕾莎說。

我們狂奔衝下山丘，那道索橋是我們唯一的機會。此時格羅佛剛好抵達橋的另一端，並讓安娜貝斯躺下來。我們也得趕快過橋，免得落入巨人手中。

「格羅佛！」我向他大叫：「抽出安娜貝斯的刀！」

這時獨眼巨人已經在我們身後，格羅佛嚇得雙眼圓睜，但還是點點頭，似乎聽懂了我的意思。於是我和克蕾莎連滾帶爬越過索橋，格羅佛也開始割斷繩索。

第一股繩子「啪！」的一聲斷了。

波呂斐摩斯在我們後面上下彈盪，使索橋搖晃得更加劇烈。

繩索已經切斷了一半，我和克蕾莎死命撲上對岸陸地，剛好落在格羅佛身邊。我拿劍猛力一揮，把剩下的繩索悉數砍斷。

索橋墜入無盡的深谷，只聽見獨眼巨人高聲狂吼……不過聽起來好像很高興，因爲他站在我們旁邊！

「失敗了！」他高興地大喊：『沒有人』失敗了！」

克蕾莎和格羅佛連忙展開攻擊，但是那怪物只不過隨手一揮，他們兩人就像蒼蠅一樣飛得老遠。

憤怒在我胸口翻騰。我不敢相信都已經走了這麼遠，甚至失去泰森，熬過那麼多的困難險阻，到頭來還是失敗，而且敗在一個身穿粉藍色晚禮服和蘇格蘭裙、長得又大又笨的怪物手中！沒有人可以像那樣把我的朋友打倒在地！喔，我是說……沒有人，不是那個「沒有人」啦。哎喲，你知道我的意思。

一股力量在我體內流竄。我舉起手上的劍猛攻，根本忘了我毫無勝算。我猛刺獨眼巨人的肚子，等他痛得彎下腰，我又抓緊機會，用劍柄狠揍他的鼻子。我繼續不停揮砍、踢踹、痛毆，等到回過神來才發現波呂斐摩斯已經躺在地上，眼神空洞，嘴裡不斷呻吟，而我自己則是站在他上方，用劍尖指著獨眼巨人的大眼睛。

「嗚嗚嗚——」波呂斐摩斯哀哀叫著。

「波西，」格羅佛驚訝得倒抽一口氣，「你怎麼……」

「求求你不要殺我！」獨眼巨人繼續哀叫，可憐兮兮地朝上看我。他的鼻子不斷流血，半瞎的眼睛盈滿了淚水。「我……我……我的小羊需要我照顧。我只是想保護我的小羊！」

他開始哭了起來。

我已經贏了。現在我只需要刺下去……只要迅速一劍就行了。

「殺了他！」克蕾莎對我大喊。「你還在等什麼啊？」

獨眼巨人的哭聲聽起來令人心碎，就像……就像泰森一樣。

「他是獨眼巨人啊！」格羅佛警告我：「千萬不要相信他！」

他說得對，這我心知肚明。我知道安娜貝斯也會講同樣的話。

但波呂斐摩斯哀哀哭著……就在這時，我頭一次意識到，他也是波塞頓的兒子。和泰森一樣，和我一樣。我怎麼狠得下心殺死他呢？

「我們只想要金羊毛，」我對那怪物說：「你答不答應讓我們拿走？」

「不行！」克蕾莎大叫：「殺了他！」

那怪物吸了一下鼻涕。「我美麗的金羊毛啊，那是我的收藏品裡面最有價值的。拿去吧，殘酷的人類。拿去吧，然後安安靜靜走開。」

「我會慢慢後退，」我對那怪物說：「只要你敢偷偷動一下……」

波呂斐摩斯點點頭，一副聽懂的樣子。

我向後退……波呂斐摩斯突然揮出一拳，速度快得像眼鏡蛇一樣，把我打飛到懸崖邊。

「愚蠢的人類！」他氣得一邊大吼，一邊抬起他的腳，「想要拿我的金羊毛？哈！看我先吃了你！」

他張開血盆大口。我心想，原來我這輩子最後看見的東西，竟是他嘴裡快爛掉的臼齒。

就在這時，某個東西呼呼飛過我頭頂，然後是「咚！」的一聲。

原來是一顆籃球大小的石頭飛進波呂斐摩斯的喉嚨，一個漂亮的三分球，唰一聲空心破網。獨眼巨人噎到了，只見他拼命想把那顆意想不到的「藥丸」給吞下去。他搖搖晃晃向後退，可是後面再沒有空間了，最後他腳底一滑，懸崖邊岩石崩落，碩大無比的波呂斐摩斯死命揮動雙手，像揮動小雞翅一樣卻毫無作用，就這樣跌落無盡的深淵。

我連忙轉身。

山下通往海灘的路上有一個人，站在一大群食人羊中毫髮無傷。他是我們的老朋友。

「波呂斐摩斯壞壞，」泰森說：「不是所有的獨眼巨人都像表面上看起來那麼好。」

泰森趕緊向我們報告他的行蹤：原來多虧了馬頭魚尾怪彩虹，牠顯然從紐約長島送我們上船之後就一路跟著，一心等著泰森再和牠一起玩。後來牠發現泰森沉到伯明罕艦的殘骸底下，趕緊把他拉出來而使他逃過一劫。從那之後，牠和泰森就一直不停尋找妖魔之海，也想盡快找到我們，最後是泰森聞到綿羊的氣味，終於找上這個島。

我好想跟這個醜大呆來個熱烈擁抱，可是他站在一群食人羊中間。「泰森，真是感謝天神。安娜貝斯受傷了！」

「她受傷了，所以你感謝天神？」他問我，表情十分困惑。

「不是啦！」我跪在安娜貝斯身邊，眼前的情形讓我擔心得要命。她前額那個很深的傷口好像愈來愈惡化，比我想像的還糟，而且她額頭的髮線處沾滿血塊，皮膚更是蒼白發冷。

我和格羅佛擔憂地互看一眼，接著我突然想到一個點子。「泰森，金羊毛。你能幫我拿過來嗎？」

「哪一隻？」泰森說，轉頭看看他周圍成千上百頭羊。

「掛在樹上那個！」我說：「是金色的！」

「喔，好漂亮。沒問題。」

泰森緩緩走過去，一邊還得注意不要踩到腳下的綿羊。我們其他人膽敢靠近金羊毛，想必會被那些羊活活吃掉，但我猜泰森身上的氣味聞起來應該很像波呂斐摩斯，因爲那些食人羊完全沒有找他麻煩。那些羊不停依偎到他身上，一邊還熱情地咩咩叫，八成以爲會看到那個巨大的柳條編織籃，接下來就會有好吃的羊食大餐。泰森終於到了樹下，從枝條上取下金羊毛，而就在那一剎那，整棵橡樹的葉子全部凋萎枯黃。泰森轉身想跋涉回來，我立刻對他大喊：「沒時間了！丟過來吧！」

金羊毛在空中飄飛而過，宛如光彩奪目的毛茸茸飛盤。我接住它，忍不住哼了一聲，它比我想像中重得多。這可是大約二十五到三十公斤的珍貴金羊毛啊。

我把金羊毛覆蓋住安娜貝斯全身，只讓她的臉露出來，並在心中向我想得到的所有天神暗暗祈禱，連我不喜歡的那位也都一起拜託進去。

拜託！拜託！

她的臉慢慢恢復血色，眼皮微微張開，額頭上的傷口也開始癒合了。她張開眼睛，看見格羅佛，虛弱地說：「你還沒……結婚嗎？」

格羅佛開心地笑了。「沒有耶，很多朋友都勸我不要。」

「安娜貝斯，」我對她說：「盡量躺著不要動。」

儘管我們盡力阻止，她還是掙扎著坐了起來，這時我發現她臉上的傷口幾乎完全癒合，整個人看起來也好了很多。事實上，她全身散發出健康的光芒，好像是有人拿發光液體注入她體內似的。

這時候的泰森則是困在羊群中動彈不得。「下去！」他對那些羊大喊。牠們拼命爬到他身上，想要吃東西。其中有幾隻朝我們的方向聞了聞。「不對，小羊羊，來這邊！到這裡來！」那些食人羊眼巴巴望著他，一副很餓的樣子，而且顯然開始意識到泰森沒有帶來羊食大餐。附近有這麼多新鮮肉類可以吃，牠們應該忍不了太久。

「我們得趕快閃了，」我說：「我們的船停在……」安妮皇后復仇號停在很遠很遠的地方。最近的路徑是越過那道深谷，然而我們才剛摧毀了唯一的一座橋。另外一個可能的方法只有穿過那些食人羊了。

「泰森，」我叫他，「你可以哄那些羊走得愈遠愈好嗎？」

「羊想要吃東西。」

「我知道！他們想吃人！只要哄牠們離開小徑就好，讓我們有足夠的時間走到海灘去，然後你到那邊和我們會合。」

泰森的表情有點猶豫，不過還是吹起了口哨。「來吧，小羊羊！嗯，人肉大餐在這邊！」

他小跑步進入草原，那些羊也追過去。

「你要用金羊毛包住全身，」我對安娜貝斯說：「以免還沒有完全好。你站得起來嗎？」

她試了一下，但臉色又變得好蒼白。「噢，還沒完全好。」

克蕾莎在她旁邊彎下腰，摸摸她的胸部，害她痛得倒抽一口氣。

「肋骨斷了，」克蕾莎說：「正在癒合，不過本來完全斷了。」

「你怎麼知道？」我問。

克蕾莎瞪了我一眼。「因爲我以前斷過幾根啦，矮冬瓜！我得扛著她走。」

我還來不及爭辯，克蕾莎便把安娜貝斯抬起來，好像扛著一袋麵粉似地扛著她，朝山下的海灘走去。我和格羅佛乖乖跟在後面。

一走到海邊，我立刻集中精神呼喚安妮皇后復仇號。我用念力讓船拉起船錨，航行到我這邊來。接下來的幾分鐘眞是難熬，但總算看到船身出現在島的一端了。

「我來了！」泰森大喊。他蹦蹦跳跳衝過來與我們會合，那些羊則跟在他背後五十公尺的地方，一邊奔跑，一邊挫折地咩咩叫。牠們不懂這個獨眼巨人朋友爲何沒有餵牠們吃大餐。

「那些羊應該不會跟著跑進水裡，」我對其他人說：「我們只要游到船邊就行了。」

「在安娜貝斯這麼虛弱的時候？」克蕾莎顯然很反對。

「可以的。」我也很堅持。此時此刻，我又開始覺得很有自信。這裡是海洋，我又回到自己的地盤。「只要能上船，就可以安全回家。」

我們也差一點點就辦到了。

我們涉水走過深谷的入口處，就在這時，一陣撼動天地的狂吼聲傳來，只見波呂斐摩斯矗立在眼前。他全身傷痕累累、鼻青臉腫，一身粉藍色的結婚禮服已扯爛成碎片，但絕對還是活跳跳的獨眼巨人。他用兩手各舉起一顆超級巨石，踩著四濺的水花，朝我們衝過來。

16 巨石攻勢

「他怎麼有用不完的石頭啊？」我咕噥著。

「快點游！」格羅佛大喊。

他和克蕾莎一頭栽進海浪中。安娜貝斯一手搭在克蕾莎的肩膀上，另一隻手也想幫忙划水，但溼漉漉的金羊毛實在太重了，直把她往下拉。

那怪物的目標並不是金羊毛。

「嘿，年輕的獨眼巨人！」波呂斐摩斯大吼：「你是我們同類的叛徒！」

泰森呆住了。

「別聽他的！」我拜託他，「走吧。」

我拉拉泰森的手臂，但感覺起來像是在拉一座山。泰森轉過身，面對著年紀較大的那位獨眼巨人。「我不是叛徒。」

「你爲人類效力！」波呂斐摩斯喊著：「而且是做賊的人類！」

波呂斐摩斯用力擲出第一顆巨石，泰森用拳頭將它揮到旁邊去。

「不是叛徒，」泰森說：「而且你和我不是同類。」

「不是你死，就是我亡！」波呂斐摩斯衝進海浪裡，但他的腳受了傷，跑沒幾步就向下撲倒，摔個狗吃屎。本來那情景令人發噱，但他沒兩下又站起來，不停拍打海水且憤怒狂吼。

「波西！」克蕾莎大喊：「快點！」

他們帶著金羊毛，就快要游到船邊了。如果我可以轉移那怪物的注意力再久一點……

「快走，」泰森對我說：「我會擋住那個醜大呆。」

「不行，他會殺了你！」我失去過泰森一次，絕對不要再有第二次。「我們一起對付他。」

「一起。」泰森也表示同意。

我抽出我的劍。

波呂斐摩斯此刻小心前進，一瘸一拐的程度更加嚴重，不過他那兩隻丟東西的手臂倒是一點問題也沒有。過沒多久，他又扔出第二顆巨石，我連忙躲向一邊，但要不是泰森出拳將它搗爛成碎石，我大概還是會被巨石壓扁。

我在心中請求海面上升。海中突然湧起一道六公尺高的浪將我抬起。我乘著浪頭衝到獨眼巨人面前，朝他的獨眼踢了一腳。最後海浪將他沖回岸上，我連忙跳過他頭頂爬上岸。

「我要殺了你！」波呂斐摩斯氣急敗壞地說：「你這個偷金羊毛的人！」

「你才是偷金羊毛的人！」我吼了回去，「你一直都用金羊毛來誘惑羊男，害他們到你的島上赴死！」

「那又怎麼樣？羊男最好吃了！」

「金羊毛應該是用來治療的！而且擁有者是天神的子女！」

「我也是天神的子女啊！」波呂斐摩斯朝我揮出一拳，不過我躲開了。「波塞頓啊，我的父親，請詛咒這個小偷！」他現在連眨眼都很困難了，也幾乎完全看不見，於是我知道他是把我的聲音當作攻擊目標。

「波塞頓不會詛咒我。」我說著。此時獨眼巨人在我眼前亂抓，我連忙退後一步。「我也是他的兒子，他不會偏心。」

波呂斐摩斯氣得怒吼。他拔起懸崖邊的一棵橄欖樹，用力扔向我前一刻站的地方。「人類不一樣！人類很卑鄙、狡猾，又會說謊！」

同一時間，格羅佛正在幫助安娜貝斯上船，克蕾莎發瘋似地朝我招手，叫我快點過去。泰森則在波呂斐摩斯周圍伺機而動，想辦法移動到他背後。

「喂，年輕的！」年紀大的獨眼巨人說：「你在哪裡？快點幫我！」

泰森站住不動。

「沒人好好教過你嗎？」波呂斐摩斯呼喊著，一邊搖動手上的橄欖樹。「你是我可憐的孤兒弟弟啊！快點幫我！」

沒人移動，也沒有半點聲音，我只聽得見海浪和我的心跳聲。然後，泰森開始向前走，同時舉起雙手隨時戒備。「獨眼巨人哥哥，不要再打了，放下來吧……」

波呂斐摩斯突然轉向他聲音的來向。

「泰森！」我大喊。

那棵樹擊中泰森的力道如此驚人，如果換成是我，此時肯定變成加了很多橄欖的「波西披薩」了。泰森向後飛出去，在沙灘上犁出一條深深的溝。波呂斐摩斯順勢繼續進攻，我趕緊大喊：「不！」並用盡最大的力氣把波濤劍扔出去。我本來希望能刺中波呂斐摩斯的大腿後側，結果刺中的位置高了一點點。

「嗚咩咩咩咩咩！」波呂斐摩斯像他養的羊一樣咩咩哀叫，然後拿著橄欖樹朝我甩來。

我身子一低，但背上還是被一大堆糾結的樹枝橫掃而過，割得我滿身鮮血、全身瘀青，開始覺得筋疲力竭。我內心的天竺鼠很想拔腿就跑、一走了之，但我終究壓抑住那股恐懼。

波呂斐摩斯再次將橄欖樹甩過來，但這次我有所防備。等那棵樹掃過時，我抓住其中一根樹枝，整個人隨之飛了出去。我拼命忍住手上的痛楚，讓獨眼巨人將我拋至空中。等到飛至拋物線最上方，我放開手，直直朝那巨無霸的臉落下，然後用雙腳踹他那隻受傷的眼睛。

波呂斐摩斯痛得慘叫，這時泰森趕過來，將他撲倒在地。我摔下來，落在他們身邊，而且手裡緊握著劍，隨時都可以一劍刺入那怪物的心臟。但我盯著泰森看了一會兒，我知道我不能這麼做，這樣是不對的。

「放了他，」我對泰森說：「快跑。」

泰森最後一次使出全身的力氣，將那該死的獨眼巨人推得老遠，然後我們便衝向海邊。

「我要砸死你們！」波呂斐摩斯大喊，他痛得直不起身，只能用雙手摀住受傷的眼睛。

我和泰森縱身跳入海中。

「你們在哪裡？」波呂斐摩斯尖叫著。他撿起那棵橄欖樹，把它扔進海裡，在我們右方濺起驚人的水花。

我喚來一道海流托住我和泰森的身子，開始加速前進。我才剛開始覺得可以安全抵達船上，這時聽見克蕾莎在甲板上大叫：「傑克森，做得好！哈，獨眼巨人，看你還能怎樣！」

閉嘴啦，我好想這樣對她大吼。

「啊嗚嗚嗚！」波呂斐摩斯抬起一顆巨石，朝克蕾莎出聲的方向扔過去，但飛行距離不夠遠，差點砸中我和泰森。

「耶！耶！」克蕾莎幸災樂禍地大喊。「怎麼丟起來軟趴趴的啊？你這個大白痴，想要娶我？哼，門都沒有！」

「克蕾莎！」我大喊，實在不能再忍了。「閉嘴啦！」

太遲了。波呂斐摩斯又扔出一顆巨石，這一次我只能眼睜睜看著它飛過我頭頂，砸穿了安妮皇后復仇號的船身。

你絕對想像不到一艘船的沉沒速度竟然那麼快。安妮皇后復仇號先是吱嘎作響、發出隆隆聲，然後向前傾斜，像從溜滑梯頂上滑下去一樣。

我咒罵了一下，祈求海水將我推得再快一點，但是眼看連船的桅杆都已經沒入水裡了。

「潛下去！」我對泰森說。接著又有一顆巨石飛過頭頂，我們趕緊潛入水中。

船上的朋友們下沉得很快，他們想要穿過船身殘骸後方的大量泡沫往上游，但事實上沒有那麼簡單。

其實沒多少人知道，當一艘船下沉時，它就像一個排水口一樣，會把周圍所有東西一起往下扯。克蕾莎已經是游泳健將了，但連她都幾乎游不動；格羅佛發瘋似地猛踢足蹄，安娜貝斯則緊緊抓住金羊毛。金羊毛在水中閃著金光，有如嶄新的錢幣不斷翻轉似的。

我朝他們游過去，但心裡也明白，我可能沒有足夠的力氣把他們全都拉上水面。更糟的是，附近有許多木板在水中翻滾旋轉，只要有一塊木板打中我的頭，我再怎麼能夠控制海水也是徒然。

「我們需要協助。」我心想。

「沒錯。」那是泰森的聲音，出現在我腦袋裡，既清楚又宏亮。

我轉頭看著他，驚訝得不知所措。以前我曾在海裡聽見海精靈對我說話，但那種能力從未發生在我身上……對了，泰森也是波塞頓的兒子，所以我們可以用這種方式溝通。

「彩虹。」泰森說。

我點點頭，然後閉上眼睛，集中注意力，將我的聲音與泰森的聲音合而爲一：「彩虹！我們需要你！」

就在此時，黑暗的深海浮現出一個個形體，原來是三隻馬頭魚尾怪，牠們直立著向上游來，比海豚還要快。彩虹和牠的兩個朋友朝我們瞥了一眼，似乎是在讀我們的心思，接著便衝入船身殘骸。過了一會兒，突然湧出大團大團的泡沫，是格羅佛、安娜貝斯和克蕾莎，他們緊緊抓住馬頭魚尾怪的脖子，一人騎著一隻。

彩虹是體型最大的一隻，牠載著克蕾莎向我們游來，並讓泰森抓住牠的鬃毛。載著安娜貝斯的那一隻也讓我抓著牠。

我們就這樣衝出水面，加速遠離波呂斐摩斯的島。我可以聽見獨眼巨人的吼叫聲從身後傳來，他正興奮地大叫著：「我成功了！我終於把『沒有人』炸沉了！」

眞希望他永遠不會發現自己的錯誤。

我們高速飛掠水面，直到波呂斐摩斯的島變得像黑點一樣小，然後消失。

「成功了，」安娜貝斯筋疲力竭地喃喃自語：「我們……」

她頹然倒在馬頭魚尾怪的脖子上，沒兩下就睡著了。

我不知道馬頭魚尾怪能載我們游多遠，也不知道要往哪個方向去。此時此刻，我只能托住安娜貝斯不讓她掉下來，並用金羊毛裹住她全身；那金羊毛可是我們歷經千辛萬苦才奪回來的。想到這裡，我不禁在心中默默感激。

而這也提醒我……我又欠天神一次了。

「你眞是個天才。」我悄悄對安娜貝斯說。

然後我把頭靠上金羊毛，慢慢沉入了夢鄉。

17 邁阿密海灘

「波西，快醒醒！」

鹹鹹的海水潑灑在我臉上。安娜貝斯正在搖我的肩膀。

面對遠方，太陽從城市的天際線後方漸漸隱沒，我可以看見沿著海邊有一條公路，公路兩旁種植了成排的棕櫚樹，而面向海灘的整排商店閃爍著又紅又藍的霓虹燈，港口也停滿了各色帆船和郵輪。

「這裡是邁阿密吧，我猜，」安娜貝斯說：「不過馬頭魚尾怪的動作滿奇怪的。」

還眞的有點怪。我們的魚朋友放慢速度，嘴裡不停發出嘶嘶馬鳴，一直繞著圈圈游動，一邊聞著海水的味道。牠們看起來很不舒服，其中一個還打了大大的噴嚏。我知道牠們心裡在想什麼。

「牠們最遠只能載到這裡了，」我說：「太多人類，太多汙染。我們得自己游到岸上去。」

雖然要回家了，但沒有人表現得很興奮。總之我們謝過彩虹和牠朋友的鼎力相助，泰森還哭了一下下。他解開自己做的臨時鞍袋，裡頭裝滿他的工具組，以及從伯明罕艦殘骸搶救出來的其他東西，接著環抱住彩虹的脖子，給牠一個從島上撿來的溼答答芒果做紀念。他們向彼此說再見。

目送馬頭魚尾怪的白色鬃毛消失在海裡後，我們開始游向岸邊。海浪推著我們前進，沒多久就回到凡人世界。我們在郵輪碼頭四處閒晃，在度假人群間推擠前進。搬運行李的服務人員忙著推行李車，計程車司機則是用西班牙文高聲叫喊，想辦法切進人群裡招攬客人。如果真的有人注意到我們這五個全身溼答答、看起來像是剛和怪物打了一架的小孩，那他們一定也都沒有表現出來。

此時此刻，我們再度身處於凡人之間，泰森的獨眼又籠罩在迷霧的魔法中。格羅佛則穿戴好帽子和運動鞋，連金羊毛都變形成一件紅金相間的高中制服外套。

安娜貝斯跑向最近的書報攤，查看《邁阿密前鋒報》的日期。她氣急敗壞地說：「六月十八日！我們離開混血營十天了！」

「不可能！」克蕾莎說。

但我知道確實有可能。怪物世界的時間和外面不一樣。

「泰麗雅松樹一定快死了，」格羅佛傷心地說：「我們得在今天晚上把金羊毛拿回去。」

克蕾莎頹然倒在人行道上。「要怎麼回去？」她的聲音在顫抖。「距離好幾百公里遠。我們沒有錢，沒有交通工具，真的就像神諭說的。傑克森，一切都是你的錯！如果你沒有來攪局的話……」

「是波西的錯？」安娜貝斯氣炸了，「克蕾莎，你怎麼能說得出這種話？你真的是天字第一號……」

「別吵了！」我說。

克蕾莎將頭埋在手中，安娜貝斯則沮喪得直跺腳。

重點在於：這趟任務應該由克蕾莎來完成，而我差點就忘記了。有那麼一下下，我讓自己站在她的角度想。換作是我，如果有一堆其他的混血人跑來插手，害我很沒面子，我又會作何感想？

我想起在伯明罕艦的鍋爐室偷聽到的話。那時候阿瑞斯對克蕾莎大吼大叫，警告她最好不要失敗。阿瑞斯才不會管混血營的死活，但如果克蕾莎害他丟臉……

「克蕾莎，」我說：「神諭到底說了什麼？」

她抬頭看我。我以爲她又要臭罵我一頓，沒想到她深吸了一口氣，接著緩緩背誦她聽到的預言：

你會駕著鐵殼船，身旁有骨骸戰士相伴。
你會找到尋覓已久的東西，將之納為己有。
但你陷入絕望，身軀為石頭所埋。
如果沒有朋友就會失敗，孤身一人飛返家園。

「噢。」格羅佛含糊地說。

「不對，」我說：「不對……等一下。我懂了。」

我伸手到口袋裡找錢，但是除了一個古希臘金幣，我口袋裡什麼都沒有。「誰有現金？」

安娜貝斯和格羅佛都搖搖頭，臉色很難看。克蕾莎從口袋裡掏出一張南北戰爭時期的鈔票，還溼答答的，她也只能望錢興嘆。

「現金？」泰森怯生生地問：「就像……綠色的紙嗎？」

我看著他。「對啊。」

「就像圓筒行李袋裡面那種？」

「對啊，但是我們弄丟那些袋子了，已經好幾……天……」

我結結巴巴地停下來，看著泰森在他的臨時背袋裡翻來找去，然後拉出一個裝滿現金的封口袋，那是荷米斯早就為我們準備好的。

「泰森！」我興奮地大喊：「你怎麼……」

「以為是給彩虹吃的飼料袋，」他說：「發現它漂在海上，可是裡面只有紙。對不起。」

他把那些現金遞給我。裡面有好多張五元和十元鈔票，少說也有三百美元。

我連忙衝到路邊，攔下一輛計程車，幾個搭郵輪的乘客正準備下車。「克蕾莎，」我向她大叫：「快點，你得趕快去機場。安娜貝斯，把金羊毛給她。」

看著她們兩人的表情，不知道該說誰的下巴掉得比較厲害。總之，我從安娜貝斯手上搶來金羊毛外套，把現金塞進外套口袋，然後放到克蕾莎手上。

克蕾莎說：「你要讓我……」

「這是你的任務！」我對她說：「我們所有的錢也只夠買一張機票，況且我不能坐飛機，因爲宙斯會把我劈成一百萬片。而且神諭也說，你如果沒有朋友就會失敗，意思是你需要我們幫忙，不過你得自己一個人飛回家園。你得把金羊毛安全送回去。」

我看得出來她心裡正盤算著。她一開始還很懷疑，不曉得我在玩什麼把戲，最後終於相信我是說眞的。

她跳上計程車。「包在我身上，我不會失敗的。」

「這樣很好。」

計程車一溜煙就不見，金羊毛上路了。

「波西，」安娜貝斯說：「那樣好像太……」

「大方嗎？」格羅佛接口說道。

「太蠢了。」安娜貝斯糾正他。「你這樣做，是賭上混血營所有人的性命，賭克蕾莎會在今天晚上把金羊毛安全送回去。」

「這是她的任務，」我說：「她本來就應該試試看。」

「波西最好了。」泰森說。

「波西太好了一點。」安娜貝斯咕噥著。但我忍不住要想，也許，只是也許，她還有點感動呢。不管怎麼樣，我就是要讓安娜貝斯刮目相看，而那可不是件容易的事。

「走吧，」我對朋友們說：「我們得找其他方法回家。」

我邊說邊轉身，忽然發現有一把利劍抵住我的喉嚨。

「嘿，好兄弟，」路克說：「歡迎回到美國啊。」

他那對兇狠的熊人跟班一人站一邊，其中一個抓住安娜貝斯和格羅佛的T恤領口，另一個則想抓泰森，但泰森把他打進一堆行李中，順便對路克怒吼一聲。

「波西，」路克很冷靜地說：「叫你的大個兒退後一點，否則我會叫俄里歐斯抓你那兩個朋友的頭互撞。」

俄里歐斯咧嘴大笑，把安娜貝斯和格羅佛從地上拎起來。他們兩個不停掙扎、尖叫。

「路克，你到底想怎樣？」我氣得大吼。

他笑了，臉上一側的傷疤跟著扭來扭去。

他朝碼頭的遠端比了比，我才注意到那個醒目的東西。港內最大的一艘船便是安朵美達公主號。

「哎呀，波西，」路克說：「我得來大大展現一下待客之道，這是一定要的啦！」

熊人雙胞胎把我們趕到安朵美達公主號上，再往下走到船尾甲板的游泳池前方，那兒有好幾座美麗的噴泉，在空中噴灑出炫目的水線。旁邊還有路克的各色跟班，像是蛇人、勒斯岡巨人、穿著盔甲的半神半人等，全都聚在一起，想看我們得到何種「待客之道」。

「對了，金羊毛，」路克想了一下說：「它在哪兒？」

他仔細看看我們幾個人，先用劍尖刺刺我的襯衫，再戳了戳格羅佛的牛仔褲。

「喂！」格羅佛氣得大叫：「褲子下面是眞的羊毛啦！」

「抱歉啦，老朋友，」路克笑著說：「只要把金羊毛交給我，我就讓你們繼續那個，哈，小小的窮酸任務。」

「聽你鬼扯啦！」格羅佛不甘示弱地說：「還老朋友哩！」

「也許你沒聽見我說的話。」路克的聲音冷靜到有點可怕。「金—羊—毛—在—哪—裡？」

「不在這裡。」我說。也許不該向他透露任何訊息，可是一想到能把實話吐在他臉上，我就很想體驗那種快感。「我們已經把它送回去，你搞砸了。」

路克皺了皺眉頭。「你騙人。不可能……」他的臉突然漲得通紅，八成是想到某種奇慘無比的可能性。「克蕾莎拿走了？」

我點頭。

「你竟然相信……你交給她……」

「沒錯。」

「阿格里俄斯！」

高個兒熊人嚇得縮了縮。「什……什麼事？」

「快去下面把我的馬準備好，牽到甲板這裡來。我要飛去邁阿密機場，快！」

「可是，老闆……」

「快去！」路克尖叫著：「否則我抓你去餵龍！」

那個熊人深吸一口氣，連滾帶爬衝下樓梯。路克在游泳池前踱來踱去，嘴裡用古希臘文不停咒罵，一隻手緊抓著劍柄，緊到所有的手指關節都發白了。

路克其他的跟班看起來很不安。也許他們從沒看過自己老闆如此心神不寧的模樣。

我開始在心中暗想……如果能夠利用路克的怒氣，讓他忍不住脫口而出，把他那個瘋狂的計畫說給所有人聽……

我望向游泳池，凝視著噴泉灑向空中的水霧，夕陽使那片水霧產生一道彩虹。我突然想到一個好主意。

「我們一直被你玩弄於股掌間，」我對他說：「你打算讓我們幫你取得金羊毛，這樣就可以省掉一大堆麻煩。」

路克的臉垮了下來。「那是當然的啦，你這個大白痴！可是你把所有事情都搞砸了！」

「你這個叛徒！」我從口袋裡掏出最後一個古希臘金幣，把它丟向路克。如我所料，他輕輕鬆鬆就閃開了，於是錢幣直直飛入那彩虹色澤的水霧中。

我很希望心中默念的祈禱能夠獲得接受，於是集中心力默念：「彩虹女神伊麗絲，請接受我的請求。」

「你把我們耍得團團轉！」我又對路克大吼：「甚至還騙了混血營的戴歐尼修斯！」

此時，路克背後的噴泉開始閃閃發光，但我得讓眾人的注意力都放在我身上，於是趕忙抽出波濤劍。

路克冷笑一聲。「波西，沒時間讓你逞英雄了，快把你那可憐兮兮的小不點劍放下來，不然我遲早都會殺了你。」

「路克，泰麗雅松樹是誰下的毒？」

「當然是我。」他咆哮著。「我早就告訴過你了。我用的是老蟒蛇的毒液，直接來自地獄深淵塔耳塔洛斯！」

「奇戎和這件事一點關係都沒有？」

「哈！你也知道，他才不會做這種事。那個老笨蛋根本沒那個膽。」

「那樣就叫有膽喔？那樣是背叛你的朋友，而且還危及整個混血營！」

路克舉起手上的劍。「你不懂的可多了。我打算讓你擁有金羊毛……等我用完以後。」

這句話讓我遲疑了一下。他為什麼要讓我擁有金羊毛？一定是騙人的，但我不能讓他轉移注意力。

「你是要拿去治好克羅諾斯吧。」我說。

「沒錯！金羊毛可以讓他的恢復速度加快十倍。不過你阻止不了我們，波西，你只是害我們稍微慢下來而已。」

「所以你毒殺那棵樹，背叛了泰麗雅，還陷害我們……這全都是爲了要幫助克羅諾斯毀滅天神。」

路克氣得咬牙切齒。「這些你早就知道了！爲什麼要一直問？」

「因爲我想讓觀眾席的所有人親耳聽你說。」

「什麼觀眾？」

然後他皺了皺眉，轉身看向背後，旁邊那群爪牙也跟著轉過去看。他們紛紛倒抽了一口氣，嚇退好幾步。

就在游泳池上方，在那閃耀著彩虹色澤的水霧中，有一個彩虹女神伊麗絲的訊息視窗，裡面顯現出戴歐尼修斯、坦塔羅斯，還有整個混血營的人，全都坐在晚餐涼亭裡。他們震驚地說不出話，只能呆呆看著我們。

「哎呀，」戴歐尼修斯的聲音聽起來乾巴巴的，「今天的晚餐有些意想不到的餘興節目。」

「戴先生，你聽到他說的話了，」我說：「你們全都聽到路克說的話了。那棵樹被下毒並不是奇戎的錯。」

戴先生嘆了一口氣。「我想也是。」

「伊麗絲傳訊是可以僞造的。」坦塔羅斯提醒大家，但他把注意力都放在眼前的起司漢堡，一心想用雙手抓個正著。

「我想恐怕不是僞造的。」戴先生說，而且一臉嫌惡地看著坦塔羅斯。「看來我必須恢復奇戎原本的活動主任一職。我很懷念和那匹老馬一起玩撲克牌。」

坦塔羅斯終於抓住起司漢堡了，那個漢堡居然沒有逃走。他從盤子上拿起漢堡，不可置信地看著它，好像在他眼前的是全世界最大的鑽石。「我抓到了！」他咯咯笑著。

「坦塔羅斯，我們不再需要你的服務了。」戴先生大聲宣佈。

坦塔羅斯整個人呆住。「什麼？可是……」

「你該回到冥界去。你被開除了！」

「不！可是……不——！」

正當他分解飄散成薄霧時，十隻手指頭依然緊緊扣住起司漢堡，拼命想要送入嘴巴。但一切都太遲了，他整個人消失無蹤，起司漢堡則落回盤子上。這時混血營的所有成員爆出一陣歡呼聲。

路克憤怒地大聲咆哮。他揮劍劃過噴泉，傳訊畫面立刻消失不見，但事實俱在，他想賴也賴不掉。

一時之間，我簡直有點得意忘形，直到路克轉過身來，給了我極爲兇狠的一眼。

「波西，克羅諾斯說得對極了，你這個武器完全靠不住。納命來！」

我不太確定他的意思是什麼，但現在可沒時間細想。路克的一個爪牙吹起黃銅哨子，甲板上所有的門立刻打開，十幾名戰士一擁而上，人手一枝黃銅長槍，把我們團團圍住。

路克對我笑了起來。「你絕不可能活著離開這艘船。」

18 派對小馬入侵

「一對一單挑，」我向路克下戰帖，「你在怕什麼？」

路克抿著嘴唇。環繞在我們四周的小嘍囉們本來打算大開殺戒，這下子也遲疑了，站在一旁等待路克下指令。

但他還來不及說什麼，熊人阿格里俄斯便牽著一匹飛馬衝上甲板。我從沒見過這樣全身漆黑的飛馬，再加上一對翅膀，看起來簡直像是巨型烏鴉。這匹母飛馬激動地弓著背，不停嘶嘶鳴叫。我知道她在想什麼。她對著阿格里俄斯和路克不停咒罵一些惡毒字眼，我心想，要是奇戎聽見他的同類如此出口成「髒」，肯定會用洗皮革的肥皂清洗她的嘴。

「老大！」阿格里俄斯叫著，還得躲開飛馬亂踹。「你的座騎已經準備好了！」

路克的視線沒有離開我。

「波西，我去年夏天就跟你說過了，」他說：「想拐我跟你打？門兒都沒有。」

「所以你會一直躲囉，」我又說：「怕你的手下看到你打敗仗嗎？」

路克朝四周的手下瞥了一眼，卻也看出我是挖陷阱讓他跳。如果他縮手不打，恐怕會顯得很懦弱；如果和我打一架，卻又會浪費掉追克蕾莎的寶貴時間。至於我呢，我只希望盡可能拖住他，讓我的朋友們有機會逃走。如果有誰可以想出妙招把大家救出去，那個人一定是安娜貝斯。話說回來，我知道情勢很不利，路克的劍術有多高超，我是最清楚不過了。

「我只要三兩下就能解決你！」路克終於下定決心，於是舉起手中的武器。他的武器暗劍足足比我的波濤劍長了三十公分，劍刃閃耀著邪惡的灰金色光芒，那是用人界的地鋼和神界的天銅融合打造而成。我幾乎可以感覺到那劍刃的兩半纏鬥不休，彷彿把兩塊磁性相反的磁石硬是綁在一起。我不知道那柄劍是如何打造而成，不過隱約嗅到一股悲劇的味道，一定有某人因爲鑄劍而死。路克向一名手下吹口哨，那人丟給他一面圓形的盾牌，是用皮革和青銅製成的。

他對我露出邪惡的微笑。

「路克，」安娜貝斯說：「至少也給他一面盾牌吧。」

「眞是抱歉，安娜貝斯，」他說：「來參加派對總要自己帶東西啊。」

盾牌確實是個問題。一手握劍、雙手搏鬥固然比較威猛，然而一手握劍、一手盾牌能給你更大的防禦力和靈活度，你可以擁有更多的閃躲機會、更多的戰術選擇、更多殺死對手的方法。我突然想起奇戎，他曾經叫我無論如何都不要離開混血營，並要好好學習如何戰鬥。此時此刻，我得對不聽他的勸告而付出代價。

路克第一次出劍就差點要了我的命。他的利劍揮過我腋下，不但刺穿襯衫，更一劍劃過我的肋骨。

我向後一躍，手持波濤劍想要反攻，可是路克用盾牌大力一揮，立刻把我的劍掃開。

「哎呀呀，波西，」路克假意責怪我，「你好像疏於練習嘛。」

他再次發動攻擊，這回對準我的頭。我連忙躲開，然後回敬一劍。他輕而易舉跳開了。肋骨部位的刺傷疼痛難耐，我可以感覺到心臟劇烈跳動。等路克再次攻來，我向後跳進游泳池，突然感覺到體內湧現一股強大的力量。我在水中旋轉身體，製造出龍捲風般的旋轉水柱，然後從底部激射出去，直衝路克的臉。

強大水柱的力量把他打倒在地，害他又嗆又咳，兩眼模糊。但我還來不及再次進攻，他便滾到一旁，隨即站了起來。

我再次出擊，削掉他盾牌邊緣一塊，但他一點也沒有顯露膽怯之色，甚至向下蹲低，趁機攻擊我的腿。突然間，我的大腿像是著火似的疼痛劇烈，因而摔倒在地。牛仔褲膝蓋以上的部分完全綻開，我受傷了，但連傷得多重都無從得知。路克繼續揮劍，朝下方又劈又砍，我連忙滾到一張摺疊椅下面。我想盡辦法要站起來，可是大腿傷得太嚴重，根本就支撐不了身體的重量。

「波西！」格羅佛急得大叫。

我只能繼續朝旁邊滾動，因為路克揮劍把摺疊椅劈成兩半，變成一堆廢銅爛鐵。

我趕緊爬向游泳池，拼命不讓自己昏過去，然而看這情形是很難的了。路克也看出我打的如意算盤，於是他慢慢往前走，臉上掛著一抹微笑。他的劍刃邊緣閃著紅色血光。

「波西，在你死之前，我要你好好看一件事。」他看著俄里歐斯，那個熊人手上還掐住安娜貝斯和格羅佛的脖子。「俄里歐斯，你可以好好吃頓大餐了。祝你用餐愉快啊。」

「嘻嘻！嘻嘻！」那個熊人舉起我的兩位朋友，露出嘴裡的森森白牙。

就在這時，眼前突然陷入一片混亂。

咻咻！

一枝紅羽箭射穿俄里歐斯的嘴巴。他那張毛茸茸的臉孔露出極度震驚的表情，隨即倒臥在甲板上。

「兄弟呀！」阿格里俄斯號啕大哭，一時疏忽而放開手中的韁繩，讓那匹黑色飛馬有機會踹中他的頭，然後沿著一道弧線飛入邁阿密海灣。

不過彈指之間，路克身邊的爪牙全都嚇得呆若木雞，只能眼睜睜看著那對熊人雙胞胎轉瞬間化為灰煙。

接著，周圍響起一陣狂野的齊聲吶喊，並伴隨著馬蹄敲打金屬發出的匡匡巨響。十多匹半人馬突然從中央的主梯衝了出來。

「小馬！」泰森興奮地大叫。

我被眼前的情景搞到無法思考。奇戎赫然出現在那群半人馬之間，但他的親戚們看起來和他一點都不像。這群半人馬，有些看起來是阿拉伯種馬的黑色身軀，有些則是一身金色的巴洛米諾馬，更有些全身佈滿了橘色和白色的圓點，很像是用油漆塗上去的。有的半人馬還穿了亮色T恤，衣服上有一堆螢光字，寫著：「派對小馬：南佛羅里達分會」。這些半人馬有的手持弓箭全副武裝，有的掄著球棒，甚至有些配備了漆彈槍。其中一匹半人馬的臉上塗滿油彩，好像印第安卡曼其族戰士，手上還不停揮動一隻泡綿做的橘色大手，比畫著「第一名」的手勢。另外有一匹半人馬袒露胸膛，可是全身竟然漆成綠色。這還不是最怪的，有一匹半人馬戴了超級勁爆的眼鏡，貼上骨碌碌轉的玩偶眼睛不說，那眼睛竟然還以彈簧和眼鏡相連，隨著身體的律動彈來晃去。哇，還有一匹在棒球帽上黏著上汽水罐和吸管，而且腦袋兩邊還各黏一罐！

他們猛力衝上甲板，再加上全身色彩繽紛，害路克有好一會兒全身僵硬，不知該如何反應。我有點搞不清楚他們是來發動攻擊，或者根本是來鬧場的。

很顯然兩者皆是。等到路克舉起手上的劍、號令手下再次整隊時，一匹半人馬冷不防射出一支特製的利箭，箭尾竟然拖了一個皮製的拳擊手套，以迅雷不及掩耳之勢擊中路克的臉，把他打得掉進游泳池。

他手下的爪牙紛紛四散奔逃。我覺得也不能怪他們啦，面對後腿站立撲高的駿馬就已經夠恐怖的了，更何況一匹半人馬站在眼前，手持弓箭不說，頭上還戴著汽水罐棒球帽，一邊振臂高呼。我想即使是最勇敢的戰士都會嚇到腿軟。

「再來啊！」一匹派對小馬大喊。

他們紛紛舉起漆彈槍恣意發射，只見一波又一波的藍漆和黃漆噴在路克手下的戰士身上爆破開來，模糊了他們視線，而且噴得他們全身是漆。他們想要逃跑，卻只能在甲板上摔得東倒西歪。

奇戎連忙朝安娜貝斯和格羅佛飛奔過去，小心翼翼把他們從甲板上抱起來，放在背上。

我也想站起來，可是受傷的那條腿痛得像著火一樣。

路克則是拼命爬出游泳池。

「進攻啊，你們這些笨蛋！」他號令手下的戰士。突然間，一陣警鈴聲大作，聽起來像是發自甲板下方某處。

我知道要不了多久，路克的援軍隨時都會抵達，將我們團團圍住。我這樣的念頭還沒停，他手下的戰士已經從震驚之中回過神來，紛紛舉起自己手上的利劍與長槍，朝那群半人馬發動攻擊。

泰森掄起拳頭打倒了六、七人，把他們打得翻越欄杆、摔進邁阿密海灣。然而有更多的戰士爬樓梯衝上甲板。

「弟兄們，撤退啦！」奇戎大喊。

「你絕對逃不了的，人馬！」路克大喊著。他舉起手上的劍，可是就在此時，他臉上又飛來另一支拳擊手套箭，打得他狠狠摔到一張摺疊椅上。

一匹巴洛米諾半人馬把我抬到他背上。「嘿，小鬼，叫一下你的大塊頭朋友！」

「泰森！」我大喊：「快走吧！」

泰森本來兩手各抓一名戰士，準備把他們兩人打個結，這時則放開手讓他們摔下去，自己跟在我們後面跑。他也跳上這匹半人馬背上。

「喂！」半人馬哼叫一聲，他的馬背快要讓泰森的體重給壓彎了。「你到底有沒有聽過『低糖飲食』啊？」

路克手下的戰士已經排列成作戰隊形，正準備進攻。同時，這群半人馬衝到甲板邊緣，大膽躍過船邊的欄杆，彷彿只是在參加跨欄比賽似的，完全無視於此處距離地面足足有十層樓高。我敢肯定這下子絕對沒命了。我們高速朝碼頭垂直落下，然而這群半人馬落到柏油路面上，幾乎連震都沒震一下，接著邁開步伐狂奔離開，而且一邊大喊大叫，一邊對著安朵美達公主號高聲咒罵。我們就這樣一路衝進邁阿密市中心的街道。

眞不知道邁阿密人看我們這樣呼嘯而過，心裡作何感想？

隨著半人馬逐漸加快速度，路邊的街道與建築物也開始變得模糊。那種感覺像是空間被壓縮了，彷彿半人馬的每一步都帶我們前進一公里又一公里，過沒多久，城市就被我們遠遠拋到後頭。我們奔馳經過滿是草堆、池塘和彎曲樹木的沼澤平原。

最後，我們發現自己置身於一個湖邊的拖車露營場。這個露營場停的全是馬匹拖車，車上的東西應有盡有，電視機、迷你冰箱和電蚊拍一應俱全。原來是一個半人馬露營場。

「喂，小鬼！」一匹派對小馬說著，一邊將身上的裝備卸下來。「你有沒有看到那個熊人？他的樣子活像在說：『哇，我的嘴巴裡面有支箭耶！』」

戴了彈簧眼鏡的半人馬噗嗤一聲笑出來。「那實在太勁爆了！好個迎頭痛擊！」

那兩匹半人馬突然朝對方衝過去，用盡全力以頭對撞，隨後又朝相反方向蹣跚走開，臉上則掛著瘋狂的微笑。

奇戎嘆了一口氣。他扶著安娜貝斯和格羅佛在我身旁坐下，讓我們坐在一塊野餐毯上休息。「我那些親戚們很愛用頭對撞，眞希望他們別再鬧了。他們的腦細胞很可能所剩不多。」

「奇戎。」我對他說，心裡依然對他就在眼前的事實感到不可置信。「你救了我們。」

他勉強擠出一個笑容。「這個嘛，我實在沒辦法眼睜睜看著你們送命，特別是你還幫我洗刷了罪名。」

「可是，你怎麼知道我們在哪裡？」安娜貝斯問。

「親愛的，事先就要計畫好啊。根據我的猜測，如果你們能夠活著逃出妖魔之海，八成會從邁阿密附近海域冒出來。幾乎所有怪東西都會在邁阿密附近冒出來。」

「喔，眞感謝你的讚美。」格羅佛聽了覺得很悶。

「不是，不是，」奇戎說：「我的意思不是……唉，隨便啦。親愛的羊男，很高興能見到你。我要說的重點是，我可以竊聽到波西發出的彩虹簡訊，只要追蹤訊號位置就行了。我和伊麗絲女神從好幾千年前就是朋友，於是我請她幫忙注意一下，如果這個地區有重要的通訊事件就通知我。然後，我不用花費太多力氣說服，這些親戚們二話不說就來幫你們的忙。如你們所見，只要我們願意，半人馬的行動速度非常快，距離對我們的意義和人類大不相同。」

我望著營火，那兒有三匹派對小馬正在教導泰森操作漆彈槍。希望他們知道自己究竟捲入什麼樣的事情。

「那現在怎麼辦？」我問奇戎。「就讓路克把船開走？克羅諾斯在那艘船上，或者應該說克羅諾斯的一部分。」

奇戎跪了下來，小心翼翼將一雙前腳彎曲放在身體下面。他打開掛在腰帶上的醫藥袋，開始清理我的傷口。「我有點擔心，波西，擔心今天只是個開始。我們的人數居於劣勢，沒辦法拿下那艘船，然而路克的部隊軍紀不嚴，沒辦法追到我們。所以今天兩邊都不算贏。」

「可是我們拿到金羊毛啦！」安娜貝斯說：「克蕾莎帶著金羊毛，這時候正在趕回混血營的路上。」

奇戎點點頭，不過他看起來依舊有點心神不寧。「你們絕對都是英雄，這點毋庸置疑。等我們讓波西的傷勢穩定下來，你們就可以回混血之丘了。這些半人馬會載你們回去。」

「你也會一起去吧？」我問他。

「喔，波西，當然啦，可以回家讓我鬆了一口氣。我這些兄弟不怎麼欣賞狄恩．馬汀的音樂，而且我得和戴先生好好討論一下，剩下的暑假期間必須好好規畫一番，還有很多訓練要進行。而且我很想看看……我也對金羊毛感到很好奇。」

我不曉得他眞正的意思是什麼，不過這番話又讓我想起之前路克說過的話：「我會讓你拿走金羊毛……等我用完以後。」

他會不會是在騙我？我已經從克羅諾斯身上學到一件事：通常一個計畫的背後還會有另一個計畫。那位泰坦之王號稱「設局者」可不是浪得虛名。他會用很多手段指使人們遵行他的旨意，而那些人根本不曉得他真正的意圖是什麼。

在那堆營火旁，泰森發射他手上的漆彈槍。一顆藍色的漆彈射中一匹半人馬，害他失去重心摔進湖裡。那匹半人馬從湖裡爬出來，雖然全身覆滿了沼澤裡的泥巴和藍色油彩，但臉上堆滿了笑容，還舉起兩手的拇指稱讚泰森一番。

「安娜貝斯，」奇戎說：「也許你和格羅佛該去教導一下泰森和我的兄弟們，免得他們向彼此學了太多壞習慣。」

安娜貝斯迎上他的視線。他們之間有某種互相理解的默契。

「沒問題，奇戎，」安娜貝斯說：「走吧，羊小子。」

「可是我不喜歡玩漆彈。」

「會啦，你會喜歡的。」安娜貝斯抬起他的偶蹄，把他拖到營火那邊去。

奇戎終於把我腿上的傷口包紮好。「波西，之前往這裡的路上，我和安娜貝斯談過了。我們談起那則預言。」

「喔哦，他發現了。」我心想。

「那不關她的事，」我說：「是我叫她說的。」

他的眼神閃爍不定，帶點微微的怒意。我敢說他打算好好罵我一頓，不過他的神情突然黯淡下來。「我想也是，那個秘密不可能守住一輩子。」

「那麼，我眞的是預言所說的那個人嗎？」

奇戎把繃帶塞回他的醫藥袋。「波西，我也很想知道答案啊。你還不到十六歲，從現在開始，我們必須盡可能把你訓練到最優秀，至於未來，就只能任憑命運三女神(63)的處置了。」

命運三女神。我有好長一段時間不曾想起那幾位老太太了，但奇戎一提起她們，我突然靈光一閃。

「原來是那樣的意思啊！」我說。

奇戎皺起眉頭。「原來是怎樣的意思？」

「去年夏天，我看到命運三女神顯現的預兆。那時我看到她們喀擦一聲剪斷某個人的生命線，還以爲我馬上就要死了，不過結果比那還糟。總之，我認爲這件事和你說的預言有關，她們當時所預言的死亡，等到我十六歲就會發生。」

奇戎的馬尾在草地上來回掃動，看得出來心情很焦慮。「孩子，你也不能確定吧。我們連預言的對象究竟是不是你都還不曉得。」

「可是，混血營裡沒有其他三大神的小孩了！」

「這我們知道。」

「而且克羅諾斯即將東山再起，他打算要毀掉奧林帕斯山！」

「他確實有這樣的打算。」奇戎同意我的話。「而且西方文明會跟著陪葬，如果我們沒有阻止他的話。可是我們會阻止他的，如果要打那場仗，你絕對不會孤立無援。」

我知道他拼命想安慰我，讓我覺得好過一點，可是我又想起安娜貝斯說過的話。天將降大任於一個英雄，一個決定將會拯救或毀滅西方世界。而且我還滿確定命運三女神給我的警告與這件事相關。某件可怕的事情即將發生，可能發生在我身上，或是與我親近的人身上。

「奇戎，我還只是個小孩啊，」我可憐兮兮地說：「對抗克羅諾斯，對一個很遜的混血人來說，到底有什麼好處呢？」

奇戎勉強擠出一個笑容。「『對一個很遜的混血人來說有什麼好處？』約書亞．勞倫斯．張伯倫[64]也對我說過類似的話，就在他隻手扭轉南北戰爭的戰局之前。」

他從自己的箭筒抽出一支箭，拿在手上轉動箭身，只見那銳利的箭尖在火光中閃爍著光芒。「波西，這是用天銅打造而成的，是來自神界的武器。如果你用它射向人類會怎樣？」

「不會怎樣，」我說：「它會直直穿過去。」

「沒錯，」他說：「人類和天神生活在不同的層次，人類不會被我們的武器所傷。可是說

---

[63] 命運三女神（Fates），掌管所有生命長短的三位女神。參《神火之賊》七十九頁，註[8]。

[64] 約書亞．勞倫斯．張伯倫（Joshua Lawrence Chamberlain, 1828-1914）原是包登學院（Bowdoin College）教授，南北戰爭期間放棄學術生涯，加入聯邦軍隊，後來成為北軍最好的將領之一。這裡指的戰役應指著名的蓋茨堡戰役，張伯倫率領北軍逆勢突圍，一舉擊潰南軍。

到你，波西，你是半神半人，你同時生活在這兩個世界，會被兩者所傷，卻也可以對兩者發揮影響力。正是這一點讓混血英雄顯得特別，你可以將人類世界的希望帶進永恆不朽的神界。怪物永遠不會死，他們可以從渾沌和原始狀態重生，而那種狀態在地底世界不斷翻騰，正是讓克羅諾斯愈來愈強壯的來源。他們一次又一次遭到擊敗，一次又一次受到牽制，正是混血英雄使那樣的奮戰更顯具體。一代又一代，你們前仆後繼投入一場場戰鬥，而人性必定贏得勝利。這一切都是爲了維護人類的生存，你懂嗎？」

「我……我不知道。」

「波西，你一定要了解。因爲無論你是不是預言所說的那個孩子，克羅諾斯都認爲你是。而從今天開始，他必定徹底失望，再也不會想盡辦法要把你納入他的旗下。你也知道，那正是他還沒有殺你的唯一一個原因。只要他確定不能利用你，就會毀掉你。」

「聽你這麼說，你好像很了解他的樣子。」

奇戎抿一抿嘴。「我確實很了解他。」

我盯著他看。有時我會忘記奇戎有多老了。「就是因爲這樣，之前有人對那棵樹下毒時，戴先生才會懷疑你嗎？爲什麼你說有些人不相信你？」

「那倒是眞的。」

「可是，奇戎……我是說，拜託，他們有什麼理由不相信你呢？你怎麼會爲了克羅諾斯而背叛混血營？」

奇戎的眼珠是深褐色的，彷彿充塞著數千年來累積的深沉悲傷。「波西，好好想想你受的訓練，想一想你學過的神話故事。我和那位泰坦巨神之間有什麼關係？」

我拼命回想，然而我老是會把那些神話故事搞混。即使是現在，一切故事都顯得如此眞實，對我的生命也如此重要，我依然沒辦法把那一大堆名字和事件全部弄清楚。我搖搖頭。

「你，呃，你是欠克羅諾斯一份人情還是什麼的？他曾經饒你一命嗎？」

「波西，」奇戎說，他的聲音從沒那麼溫柔過，「泰坦巨神克羅諾斯是我的父親。」

19 戰車競賽

克蕾莎的後腳才剛踏進長島，我們的前腳就到了，多虧了半人馬的超強行動力。我騎在奇戎的背上，但一路上都沒說什麼話，特別是有關克羅諾斯的話題。我心裡很清楚，奇戎一定是鼓足了勇氣才肯告訴我實情，因此我不希望拿更多問題來煩他。我的意思是說，我自己父母的問題就已經夠讓我難堪了，何況他父親是克羅諾斯，那個想要摧毀西方文明的邪惡泰坦王？那絕對不會是我想帶去學校班親會的老爸。

等我們抵達混血營，這群半人馬已經迫不及待要去找酒神戴先生，因爲他們聽說戴先生辦過不少超級瘋狂的派對。可是這回讓他們失望了，此刻整個混血營的人都聚集在混血之丘的山頂，酒神完全沒有大肆慶祝的心情。

過去兩個星期以來，混血營的情勢非常危急。營區裡的工藝課小木屋已遭大火焚毀，成爲噴火龍攻擊混血營的祭品。主屋的許多房間都擠滿傷患，幸虧有阿波羅小屋的學員，他們擁有超群的醫術，從早到晚不停爲傷者提供初步的治療。所有人看起來都很疲倦、憔悴，大家一同聚集在泰麗雅松樹周圍。

克蕾莎將金羊毛掛上最低處的樹枝，就在那一瞬間，月光似乎變得明亮了些，從原本的灰撲撲轉爲水銀般的光澤。一陣涼爽的微風吹進枝葉間沙沙作響，接著吹向草地，就這樣一路吹進山谷。萬物的形影似乎都變得比較清晰了，你可以感覺到螢火蟲的點點光芒在樹林裡起伏飛揚，草莓園傳來陣陣香氣，連海灘上的波濤聲也清晰可聞。

就在這逐步變化中，樹上的松針慢慢由枯褐色轉變成墨綠色。

大夥兒爆出熱烈的歡呼聲。變化雖然十分緩慢，事實卻是毋庸置疑。金羊毛的魔力已滲入大樹，不僅將全新的生命力注入，也將猛烈的毒液排出。

奇戎下令每七人組成一個巡邏小組，全天二十四小時在混血之丘輪班看守，直到他徵得適當的怪物來保護金羊毛，這項勤務才能解除。奇戎說，他馬上會在《奧林帕斯週刊》刊登徵怪物廣告。

在此同時，克蕾莎的室友們把她扛上肩頭，以英雄之姿將她迎到圓形劇場，她在那裡接受月桂冠的莫大榮譽，而營火四周也有各式各樣的慶祝活動。

沒有人多瞧我和安娜貝斯一眼，好像我們在這段期間從沒離開過似的。就某方面來說，這也許是大夥兒對我們最大的感謝了，因爲假使公開承認我們曾溜出混血營進行任務，營方就非驅逐我們不可。而且說眞的，我一點也不想出風頭。在這樣的時刻，只要能夠待在混血營，我就覺得心滿意足了。

那天晚上，大夥兒圍繞在營火周圍，一邊烤著棉花糖，一邊聽史托爾兄弟講鬼故事，故事是說很久很久以前有個邪惡的國王，他活生生被擁有魔力的早餐酥皮點心給吃了。這時，克蕾莎從後面推我一把，並在我耳邊說悄悄話：「傑克森，雖然你曾經表現得很酷，但別以爲阿瑞斯會放你一馬。我還在等待恰當的時機將你碎屍萬段。」

我勉強擠出一個笑容。

「怎樣啦？」她質問著。

「沒什麼，」我說：「只是覺得回家眞好。」

隔天早上，那些派對小馬全都回佛羅里達去了，這時奇戎宣佈了一件令人意外的消息：戰車競賽依舊如期舉行。隨著坦塔羅斯成爲過去式，大家都以爲戰車競賽也將走入歷史，不過讓這個活動有始有終似乎還滿合理的，特別是奇戎回來了，混血營也恢復了平靜。

由於有第一次比賽的經驗，泰森對於再次參加戰車競賽並不是很熱衷，不過他倒是很高興我和安娜貝斯合組一隊。我負責駕駛，安娜貝斯負責防禦，泰森則擔任幕後維修人員。我和馬兒一起操兵演練時，泰森就負責修好雅典娜戰車，並加上一大堆有的沒的武器配件。

接下來兩整天，我們沒日沒夜瘋狂投入訓練。我和安娜貝斯達成共識，如果這次的比賽贏了，「一個月不須執行雜務」的大獎將由兩邊小屋共享。而既然安娜貝斯他們的室友人數比較多，也就可以分到比較多的時間。這對我來說沒差，我並不在乎會得到什麼獎，能夠獲勝才是最重要的事。

比賽之前的晚上，我在馬廄待到很晚。我和馬兒聊天，最後再幫牠們梳洗一下。就在這時，有個人突然出現在我身後說：「眞是好動物，好馬。也許我來想想看可以怎麼用。」

眼前是個全身郵差裝束的中年男子，斜斜靠在馬廄門上。他身材纖瘦，白色遮陽帽底下露出黑色鬈髮，肩上掛著一個郵件袋。

「荷米斯嗎？」我結結巴巴地說。

「哈囉，波西。我沒穿慢跑裝，你就不認得我了嗎？」

「嗯……」我一時不知所措，不曉得是該下跪，或者該向他買幾張郵票，接著我才想到他爲何會出現在這裡。「喔，對了，荷米斯天神，關於路克……」

這位天神揚起眉毛。

「呃，我們碰到他了，沒錯，」我說：「可是……」

「你沒辦法跟他講道理吧？」

「嗯，我們之間有一場戰鬥，算是彼此都想置對方於死地吧。」

「我了解。你很想和他好好談吧？」

「眞的很抱歉。我是說，你給了我們那麼棒的禮物，還幫了那麼多忙，我也知道你很希望路克能回頭，可是……他變壞了，眞的很壞。他說，他覺得被你拋棄了。」

我停下來，想說荷米斯要生氣了。我猜他會把我變成一隻黃金鼠之類的動物，但我再也不想浪費任何時間當一隻齧齒類。

然而他什麼也沒做，只是嘆了口氣。「波西，你曾經覺得被你父親拋棄了嗎？」

噢，該死的問題。

我原本想說：「一天只想個幾百次吧。」自從去年夏天以後，我就沒和波塞頓說過話了。我甚至連他的海底宮殿都沒去過，接著又發生泰森的事，沒有預告，沒有解釋，只是「轟」的一下，你就多了一個兄弟。你不禁會想，難道不該先打個電話講一下嗎？

關於這些事，我愈想就愈火大。我心裡很明白，其實我很希望有人能稱讚我完成了這次任務，但不是想要學員們的稱讚，而是希望我爸至少能說些什麼，希望他多關心我一點。

荷米斯調整一下肩上的郵包。「波西，要當一個天神，最困難的部分就是做事都要很間接，特別是和自己孩子有關的事。如果只要孩子有難，我們便插手……嗯，那樣只會引發更多的問題、更多的怒氣。可是我相信，只要你多想一下，你就會了解波塞頓一直很關心你。他不是回應了你的祈禱嗎？我只希望有那麼一天，路克也能了解我的苦心。無論你覺得成功與否，你已經讓路克回頭想一想他自己的身分了。因爲你對他說了那些話。」

「可是我打算殺了他耶。」

荷米斯聳聳肩。「家人之間的關係往往很緊繃，而天神家人之間的緊繃關係更是永無止盡。有時候，最好的方法就是彼此提醒我們的親戚關係，不管那關係是好是壞……然後盡可能維持這種有點殘缺的關係，並盡可能把死傷降到最低。」

乍聽之下，這似乎不是建立完美家庭的好方法，然而我再一次回想這次任務，突然覺得荷米斯說得很對。波塞頓派了馬頭魚尾怪來幫我們，他給了我遍及整個海洋的力量，這點我從來沒想過，而且還有泰森。我們會認識彼此，難道是波塞頓事先安排好的？今年夏天，泰森不知道救過我幾次了。

遠處傳來海螺號角聲，宵禁時間到了。

「你該上床睡覺了，」荷米斯說：「今年夏天，我已經害你惹上夠多麻煩。我只是幫你送這封快遞過來。」

「快遞？」

「波西，我可是信使之神喔。」他從郵包裡拿出一個電子簽名板，把它遞給我。「請在這裡簽個名。」

我拿起簽名板上附的觸控筆，這才發現那枝筆是由一對小綠蛇盤繞而成。「啊！」我嚇得放開手。

「哎喲！」喬治說。

「波西，你也真是的！」瑪莎罵著。「你希望被人丟在馬廄地板上嗎？」

「喔，啊，眞是抱歉。」我很不喜歡摸到蛇，但還是把簽名板和觸控筆撿起來。瑪莎和喬治在我手指底下扭來扭去，而我拿筆的模樣很像小時候剛學會握筆的姿勢。

「你有沒有幫我抓老鼠回來？」喬治問我。

「沒有……」我說：「唔，連半隻都沒找到。」

「那有沒有天竺鼠？」

「喬治！」瑪莎罵他：「不要戲弄小男生啦。」

我趕快簽了名，將簽名板還給荷米斯。

像是交換似的，他交給我一個水藍色的信封。

我的手指抖個不停。還沒打開之前，我就知道是父親寄來的。我可以感覺到裡面冷藍色信紙透出的力量，彷彿信封本身就是用海浪摺疊而成。

「祝你明天好運啦，」荷米斯說：「你有一組好馬，不過你會原諒我吧，我要去幫荷米斯隊加油喔。」

「對了，親愛的，讀了信不要太沮喪，」瑪莎對我說：「他完全是爲你好。」

「這是什麼意思？」我問。

「別理她，」喬治說：「嘿，下一次要記得喔，我們蛇是要給小費的。」

「你們兩個，夠了吧，」荷米斯說：「再見了，波西。先這樣囉。」

他的遮陽帽伸出兩隻小小的白色翅膀，然後全身開始發光，我知道這是要阻礙我的視線，不讓我看見天神眞正的模樣。伴隨著一道刺眼的白色閃光，他不見了，留下我一個人和幾匹馬。

我看著手中的藍色信封。收信地址是用手寫的，筆跡有力但優雅，我以前也曾看過，去年夏天波塞頓曾寄一個包裹給我。

11954紐約州長島 農場路三一四一號

波西．傑克森 收

由混血營轉交

的確是我父親寄來的。也許他想對我說，能拿到金羊毛眞是做得太棒了。或是他想解釋泰森的事，想要對沒能早點告訴我而道歉。我期待在這封信上看到的實在太多了。

我打開信封，把信紙展開。

那麼大一張信紙，只有正中央寫了簡簡單單的幾個字：

男兒當自強

隔天早上，戰車競賽即將隆重登場，所有人都興奮得吱吱喳喳，然而大家不時緊張地看看天空，好像又在擔心斯廷法利斯湖怪鳥會再次集結似的。結果連一隻都沒有。這是個美好的夏日，天空湛藍，陽光燦爛。混血營又開始呈現原本應有的樣貌：草地翠綠而豐盈，希臘式建築上的白色大理石柱反射著陽光，樹精靈也成群在林間嬉戲。

只有我看起來很慘。我整夜沒睡，一直想著波塞頓給我的警告。

男兒當自強。

我的意思是說，他不怕麻煩地寫了這封信，卻只寫了五個字？瑪莎小蛇也叫我讀信以後不要太失望。也許波塞頓這樣說得不清不楚是有道理的。也許他不知道要確切警告我什麼事，但是感覺到大事即將發生，除非我做好準備，否則那件事可能會將我擊垮。我想盡辦法把心思轉移到比賽上面，不過很難。

等我和安娜貝斯把戰車駛進車道，不禁佩服起泰森對雅典娜戰車下的工夫。整個車廂閃耀著青銅光澤，輪子加裝了神奇的懸浮系統，行進間幾乎感受不到任何顛簸。此外，馬匹的操控配置達到完美平衡，只要對轠繩施加一點力道，戰車便可以來個精準的小轉彎。

泰森還為我們準備了兩支標槍，每一支的槍柄都有三個按鈕。第一個按鈕可使裝填火藥的標槍一射中物體便爆開，繼而彈出有刺鐵網，將對手的車輪纏住甚至扯碎。第二個按鈕可使標槍射出一個鈍鈍的銅製槍尖（但打到還是很痛），用來將對手駕駛打下戰車。第三個按鈕則帶有一個鉤爪，可以鉤住敵人的戰車，或將它推離原本的行進方向。

據我估計，這次的比賽我們佔有優勢，但泰森依然警告我要小心一點。其他隊伍不曉得會在戰袍內暗藏何種詭計。

「這個。」他在比賽開始前對我說。

他遞給我一個手錶，乍看之下沒什麼特別，有個銀白色錶面，加上黑色皮革錶帶。但仔細看過之後，我突然明白，整個暑假泰森不停修修補補、焊來焊去的，正是這個玩意兒。

其實我平時不習慣戴錶，誰管現在幾點鐘啊？但我不能拒絕泰森的好意。

「謝啦，老弟。」我戴上那隻錶，這才發現它輕得令人驚訝，而且戴起來非常舒服。我幾乎感覺不到正戴著它。

「來不及在出任務之前做好，」泰森含糊地說著：「對不起，對不起。」

「嘿，老弟，沒關係啦！」

「如果在比賽中需要幫忙，」他建議我：「按錶上的按鈕就好。」

「喔，沒問題。」我聽不太懂，讓手錶時間停下來會有什麼幫助？但是泰森這麼貼心，讓我覺得很感動。我答應他會記得手錶這件事。「還有一件事，嘿，嗯，泰森……」

他看著我。

「我是想說，嗯……」一想到在出任務前，我覺得他令我抬不起頭、急著想告訴所有人他不是我兄弟，我就覺得很不好意思，因此挖空心思想著該如何向他道歉。但一下子實在很難找到適當的字眼。

「我知道你要對我說什麼。」泰森說著，一臉害羞。「波塞頓畢竟還是很照顧我。」

「嗯，這個嘛……」

「他送你來幫助我，讓我心裡不斷祈求的願望實現了。」

我眨了眨眼睛。「你向波塞頓祈求……我？」

「祈求一個朋友。」泰森說，兩隻手緊張得不停扭轉襯衫。「年輕的獨眼巨人獨自在街上長大，努力學習把破碎的東西拼湊起來，也學習如何生存。」

「但是那很悲慘啊！」

他很堅定地搖搖頭。「這讓我們很珍惜神的祝福，而且不要變得貪婪、吝嗇、肥胖，不要像波呂斐摩斯一樣。可是我好害怕，好多怪物一直追我，有時候還抓我……」

「所以你背上才有那麼多疤痕嗎？」

他的獨眼湧出眼淚。「七十二街那個斯芬克斯[65]，她是大壞蛋。於是我向爸爸祈求協助，過沒多久就有一個梅利威瑟的學生發現我，我就遇見你了。這是我這輩子最大的福氣。對不起，我曾說波塞頓對我很吝嗇，但是他送給我一個兄弟。」

我盯著泰森送我的手錶。

「波西！」安娜貝斯在叫我了。「快點啦！」

奇戎已經站在起跑線旁邊，準備要吹響海螺號角。

「泰森……」我一時說不出話。

「快去，」泰森說：「你一定會拿到第一名！」

「我……是啊，大個兒，沒錯。我們會爲你拿到第一名。」我爬上戰車就戰鬥位置，剛好趕上奇戎吹響起跑號角。

馬兒對自己的任務再清楚不過了。我們沿著跑道高速奔馳，如果沒有抓緊韁繩，恐怕連我都會摔出去；安娜貝斯則是緊緊抓住欄杆。車輪滾動得十分順暢，近乎完美。到了第一個轉彎處，我們領先克蕾莎約一個車身的距離，此時克蕾莎忙著對付史托爾兄弟的標槍，拼命抵擋荷米斯戰車的攻勢。

「我們領先了！」我大喊，不過好像說得太快了一點。

「攻來了！」安娜貝斯大吼。她以鉤爪模式擲出標槍，成功攔截一張沉重的鉛網，不然我們兩個都會被那張網纏住。在此同時，阿波羅戰車欺近我們側邊，安娜貝斯還來不及再次武裝，阿波羅戰士便朝我們右前輪擲出一支標槍。標槍斷裂後四射，我們的輪輻必然受到嚴重波及，戰車開始傾斜搖晃。我確定那個輪子損傷慘重，然而不知為何仍然能繼續前進。

我催促馬匹加快速度。現在我們和阿波羅隊幾乎是並肩同行，赫菲斯托斯隊則以些微差距緊追不捨。阿瑞斯隊和荷米斯隊落在後面，彼此並行，只見克蕾莎正持劍大戰柯納．史托爾的標槍。

我們的車輪只要再遭受一丁點攻擊，我敢肯定戰車一定會翻覆。

「你們逃不出我的手掌心！」阿波羅隊的駕駛高聲喊叫。他是第一年來到這裡的新生，我不記得他的名字，但他還滿有自信的。

「好啊，看你有多厲害！」安娜貝斯吼回去。

她舉起第二支標槍。本來考慮到我們還有一整圈要跑，這麼快就用掉標槍實在很冒險，然而她還是對準阿波羅隊的駕駛用力擲出。

---

65 斯芬克斯（Sphinx），獅身人面怪。她常守在路口要每個路過的人猜謎語，猜不出來的人會被她吃掉。

她射得再準不過了。那隻標槍頭奇重無比，不偏不倚打中駕駛的胸膛，打得他一個重心不穩摔到隊友身上，結果兩個人一起跌下戰車，還向後翻了個跟斗，只能眼睜睜看著戰車絕塵而去。他們的馬兒感覺到韁繩鬆了，於是開始發狂，轉而朝觀眾席直衝，惹得學員們四散奔逃尋找掩蔽，最後那幾匹馬跳起來越過看台一角，金色的戰車翻倒在地。馬兒一股作氣衝回馬廄，那輛上下顛倒的戰車則拖在後面。

通過第二個轉彎時，我緊緊控制好戰車，刻意忽視右前輪不時發出的骨碌聲。我們再次通過起跑線，以雷霆萬鈞之勢進入第二圈賽程。

然而輪軸不停嘎嘎亂叫，左右搖晃，即使馬兒回應我的每一個指令，奔跑得像是運轉順暢的機器，戰車的速度還是慢了下來。

赫菲斯托斯隊繼續加緊追趕。

只見貝肯朵夫露出不懷好意的笑容，伸手按下操控台的一個按鈕。他的機械馬匹前方陡然射出許多鋼纜，緊緊纏住我們車後的欄杆。接著，貝肯朵夫的絞盤系統開始運轉，我們的戰車隨之震動……於是那絞盤一面把我們往後拉，貝肯朵夫也等於是把自己往前拉。

安娜貝斯咒罵著，拔出她的刀。她開始用力揮砍，可是那些鋼纜實在太粗了。

「切不斷！」她大喊。

赫菲斯托斯戰車現在愈來愈逼近，他們的馬兒快把我們踩在腳下了。

「換我來！」我對安娜貝斯說：「抓緊韁繩！」

「可是……」

「相信我！」

她拉著欄杆移到前面，緊緊抓住轠繩。我轉過身，盡力站穩腳步，然後抽出波濤劍。

我使勁全力向下揮砍，那些鋼纜竟然像風箏細繩一樣斷了。我們搖搖晃晃繼續向前衝，但貝肯朵夫的駕駛操縱戰車衝到我們左側，緊緊咬住不放。貝肯朵夫也抽出他的劍，朝安娜貝斯砍去，我連忙擋開那利刃。

比賽已經進入最後一個轉彎，看來贏不了了。我必須破壞貝肯朵夫的戰車，把它弄走，同時又必須保護安娜貝斯的安全。雖說貝肯朵夫這傢伙人挺好的，但並不表示他不會把我們兩人一起送進醫務室，所以我們絲毫鬆懈不得。

此時兩輛戰車已是併肩同行，連克蕾莎也追了上來，試圖彌補先前損失的時間。

「再見啦，波西！」貝肯朵夫大喊：「看我這小小的臨別贈禮！」

他拿出一個皮製小袋丟進我們戰車，它立刻黏在地板上，並開始冒出陣陣綠色濃煙。

「那是綠火！」安娜貝斯大叫。

我大罵一聲。我聽說過希臘火藥[66]的作用方式，在它爆炸前，我們大概還剩十秒鐘。

[66] 希臘火藥（Greek fire）是古代軍用火藥的統稱，特別是指西元七世紀由希臘人發明的火藥，用於對抗阿拉伯人的戰爭。

「快點把它弄走！」安娜貝斯急得大喊，可是我弄不掉。赫菲斯托斯隊的戰車依然跑在旁邊，他們要等到最後一秒鐘，確定那個小禮物會爆炸。貝肯朵夫繼續用劍猛攻，讓我忙得無法分身。如果我不再防守，轉而處理希臘火藥，他有可能揮劍把安娜貝斯砍得體無完膚，結果我們還是會翻車。我想辦法用腳把小皮袋踢開，可是不行，它黏得死死的。

就在這時，我突然想到那隻手錶。

我不曉得它可以幫上什麼忙，不過我試著按下控制指針的按鈕。那隻錶立刻起了變化，它伸展開來，金屬邊緣以螺旋狀向外旋開，看起來很像舊式照相機的快門，然後有一條皮帶環繞住我的前臂。最後，我手上握著一個圓形的盾牌，約有一百二十公分寬，內側是柔軟的皮革，外表則是打磨晶亮的青銅，上面還設計了許多細緻的雕刻圖案，只是我沒時間細看。

事實很清楚，泰森挺身來保護我們了。我舉起盾牌，貝肯朵夫揮劍擊中它，劍刃立刻砸得粉碎。

「什麼？」他大叫：「怎麼可能……」

他沒時間再多說一句，因為我用手上的新盾牌猛擊他的胸膛，把他打得飛出戰車，在地上不停翻滾。

我正打算對準他們的駕駛揮動波濤劍，安娜貝斯突然大喊：「波西！」

希臘火藥開始噴出火花，我趕緊用劍尖挖起那個皮袋，像用鏟子那樣將它挖走。那個火藥終於從地板飛起，一路飛進赫菲斯托斯隊的戰車，落在駕駛的腳邊。他嚇得高聲尖叫。

就在最緊急的一刻，那位駕駛做了正確的決定：他跳出戰車。於是戰車傾斜翻倒，最後炸成一團綠色火焰。幾匹機械馬似乎突然短路，它們轉個彎，拖著燃燒的戰車殘骸往回跑，一路衝向克蕾莎和史托爾兄弟，害他們左閃右躲避免撞上。

安娜貝斯拉著韁繩轉進最後一個轉彎。我抓得死緊，心想這下肯定要翻車了，但她不知用了什麼絕招，總之我們順利轉過彎，策馬越過終點線。群眾爆出一陣狂吼。

等到戰車停下來，朋友們立刻一擁而上，開始用我們的名字吟唱讚美詩，不過安娜貝斯的吼叫聲蓋過所有人的聲音：「住嘴！聽好了！功勞不只是我們兩個的！」

群眾顯然一點也不想安靜下來，安娜貝斯只好自顧自地說：「如果沒有另一個人幫忙，我們根本贏不了！我們贏不了這場比賽，拿不到金羊毛，也救不了格羅佛！我們的性命都是泰森救回來的，他是波西的……」

「兄弟！」我扯開喉嚨大喊，聲音大到所有人都聽得見。「泰森是我親愛的弟弟！」

泰森羞得臉都紅了。群眾繼續歡呼，安娜貝斯則在我的臉頰親了一下，於是群眾的叫嚷聲變得更大。雅典娜小屋的全部成員把我、安娜貝斯和泰森扛到肩上，簇擁著走上頒獎台，而奇戎早已等在那裡，將象徵勝利的月桂冠頒給我們。

20 掌控預言

自從我到混血營以來，那天下午是有史以來最快樂的時刻了，而這件事告訴我們，你永遠不知道這世界會在什麼時候突然崩潰瓦解。

格羅佛很開心地說，等到再一次出發尋找潘之前，這個夏天他都會留在混血營陪我們。他的老闆們，也就是「羊男長老會議」的成員，都對他這次的表現刮目相看。他不但沒有死於非命，還替未來也要踏上征途的探查者掃除路障，因此長老們特准他多休兩個月的假，並送他一組全新的蘆笛。唯一的壞消息是：格羅佛堅持整個下午都在吹奏那組蘆笛，而他的演奏技巧似乎一點都沒進步。他不停吹著《YMCA》那首歌，結果讓草莓園的所有植株差點瘋掉，還死命纏住我們腳踝不放，彷彿想把我們活活勒死。我想這也不能怪它們啦。

格羅佛告訴我，他可以解除我們之間的共感連結。現在我們終於能夠面對面了，但是我告訴他，我有點想保持這份連結，如果他也覺得沒問題的話。他放下手中的蘆笛，驚訝地看著我。「可是，波西，如果我又碰上麻煩，你也會捲入危險。可能會死耶！」

「如果你又碰上麻煩，我很希望能得到消息。哎喲，調查局探員，那我就一定要趕去幫你啊，還有什麼別的辦法呢？」

最後他不再堅持，也答應我不會解除那份連結，然後又回頭為草莓吹奏《ＹＭＣＡ》。我現在不需要和那些植物建立共感連結，就知道此刻它們心裡究竟在想什麼。

隨後在射箭課上，奇戎把我拉到一旁說，他已經把我在梅利威瑟中學惹的麻煩全部搞定了。校方不再指控我毀掉他們的體育館，警察也不再搜尋我的下落。

「你怎麼辦到的？」我好奇地問。

奇戎的眼睛眨了眨。「只是稍微給那些凡人一點提示，告訴他們那天看到的應該是另外一回事……差不多是鍋爐發生大爆炸之類的狀況，總之不是你的錯。」

「你就這樣說，而他們也買你的帳？」

「我使了點迷霧的魔法囉。總有一天，等你準備好了，我會教你該怎麼做。」

「你是說，我下學期可以回梅利威瑟中學嗎？」

奇戎挑了挑眉毛。「喔，不行，他們還是把你開除了。你的校長，就是盆栽先生，他說你身上有……他是怎麼說來著？……不守規矩的因果報應，破壞了學校的教育靈氣。不過你並沒有違法，這就讓你媽大大鬆了口氣。喔，對了，說到你媽媽……」

他從箭筒內拿出手機遞給我。「現在打電話給她還滿適合的。」

最糟糕的部分是剛開始的時候，就是「波西—傑克森—你—到底—在想什麼—你有沒有—想過—我有多擔心—居然—沒有—得到—允許—就擅自—溜出—混血營—還去—出什麼—危險的—任務—你—把我—嚇個—半死—你—知不知道」這部分。

到最後，她終於停下來喘口氣。「噢，很高興你安全回來了！」這就是我媽媽最棒的地方。她如果繼續生氣就不太對。雖然她很想繼續發脾氣，但那不是她的風格。

「媽，對不起，」我對她說：「我以後不會再嚇你了。」

「波西，不要答應我這種事。你自己也知道，以後碰到的事情只會更糟。」她盡量讓聲音聽起來很自然，但我聽得出來，她拼命想忍住發抖的聲音。

我想說幾句話安慰她，卻也知道她說得很對。身爲一個混血人，我一定會常常做一些嚇壞她的事，而且等我漸漸長大，碰到的事情只會愈來愈危險。

「我可以回家一下子。」我向她提議。

「不要，不要，待在混血營吧，好好接受訓練，做你必須做的事。不過，你下個學年會回家住吧？」

「沒錯，當然啦。嗯，如果有任何學校願意收留我的話。」

「喔，親愛的，一定找得到啦。」我媽嘆了一口氣。「某個還沒聽說過我們大名的地方。」

至於泰森，現在學員們都把他視爲英雄。一想到永遠有他當室友，我再開心不過了。可是那天傍晚，我們一起坐在沙丘上俯瞰長島海峽，他突然宣佈一個重大的決定，完全出乎我的意料。

「昨天晚上爸爸托夢，」他說：「他要我去找他。」

我懷疑他是不是在開玩笑，可是泰森完全不會開玩笑。「波塞頓用夢傳一個訊息給你？」

泰森點點頭。「叫我今年夏天去水底世界，在獨眼巨人的鐵工廠裡好好學習。他說那算是實……實……」

「實習？」

「對。」

我仔細思考這些話。我好羨慕，感覺到一點點嫉妒。波塞頓從來不曾叫我去水底世界。可是我又想到，泰森要走了？就這樣？

「你什麼時候走？」我問。

「現在。」

「現在！你是說……就是現在？」

「現在。」

我呆呆望著長島海峽上的海浪。水面映照出夕陽的美麗紅光。

「大個兒，我爲你感到高興，」我勉強說：「眞的。」

「很不想離開我的新兄弟，」他說著，聲音不斷顫抖，「可是我想做很多東西，爲混血營做很多武器。你會需要用到的。」

這眞糟糕，但我知道他說得對。金羊毛並沒有幫混血營解決所有的問題。路克在外面虎視眈眈，還在安朵美達公主號組織軍隊，而克羅諾斯依然在他的金色石棺裡等待重組。到最後免不了一戰。

「你一定會做出有史以來最棒的武器。」我對泰森說，一邊驕傲地舉起手錶。「我敢說，這支手錶顯示時間一定也很準。」

泰森吸吸鼻子。「好兄弟要互相幫忙。」

「你是我兄弟，」我說：「絕對沒錯。」

他高興地拍拍我的背，結果力道太大，害我差點滾下沙丘。然後他抹去臉頰上的淚珠，站起來準備走了。「好好用那個盾牌喔。」

「我會的，大個兒。」

「以後再救你的命。」

他用那樣的語氣說話，一副斬釘截鐵的模樣，讓我不禁好奇，獨眼巨人那獨一無二的眼睛是否看得見未來。

他向下走到沙灘上，吹了個口哨。彩虹，那隻馬頭魚尾怪，突然從浪頭間冒出來。我看著他們倆乘著浪，一起進入波塞頓的國度。

他們一走，我低頭看看手上的新手錶。我按下按鈕，盾牌再次旋繞展開到最大。青銅盾面錘打出許多古希臘風的圖案，描繪的情景則是我們今年夏天的大冒險，包括安娜貝斯把玩躲避球的勒斯岡巨人消滅掉、我在混血之丘對付兩隻噴火牛、泰森騎著彩虹追逐安朵美達公主號、伯明罕艦對著卡律布狄斯發射砲彈等等。我伸手撫摸一個描繪泰森的圖案，他用一隻手猛搥許德拉，另一隻手高舉著一盒怪物甜甜圈。

我不禁悲從中來。我明知道泰森在海底一定會過得很愉快，可是實在好想念他的點點滴滴。他對馬兒的瘋狂迷戀，他可以徒手把撞凹的金屬撫平、把戰車修好，還可以把好幾個壞蛋抓起來打結。我甚至開始想念他那有如地震般的如雷鼾聲，整晚在隔壁床上響個不停。

「嘿，波西。」

我轉過頭。

安娜貝斯和格羅佛站在沙丘頂。我覺得好像有沙子飛進眼睛，害我一直流眼淚。

「泰森……」我對他們說：「他必須……」

「我們聽說了，」安娜貝斯語調溫柔地說：「是奇戎告訴我們的。」

「獨眼巨人的鐵工廠，」格羅佛聳聳肩，「我聽說那裡的餐廳爛透了！比如說，居然沒有供應墨西哥捲餅。」

安娜貝斯揮揮手。「走吧，海藻腦袋，晚餐時間到了。」

我們一起走回晚餐涼亭，就我們三個人，如同回到舊日時光。

那天晚上暴風雨肆虐，不過暴風雨沿著混血營邊界分成兩半，和從前一樣。地平線附近雷電交加，海浪猛烈拍打岸邊，但我們的山谷連一滴雨也沒有。我們再度受到保護，多虧有金羊毛，魔法邊界再次提供嚴密的防衛。

然而如同以往，我的夢境依舊不平靜。我聽見克羅諾斯從地獄深淵塔耳塔洛斯怒罵我：「獨眼巨人波呂斐摩斯坐在他的洞穴裡，什麼都看不見，卻依然相信自己得到重大的勝利。你會比他更不盲目嗎？」泰坦巨神的冷酷笑聲迴盪在黑暗之中。

然後我的夢境又變了。我跟著泰森前往海底，進入波塞頓的宮殿。那是一個藍光四射的大廳，地板鋪滿了珍珠。就在眼前，一個珊瑚礁打造的寶座上，端坐著我的父親，他打扮得像個漁夫，穿著卡其色短褲配上曬到褪色的T恤。我仰望他那張曬成深棕色、飽經風霜的臉龐，還有那對深邃的綠眼珠。然後他對我說：「男兒當自強。」

我嚇醒了。

門上傳來砰砰敲門聲。我還沒出聲回應，格羅佛便飛也似地衝進來。「波西！」他結結巴巴地說：「安娜貝斯……在山丘上……她……」

他的眼神告訴我發生了很可怕的事。昨天晚上輪到安娜貝斯執行防衛勤務，負責保護金羊毛。如果發生了什麼事……

我扯下棉被，感覺到血管裡的血液彷彿瞬間凍結成冰。我胡亂套了幾件衣服，一旁的格羅佛顯然受到太大的驚嚇，連一句完整的話都說不出來，差點還喘不過氣。「她躺在那裡……

就躺在那裡……」

我跑到外面，以跑百米的速度衝過中央廣場，格羅佛則跟在後面。天才剛亮，但整個混血營已經人聲鼎沸，謠言四處流傳，大家都說有重大的事情發生了。已經有幾個學員爬上山丘，另外還有羊男、精靈，以及一群打扮怪異的混血人，他們穿著睡衣，還套上了盔甲。

這時我聽見喀噠喀噠的馬蹄聲，是奇戎在我們身後疾馳而來，帶著一臉沉重的表情。

「是眞的嗎？」他問格羅佛。

格羅佛只能拼命點頭，表情茫然。

我很想問清楚到底發生什麼事，但奇戎只是抓住我的手臂，很輕易地把我抬到他背上。我們一起衝上混血之丘的山頂，那兒已經聚集了一小群人。

我以爲金羊毛已經不在松樹上，但它仍掛在那兒好好的，在第一道晨光中閃閃發亮。暴風雨漸漸散開，天空一片緋紅。

「可恨的泰坦王，」奇戎說：「他又戲弄了我們一次，也讓他自己獲得另一次掌控預言的機會。」

「這是什麼意思？」我問。

「金羊毛，」他說，「金羊毛的魔力施過頭了。」

我們衝上前，所有人讓出一條路來。在松樹的樹幹旁，有個女孩躺在地上，看來失去了意識。另一個身穿希臘式盔甲的女孩跪在她身旁。

血液在我耳裡轟轟雷鳴，害我沒有辦法清晰思考。是安娜貝斯遭到攻擊了嗎？可是金羊毛爲什麼還在？

那棵樹本身看起來好極了，完整而健康，吸滿了金羊毛的精華。

「金羊毛把樹治好了，」奇戎說，聲音粗啞，「然而它清除乾淨的不只是毒液。」

這時我突然發現，躺在地上那個女孩不是安娜貝斯。安娜貝斯身穿盔甲，跪在失去意識的女孩身邊。她一看到我們，立刻就衝向奇戎。「那個……她……突然就在那裡……」

她淚如泉湧，但我還是不明白。我激動到完全搞不清楚眼前到底是怎樣的情況。我從奇戎背後走出來，跑向那個失去意識的女孩身邊。奇戎說：「波西，等一下！」

我跪在她身旁。她留著黑色短髮，鼻子上長了許多雀斑。她的身材很像長跑選手，輕盈而強壯，身上穿的衣服風格介於龐克和華麗搖滾之間——一件黑色T恤、黑色破洞牛仔褲，還穿了一件皮外套，上面釘了許多小圓徽章，全是一堆我沒聽過的樂團。

她不是混血營的學員，我從沒在任何一棟小屋看過她。可是我有種奇怪的感覺，好像之前曾經在哪裡見過……

「是眞的。」格羅佛說，他還在因爲衝上山頂而氣喘吁吁。「我眞不敢相信……」

沒有其他人願意接近那女孩。

我伸手摸摸她的額頭，她的皮膚很冰冷，但我的手指覺得有股刺痛感，彷彿摸到火燙的東西似的。

「她需要神飲和神食。」我說。她顯然是混血人，無論她是不是學員。我只要碰她一下就感覺到了，眞搞不懂爲什麼大家這麼害怕。

我讓她的身體撐坐起來，將她的頭靠在我的肩上。

「快點啊！」我對其他人大叫：「你們這些人是怎麼搞的？我們把她送去主屋吧。」

沒有人移動半步，連奇戎也沒動。他們全都嚇呆了。

然後，那女孩顫抖著深吸一口氣。她咳了幾聲，接著張開眼睛。

她的眼珠是令人吃驚的湛藍色，是電光般的藍色。

她以昏昏沉沉的眼神看著我，先是發著抖，然後又怒目而視。「你是誰……？」

「我叫波西，」我說：「你現在很安全。」

「我做了個最奇怪的夢……」

「沒事了。」

「死亡。」

「不，」我向她保證，「你沒事了。你叫什麼名字？」

就在這個時候，我知道了。不用等她說出口。

那女孩的湛藍眼珠盯著我看，而我終於了解，所謂的「金羊毛任務」究竟是爲了什麼。毒殺松樹，還有這一切的一切，全是克羅諾斯計畫好的，都是爲了將另一顆棋子擺進棋盤，擁有「另一次掌控預言的機會」。

看到眼前的情形，連奇戎、安娜貝斯和格羅佛這幾個原本應該大肆慶賀的人，都實在太過震驚，開始盤算著未來可能發生的事。至於我，我扶著一個人，她可能註定是我最好的朋友，也可能是我最可怕的敵人。

「我叫泰麗雅，」那女孩說：「宙斯的女兒。」

波西傑克森 2

妖魔之海

文 / 雷克・萊爾頓
譯 / 王心瑩

主編 / 林孜懃　封面繪圖 / Blaze Wu
封面設計 / Snow Vega　內頁美術設計 / 唐壽南
行銷企劃 / 鍾曼靈　出版一部總編輯暨總監 / 王明雪

發行人 / 王榮文
出版發行 / 遠流出版事業股份有限公司　104005台北市中山北路一段11號13樓
電話：(02)2571-0297 傳眞：(02)2571-0197 郵撥：0189456-1
著作權顧問 / 蕭雄淋律師
輸出印刷 / 中原造像股份有限公司
□ 2009年5月1日 初版一刷 □ 2023年1月16日 三版一刷

定價 / 新台幣420元 (缺頁或破損的書，請寄回更換)

ISBN 978-957-32-9920-2
遠流博識網 http://www.ylib.com　E-mail:ylib@ylib.com
遠流雷克萊爾頓奇幻欄 http://www.facebook.com/thekanefans

PERCY JACKSON & THE OLYMPIANS：THE SEA OF MONSTERS

波西傑克森. 2 ：妖魔之海 / 雷克・萊爾頓（Rick Riordan） 著；王心瑩譯. -- 三版. --臺北市：遠流出版事業股份有限公司，2023.01

面； 公分

譯自：Percy Jackson & the Olympians：the sea of monsters

ISBN 978-957-32-9920-2（平裝）

874.59 111020224